영남 구전자료집

7

경상남도 창녕군

조희웅·조흥욱·조재현 엮음

도서
출판 박이정

발간사

　구비문학은 살아 있는 문학이다. 삶의 현장에서 구연자의 입담 좋은 구연(口演)과 청중의 적극적 호응이 상호 작용할 때, 구비문학은 비로소 문학으로서 생명을 얻게 된다고 볼 수 있다. 그런데 이러한 현장성이 구비문학과 기록문학의 변별점인 동시에 구비문학 연구자가 가장 먼저 맞닥뜨리는 난점이기도 하다. 구비문학 연구는 일회성의 텍스트를 대상으로 하기에 기록문학과 동일한 수준의 텍스트를 얻기란 불가능하다. 그러나 사정이 그렇다고 해서 텍스트 선택에 엄정을 기하지 않아도 좋다는 것은 아니다. 오히려, 더욱 엄정한 텍스트 확보가 요구되는 것이 구비문학 연구이기도 하다. 즉, 현장성이 가장 잘 살아 있는 텍스트 확보가 구비문학 연구의 전제조건이 된다.

　현장성이 있는 구비문학 자료의 확보를 위해 이제까지 많은 연구자들이 현장조사에 힘을 쏟은 바 있다. 그 결과, 『한국구비문학대계』(한국정신문화연구원)나 『한국구전설화』(임석재)와 같은 전국적인 규모의 자료집 출간이 이루어졌고, 경기북부나 강원 등 특정지역에 대한 세밀한 조사가 행해지기도 하였으며, 특정 지역의 뛰어난 구연자가 발굴되기도 하였다. 그 밖에도 많은 대학에서 민속조사라는 이름으로 구비문학 자료에 대한 조사를 행하여 상당한 성과를 올리고 있다. 그러나 많은 성과들이 사장(死藏)되고 있을 뿐 아니라, 특정지역을 중복 조사하는 등 개선해야 할 부분이 있음도 사실이다. 따라서 많은 비용과 노력을 소모하여 진행되는 현지조사가 단순한 조사로 그칠 것이 아니라, 얻어진 자료가 앞으로의 연구에 계속 이용될 수 있도록 보존되어야 할 것이다.

국민대학교 국어국문학과에서는 1988년부터 『구비문학개론』 수업의 일환으로 구비문학 현지조사를 행하여 왔다. 조사방식은 우선, 설화, 민요 등 구비문학 자료만을 조사 대상으로 한정함으로써 집중적인 조사가 가능하게 하였다. 아울러, 『구비문학대계』에 빠져 있는 지역을 중점적으로 조사하여 지역적 균형도 고려하였다. 조사지역은 상대적으로 도시화가 덜 진행되어 구비문학의 전통이 살아 있다고 여겨지는 군(郡) 단위 지역을 대상으로 하였으며, 각 면(面)에 조사단을 파견하여 가능한 많은 지역에서 조사가 행해질 수 있도록 하였다. 이로써 명실상부한 지역 구비문학 조사가 될 수 있었음을 자부한다. 지금까지 조사를 행한 지역은 충북 단양(1988), 경북 상주(1989), 강원 명주(1991), 전남 구례(1992), 경북 문경(1993), 경남 산청(1994), 경남 함양(1995), 경남 하동(1996), 경남 거창(1997), 경남 합천(1998), 경남 창녕(1999), 경남 의령(2000), 경남 함안(2001), 전남 나주(2002), 전남 고흥(2003) 등이었다.

지난 2001년도의 조사로 영남, 특히 경남지역에 대한 조사는 일단 끝내기로 하였다. 이번에 그 성과 중 우선 정리가 끝난 설화 자료를 묶어 세상에 내놓는다. 민요 자료는 정리가 끝나는 대로 별권으로 속간할 예정이다. 영남지역에 대한 조사를 일단락하기까지 10년이란 시간이 소요되었다. 2002년부터는 호남지역으로 조사 대상지를 옮겼다. 커다란 고개 하나를 넘어가고 있다는 느낌을 지울 수 없다. 한 고비를 넘으면서 지금까지의 성과를 정리, 반성한다는 의미에서 이번 자료집을 기획하게 되었다. 여러 가지 미비한 점이 있겠으나, 이를 통해 영남지역 구비문학의 지형도가 어느 정도 그려질 수 있을 것으로 기대한다. 또한 앞으로 진행될 구비문학 현지조사에도 일조할 수 있을 것으로 생각한다.

이들 지역에 대한 조사를 행함에 있어 『구비문학개론』 수강생들의 역할이 절대적이었음을 밝혀 두는 바이다. 그들은 스스로 조사지역을 선택하고, 사전조사를 행하고, 조사를 성실히 수행하였을 뿐 아니라, 조사 결과를 채록하여 보고서로 만드는 등 조사의 전과정에서 절대적인 역할을 충실히 수행해 주었다. 이제는 모두 졸업하여 사회인이 된 그들에게 이 자리를 빌어 노고를 표하고, 명단을 각 권별로 수록하여 사의를 표한다. 아울러, 기업의 경영자로서는 별 도움이 되지 않을 이 책을 그 의의만 보고 선뜻 출판을 맡아준 박이정출판사의 박찬익 사장님과 어려운 편집 작업을 훌륭히 해주신 홍현보 편집장님과 김숙영님께도 깊은 감사의 뜻을 전하는 바이다.

2003년 5월 조희웅

차례

창녕군 유어면

창녕군 대합면

창녕군 남지읍

창녕군 도천면

창녕군 이방면

창녕군 길곡면

I. 조사마을 개관

1. 길곡면(吉谷面)

길곡면은 낙동강이 남쪽으로 흐르는 옛 밀진 현의 땅으로 진·변한 또는 가야국이었을 것으로 추정되는 역사 깊은 고을로 향, 소, 부곡이 많은 고장이다.

고려시대에는 골짜기의 생김이 매우 깊고 낙동강의 남으로 내려오면서 넓어져 키(箕)와 같이 생겼다하여 기곡(箕谷)으로 불리워졌으며 (속칭 칭이실, 치실) 조선중엽에 다시 길곡으로 개칭되었다.

조선시대에 와서는 마천부곡, 길곡부곡, 오가리향, 멸포 등이 기곡면으로 승격되자 그 지명만이 전해오며 기곡면과 길곡면이 뒤섞여 쓰이다 조선말에 와서 길곡면이라 개칭되었으며, 1910년 4월1일 폐치분합에 따라 영산군이 창녕군에 합쳐지면서 강건너 사촌리(봉촌)를 함안군에 분할하여 주게 되었다.

조선말 갑오경장 이후 1897년에 행정구역 개편으로 길곡면이 8개동(사촌, 외동, 내동, 증산, 금곡, 중길, 상길, 마천동)으로 되어 청사를 외동리에 두고 1914년까지 존속되었다.

1925년 1월 1일 면사무소를 증산으로 이전하였으며, 1963년 1월 1일 창녕군 이장정수 개정으로 4개 법정동과 12개 행정리로 구성되었다.

길곡면은 창녕군의 최남단 중앙부에 위치해 있으며 동서로는 8.1㎞ 남북으로 7.3㎞의 삼각형 구조와 비슷하며, 동은 부곡면, 서는 도천면, 남은 낙동강을 사이에 두고 창원시와 함안군과 각각 접하고 있으며, 지방도와 군도가 포장되어 교통 오지에서 사통팔달로 통하게 되어 지역주민이 훨씬 편리한 생활을 누리고 있다.

면의 북쪽에는 산악지대로 수도작이 주종을 이루고 남으로는 낙동강 퇴적층의 사질 양토로서 고소득 특용작물을 많이 재배하는 지리적 특성을 가지고 있다.

2. 길곡면 마을 1 - 길곡면 증산리 하내마을

증산리는 시름, 시루밑, 증산이라고도 하며 마을 뒷산이 시루처럼 생겼다 하여 시루밑이라 하였다. 하내마을은 길곡 면소재지에서 도보로 약 20분 떨어진 곳에 위치하고 있으며 도로에서 이어진 곳에 논과 밭이 있으며 그 안쪽 깊숙이에 자리잡고 있다. 하내마을은 대나무 밭이어서 죽전이라 불리웠으며 또 남쪽은 트이고 삼면은 산으로 둘러 싸여 있다하여 큰내, 한내라 불리기도 한다. 이곳엔 벽진(碧珍) 이씨(李氏)가 많이 살고 있다. 마을 입구에 마을회관 및 노인정이 있다.

3. 길곡면 마을 2 - 길곡면 마천리 북마마을

마천리는 영산에서 버스로 30분 떨어진 곳에 있으며 북마마을은 직접 들어가는 차편이 없기 때문에 안쪽으로 다시 약 30분 정도 걸어 들어가야 한다. 권씨성을 가진 분들이 많이 살며 마을이 깊은 안쪽에 자리잡고 있고 산으로 둘러 싸여 있어서인지 매우 조용하고 한적하였다. 또 일하러 나가신 분들이 늦게까지 돌아오지 않으셔서 몇 분만 모시고 조사할 수밖에 없었다.

4. 길곡면 마을 3 - 길곡면 오호리 외동

오호리는 마천에서 차로 15분 거리에 위치하며 다섯 개의 호수가 있었다고 한다. (오가리) 전에 조가이향(鳥加伊鄕)이 있었으므로 오가리라 했는데 1914 년 내동과 외동을 병합하여 오호리라 하였다. 또 오가(五佳)라고도 하는데 이 는 다섯 가지 빼어나게 아름다운 것-낮지도 높지도 않은 산세, 낙동강과 산의 조화, 무성한 대나무밭, 기름진 앞들, 시원한 동치미가 있었다 한다. 마을 입구 에 하마라는 곳이 있고, 북쪽 산으로 용두머리, 법사지, 절골 등이 있다.

신촌(新村) 350년 전 김해김씨(金海金氏) 신랑이라는 이가 청도가 고향이지 만은 남원에 귀양간 파병선생을 따랐다가 응팔산과 월산골짜기가 마주치는 지 세를 보고 마을을 이루고 살았다 한다.

Ⅱ. 조사 기간 및 일정

1. 조사 기간 : 1999년 3월 31일 ~ 4월 2일

3월 31일 : 저녁 여덟시가 다 되서야 하내 마을 회관에 짐을 풀 수 있었다. 바쁘게 이장님께 인사를 드리고 저녁도 먹는 둥 마는 둥 조사 준비에 들어갔 다. 간단히 다과를 준비하고 있는데 할아버지 몇 분이 들어오셨다. 잠시 조사에 관해 말씀드리고 아홉시부터 조사를 할 수 있었다. 여기서는 할아버지 한분이 거의 모든 얘기를 해주셨고 나머지 분들은 분위기를 띄우셨다. 열시 반경 이장 님이 할머님들이 계신 경모당으로 불러 두 조로 나누어 조사하기 시작했다. 경 모당에는 이장님을 비롯해서 7~8분의 할머님들이 계셨다. 할머님들은 화투를 치시다가 조사자들이 들어오자 반가운 표정으로 쉽게 응해주셨다. 이곳에서도 할머님 한분이 주가 되어 이끄셨고 나머지 분들은 다른 노래나 이야기 할 것을 원했고 할머님의 노래를 함께 부르거나 얘기 듣기에 열중하셨다. 마을회관과 경모당에서 각각 조사를 새벽 한 시경 끝마치고 마을회관에 모여 수집한 자료를 정리한 후 두 시경 남, 여를 나눠 마을 회관과 이장님댁에서 각각 잠을 청하였다.

첫날 이어서 인지 모두들 긴장하고 있었는데 오히려 할아버지께서 편하게 말씀해주셔서 수월하게 채록할 수 있었다. 하지만 그 성과는 그렇게 만족 할만하지 못했다.

4월 1일 : 일곱시에 일어나서 아침식사를 하는데 이장님의 어머니께서 찾아오셔서 1시간정도 간단한 얘기와 노래를 들었다. 숙소로 쓴 회관 주변을 정리하고 아홉시에 다음 마을로 이동하였다. 마천으로 향하는 길에 면사무소에 들러 각 마을에 대한 자료를 얻을 수 있었다. 열두시에 마을 회관에 도착하여 가방만 던져놓고 어제의 부족한 자료를 채우고자 집집마다 찾아다녔다. 하지만 거의 모든 마을 분들이 일하러 나간 탓인지 쉽지 않았다. 길에서 우연히 만난 할머니께 한 시간 정도 노래와 얘기를 듣고 두시가 되어서야 점심식사를 할 수 있었다. 식사 후 조를 다시 둘로 나누어, 한 조는 조사기구와 자료를 정리하고 한 조는 무당을 찾아가려 했으나 무가 수집은 할 수 없었다. 노인회장님을 찾아뵙고 여섯시에 간단히 식사를 하고 마을에 방송을 하여 일곱시 반부터 7~8분의 어르신을 모시고 조사를 하기 시작했다. 한 할아버지의 방해로 약간 분위기가 어수선하긴 했지만 그래도 구연하시는 할아버지가 워낙 구수하게 말씀하셔서 다행이었다. 열시반경 대부분의 어르신들이 돌아가셔서 남은 할머님과 얘기를 나누었다. 열두시에 조사를 마치고 이곳도 남녀유별이 심한 곳이라 남, 여를 나누어 회관과 할머님 댁에서 자기로 했다.

4월 2일 : 지금까지의 조사 자료가 너무 부족하다는 의견에 모두들 공감하여 계획에 없던 오호리라는 곳을 가기로 했다. 어제 어르신들의 말씀도 그곳에 이야기를 잘하는 분이 계신다고 하여 결정하게 되었다. 아침 여섯시 반에 일어나 식사를 하고 노인회관 정리를 한 후 오호리로 향했다. 차를 얻어 타고 열시쯤 오호리에 도착해서 바로 노인정을 찾아가 절을 올리고 조사를 시작하였다. 이 곳에서도 두 조로 나누어 한 조는 노인정에서 한 조는 집집을 방문하는 식으로 조사하였다. 각각 열두시에 조사를 마치고 점심식사를 하고 다시 조사를 하려 했지만 노인정에서의 조사는 더 이상 할 수가 없어 집을 찾아다닐 수밖에 없었 다. 그러다 한 집에서 많은 자료를 구할 수 있게 되어 얼마나 다행으로 생각했 는지 모른다. '시간이 조금 더 있었더라면 더욱 많은 수집을 할 수 있었는데' 라는 아쉬움을 남기고 창녕읍 숙소로 돌아왔다.

2. 제보자

〔 길곡면 제보자 1 〕

하내리, 이병화, 남·68.

연세는 68세로, 하내에서 태어나서 8년간 타지 생활을 하셨고, 면장, 조합장 등등 공직 생활을 한 까닭으로 이해가 높으셨고, 성씨 이야기같은 교훈적인 이 야기로 운을 띄우신 후에 옛날이야기를 시작하셨다. 언변이 뛰어나시고 타지 생활을 많이 하셔서인지 사투리를 잘 안 쓰셨다.

설화 : 1, 3, 4~8.

〔 길곡면 제보자 2 〕

하내리, 이오화, 남·67.

말수가 적은 분으로 이야기를 청하자 쑥스러우신 듯 작은 목소리로 이야기 하셨다.

설화 : 2.

〔 길곡면 제보자 3 〕

하내리, 송분남, 여·73.

이장님의 어머니로 73세 고령의 나이로도 많은 노래와 이야기를 해주셨는데, 발음도 정확하고 조리있게 이야기를 하셨다. 북마에서 태어나시고 시집을 이곳 하내로 오신 후 할아버지 때문에 부산에서 약 7년간 사시다가 다시 할아버지의 고향으로 돌아오셨다고 하셨다. 인정 많고 푸근한 할머니처럼 대해주셨다.

설화 : 9~11.

〔 길곡면 제보자 4 〕

하내리, 김수연, 여·70.

연세는 70세셨고, 고향도 이곳이고 이곳에서 시집도 가셨다고 하셨다. 조금은 쑥쓰러워하셔서 자신은 잘 안 하시고 다른 할머니들을 잘 시키셨다. 나중에는 옛날이야기를 해주셨다.

설화 : 12.

〔 길곡면 제보자 5 〕

하내리, 신두식, 여·65.

연세는 65세, 고향이 이곳이고 이곳에서 시집도 가셨다고 하셨다. 조금은 통명스러우지만 흥을 돋우어지면 노래 장단도 맞추어 주시고 걸걸한 목소리로 노래를 불러주시기도 하셨다.

설화 : 13.

〔 길곡면 제보자 6 〕

하내리, 배순남, 여·65.

연세는 65세로 나이에 비해서는 젊어보였고, 노래부르실 때 조금은 수줍어
하셨지만 목소리가 고우셔서 듣기 좋았다. 고향은 도천면 덕곡이었고, 다른 할
머니들과 마찬가지로 시집을 이곳 하내로 오셔서 지금까지 사셨다고 하셨다.
전형적인 우리의 할머니들처럼 부끄러워 하셨지만 가장 많은 노래를 해 주신
할머님이었다.

설화 : 14.

〔 길곡면 제보자 7 〕

마천리, 권용오, 남·58.

차분한 분위기로 사투리를 별로 쓰지 않는 비교적 정확한 발음으로 이야기
해 주셨다. 동네에선 이야기 주머니로 통하셨다고 하였다.

설화 : 15~18, 20.

〔 길곡면 제보자 8 〕

마천리, 성명미상, 여·77.

학생들을 좋아하시고, 자주 웃으시며, 우리들이 노래를 청하자 매우 반가워
하셨다.

설화 : 19.

〔 길곡면 제보자 9 〕

오호리, 성명미상, 남·연령 미상.

차분한 어투와 논리 정연한 이야기를 하셨다. 그러나 신상 기록에 대해서는
알려주시지 않았다.

   설화 : 21.

III. 설화

〔 길곡면 설화 1 〕

증산리 하내마을, 1999. 3. 31., 1조 조사.
이병화, 남 · 67.

허미수 선생과 우암 선생의 일화

   * 조사자가 합천의 허미수 선생의 얘기를 들려주며 길곡면의 허미수 선생의 얘기가 없냐
   고 하자 들려 주었다. *

   허미수 선생과 우암 선생의 일화니 우암 선생이 아픈 이야기를 상세히 듣
더니 내가 약을 지어주면 나을 것이다, 하며 다 지어 허미수 선생이 속병이
있어 가지고 우암 한테 편지를 써 가지고 내가 속병이 있으니 병 좀 고칠수
없느냐, 서로 죽일려고 하는 전쟁임에도 불구하고 혹시 나을런가 싶어서 우암
선생한테 약을 구하러 가니 우암 선생한테 약을 구하러 가주는데 옛날에는
창호지 말이지. 창호지 안에다가 약을 싸 갖고 주었어, 그래 이것을 한번에
묵으라. 그래 이 사람이 심부름을 하러 갔다가 오면서 우암 선생이 준 약이
무언가 싶어서 혹시 무신 미수선생이 죽도록 맨든 약카는 약이 아니고 싶어서
피보니께 비상인기라 비상은 옛날에 사약을 줄 때 비상을 팔팔 끓여 가지고
노란기 있는데 그거는 먹어 뿌리면 아주 피를 토하고 직사하는 기다.
   그런데 인저 니 사람이 이게 뭣인고 싶어서 허 선생님 죽일라 카는게 아닌

가 의심이 나서 딱 피본김에 비상이 딱 콩알 아니 밤만한 비상이 들어있는기라. 깜짝 놀라 확실히 우리 선생님 죽일 카는 기다 싶어서 고반을 갖다가 이거를 다 자시면 바로 죽겠고, 반틈을 자시면 괜찮을거다 싶어가 별세는 안 할거다 싶어서 반절을 내버리고 반만 딱 싸 가지고 주더라. 허 선생님이 딱 펴보더니 먹으면 죽는 비상인기라. 그래 허 선생님이 이거를 묵으라 카더냐? 그렇다. 그러니 암말도 안하고 입에 넣었다. 그것도 비상도 역시 약이라. 이름이 비상이라고 해가지고 죽는 아주 무서운 약이라고 하지만은도 그것도 들어가 가지고 속을 낫아 줄 수 있는 약이다. 그래 그걸 자시고 허 선생님이 나았어.

나중에 허미수 선생이 참 오래오래 살지 못하고 별세 할 때 미수선생 그 제자가 내가 그 비상을 온 히다 드렸으면 이래 일찍 별세 안 할겐데 내가 마 그거 반을 땅에 내버렸더니 우리 미수 선생이 일찍 돌아가셨다 싶어서 안타까워 했다는 말이 있어. 그래도 아무리 정적이라도 약 줄 때는 낫아나야지 또 싸움이 되지. 죽으면 싸움도 안된다.

〔 길곡면 설화 2 〕

증산리 하내마을, 1999. 3. 31., 1조 조사.
이오화, 남 · 67.

하내리 이름의 유래

* 하내리 이름에 대한 유래가 없냐고 자꾸 물자 있긴 하다며 들려주셨다. *

하내 동네 뒤에 아주 좋은 대나무 밭이 있어. 근데 대나무 밭에 거기에 홍씨, 넓을 홍자 홍씨의 아주 훌륭한 분이 거기 묻혀 있어. (아직도 묻혀 있냐고 묻자 옆에 할아버지가) 대밭에 묻힌게 아니고 요 주택있는데 산선봉에 묻혀 있다고 하며 다른 할아버지가 말씀을 이어가셨다. 내가 듣기로는 그 대밭이라는 데가 호수라. 호순데 거기다가 비석을 묻어가지고, 홍씨, 홍 판서라 여기

산에 보면 아주 잘 생깄다. 보물인데 홍 판서 묘를 써놨는데 그 밑에 홍 판서 자손은 여기 안 살고 다 객지에 나가 살고 다른 성이 들어와 가지고 그 밑에다가 묘를 쓰기도 했거든 그래 가지고 그 묘가 여 아래까지 내려왔어. 그 묘를 써 놓고 나서 그걸 파 갖고 그 비하고, 옛날에 판서 같으면 아주 잘해났을끼거든 그 묘하고 파서 비고 뭐고 다 파서 어따가 내 버렸는지 모르고 물어뿌니까, 그래 이 동명을 갖다가 죽전이라고 안하고 하내라고 물 하자 안 내자. 이래가지고 하내라고 했고, 그래 이 촌명을 바꾸면서 영산강에 보면 죽전이 있어. 거기랑 동명을 바꿨다는 말도 있어. 죽전을 유래로 이제 대밭이 없거든 남이 와서 보더래도 모르는데 자손이 듣고 들어와서 찾아봬 죽전이 틀림없건만 웃대 선산을 찾지 못하는기라. 족보사에는 아무데 죽전 어느 무슨 등에 무슨 자루에 이래 딱 되어 있건만은 못 찾고 근동에 살면서 길로 들어서 여기 몇 대조 할아버지가 있다는데, 그 정도르만 알고 있는기라.

〔 길곡면 설화 3 〕

증산리 하내마을, 1999. 3. 31., 1조 조사.
이병화, 남·67.

열녀이야기

* 열녀이야기가 없냐고 묻자 밀양에 가면 열녀비가 쭉 서있다며 얘기해주셨다. *

현풍 소래에 곽씨들이 많이 사는데 거기에 열녀가 많아. 거 참 옛날에는 장가를 갈 때 나이가 주로 12살이나 이래 되가 장가를 갔거든 그러면 신부나이는 몇 살인가 하면 열여섯이나 열일곱이 되가 인자 나이가 대 여섯살 차이로 신부가 나이가 많아. 거거서 옛날에는 주로 한문공부를 하기 위해서 서당을 채리나가지고 한문 선생이 여럿을 앉혀놓고 글을 가르치고 있는데 거기에 소래 곽씨라. 곽씨들이 모두 공부를 하는데 공부하는 사람 중에 곽씨도 있고 타

성도 있겠지. 이래 공부를 여럿이하고 있는데 공부하는 학생들 중에 장개를 든 사람이 주로 많이 있지. 거기에서 흔히 공부하는 사람들 중에서 여자가 잘 못해가지고 자살을 하고 이런 사람이 많은기라. 그래 열녀 비석도 세워주고 이랬는데 우리집에만은 열녀비가 하나도 안 세워졌다.

한사람이 생각해 보이께에 사람이 여덟이서 공부를 하다 전체다 오늘 저녁에 공부를 하면 거기서 기숙을 하는데, 집에 잘 안가고 거기서 공부를 하고 이래는데 그날 저녁은 모다 의논을 해 가지고 오늘 저녁에는 우리가 마누라있는 사람이니 집에 살짝 가가지고 말이지 남편이 자기 부인한테 자러가면서도 말 안하고 살짝 가 가지고 자기 부인을 강간하는 식으로 해보자. 그래 그때는 그게 큰 일이거든 옛날에는 여자가 강간을 당하고 나면 바로 자살을 하거든. 절대 살고 있지 않아. 지금은 뭐 강간을 당해도 살고 이러지만, 그 당시만 해도 강간을 당하고 나믄 직사를 하는기라 그래 모두 모여 오늘 저녁에 이래가지고 모다 자기 집으로 들어가 자기 부인을 데리고 자보자 그래 밤중에 모두 잠이 들어 올 때 이 사람들이다 나간기라. 그래 가지고 가 가지고 밤에 자는 부인들을 남편인지도 모르지. 와가지고 강탈하듯이 강간을 하고 자정 무렵 서당으로 돌아온기라 그래 아침에 공부를 하고 있은끼에 집집마다 사람 죽었다고 급히 연락하는 부고를 가지고 막 올라 오는기라.

이런데 일곱이 오는데 한사람은 자기가 생각해 봐도 우리 집은 열녀가 없다고 안타까이 생각하는 사람 집에는 안 오는기라 다른 사람 여자는 다 죽었는데 지만 안 죽고 참 열녀비를 못 세우게 된기라. 그래 어째서 이런 일이 일어나는고 싶어 집에 찾아내려 간기라. 다른 사람들은 자기 부인 죽었다고 다 가니께 지그 이 사람을 참 강간을 당해도 늠름하게 살아 있으니께 내려가보니 반가이 맞이하고 밥상을 채려 들어 오는기라. 그래 내가 가만히 봐도 기가 차거든 당신 지난밤에 무신 일 안 당했나 물어보니 그러니 부인이 당신이 밤에 왔다 간거 아는데 무신 소리 밤에 와서는 절대 남이 와 하는 행동을 해 가지고 갔는데도 당신이 안 왔냐고 하는 기라. 내가 온 줄 어찌 아느냐 하니 물으니 그 부인이 이 동네 열녀가 많이 나는 이유가 아주 아무리 생각해봐도 도저히 안 죽을 목숨이 죽은 이 참 희한한 일이 어쩐 일이 있을지도 모른다 싶어 나는 당신에게 당신이 온다 카믄 알 수 있게 해놨다. 가만히 생각해보니 있을 수 없다 해서 우째 아느냐 낸 줄 어떻게 아느냐 하니 그래, 옛날에는 옷을 한복을 입거든 한복 안에 적삼을 입는데 옷을 벗어봐라 하는 기라. 옷을 벗으니 적삼 뒤에 손을 대보라. 당신인지 알수있게 다 해놨다. 적삼 밑에 올이 있나. 거기에다 말이지 녹두알로 새파란 녹두를 쫙 박아 놓은기라. 그러니 밤에 고약한 짓을 하는데 만져보니 자기 남편이거든. 내 남편이 와서 하는데 내가 왜 죽을기냐 이거야 그래 그 여자의 얼매나 정신이 보통정신이 아닌기라. 그래 자기 죽음도 면하고 쓸데없이 죽어가지고 열녀비나 세우는 것을 막았다. 그 기지가 참 좋다.

〔 길곡면 설화 4 〕

증산리 하내마을, 1999. 3. 31., 1조 조사.
이병화, 남 · 67.

똑똑한 아들 덕분에 목숨 살린 이야기

어느 고을에 남편이 고을 원을 했어. 고을 원이라고 하면 원과 군수와는 또 좀 다르다. 고을이 크면 군수라카고 고을이 작은면, 영산같으면 현이라. 현안되는 고을이 좀 작은 곳이라. 이 사람은 어느 골 군수로 사는기라. 내 이 이야기를 하면서 좀 잊어 뿌릴수도 있다. 하도 오래된 일이다. 그게 어쩌다 날이 가물었던지 곡식이 다 타 뿌렀어. 이래니끼네 옛날에는 농사 지어 밥 묵고 사는 기이 가장 소중한 일인데 마을이 다 가물어 다 타뿟고 나니 가을에 수확할게 없는기라. 군민들이 굶어 죽게 생긴기라. 그래 인자 세상이 다 가물어서 수확할게 없단 말이지. 이래니 께네 다 굶어죽게 된기라. 이럴때는 고을 군수가 경상남도 일개 창년 군수가 군민을 살리기, 살리기 위해서 국고, 나라 양식을 헤쳐가지고 군민들을 먹여 살릴라믄 경상남도 지사에게 허가를 받아가지고, '굶어죽게 됐인게 우리 백성을 먹여 살리겠습니다' 하믄 서울에다 그 뭐꼬 서울에다가, 호조판서다 거 에다가 내가지고 먹여 살리겠다 하믄 먹여 살려라 령이 떨어지믄 그 나라 양식을 내어 군민들을 먹여 살려. 구휼로 할라 하믄 지금 같으믄 자동차로 가든지, 전화로 하든지 하믄 될낀데 그때는 고을군수가 사람이 말을 타고 가든지 해서 허락을 받아가지고 그 허락이 중앙에 가서 중앙에 가서 또 내려오고 그 전체가 보행이거든. 그 동안에 고을 백성이 많이 굶어죽겠거든. 고을 군수가,

"이렇게 아니다. 내 하나가 법을 어겨가지고 우리 군민이 죽을 것을 살리게 한다면 얼마든지 내가 하겠다. 그때는 국법을 어기면 죽어. 바로 사형 시키뿐다. 내 하나가 죽더라도 군민을 살려야겠다."

그래가지고 구휼을 해 먹여 살린기라. 먹여 살리고 사람을 보내 국고를 헐어 먹여 살린기다 하고 보고를 하자. 중에서 사전의 허락도 안 받고 나라의 살림을 헐어 네 맘대로 우째 먹여살린기냐 고을 원이 맘대로 헐어 먹여 살리면 양식 다 떨어지면 그것도 문제인기라. 그러니 잡아 여라. 그래 군수가 잡히 들어간기라. 그러면 죽는기거든. 그래 징역을 살고 있는데 그때 저 우에 참 중앙정부에서 죽이라 카믄 여기서 죽이지. 이럴 때 도저히 살아날 방법이 없어. 백성이 굶어 죽는다 해도 나라 법을 어겼는데 죽을 처지에 놓여있을 때 그 고을군수의 일곱살 짜리 아들이 아주 영리한 아들이다. 고을 군수의 부인은 자기 남편이 군민을 먹여 살리다가 나라 법을 어겨 죽기 됐으니 자꾸 울고불고 하니께,

"이렇게 아니다. 아부지를 살려보자."

해서 그 일곱 살 먹은 아이가 말을 타도 혼자 보내기 뭐해 있는 아전을 씌워가지고 그래 인저 그때 부사한테 떡가가지고 면회를 왔습니다. 앞에 서 있던 경비정들이 쪼매난 아이가 지사를 만낸다고 하니,

"절대 안된다."

"내 아무데 고을 군수의 아들인데 부사를 만나야겠다."

사정하니 그래 그 야기를 부사한테하지 들여 보내봐라. 부사한테,

"우리 아버지 좀 살려주소."

울며 탄원을 하는데 그래, 부사가,

"너 글을 배웠느냐?"

"내 글은 조금 배웠습니다."

한시는 좀 짓기 어려운기거든.

"니 시를 짓겠느냐?" 그래,

"넉사가 니가 이 시제를 가지고 시를 지으면 니 아버지를 살릴 수 있다. 어려운 난자 7자를 넣어 지어봐라."

요기 '난재난재촉도난(難哉亂哉蜀道難)'이요, 요말이 뭔가하믄, 어렵도다 어렵도다, 촉도난은 촉나라로 가는 길이 어렵다. 촉나라가 아주 산골산골이거든, 이걸보니 부사가 봐도 참 잘 짓거든, 그 다음에 인자, '아모청춘에 과부난(我母靑春寡婦難)'이다. 나의 어머니 청춘에 과부가 됨이 굉장히 어렵다 하는 기라. 안그러나? 글이 이거는 참말로 명필이거든, 부사가,

"이거는 참말로 맞다."

다음에, '오년칠세실부난(五年七歲失父難)'이라. 내 나이 일곱 살에 아버지 잃는 것이 얼마나 어려워. 그 다음은 까묵으뿌릿다. 기억을 했는디 참, 그래가지고, 다섯줄을 다 짓는데 귀신이 지은 문장이라. 그 만치 글을 잘 지은 기라. 이렇게 훌륭한 신동이 아버지를 잃으면 끝나는기라. 그래 부사가 직접 이동을 해 아버지를 살렸다. 그 부사의 아들이 여 남은 살 먹은 아들이 있었는데 아가 나중에는 부사아들이 영의정 지낼 때 이 아이 덕분에 대단히 훌륭하게 지냈다는 얘기가 있어.

〔 길곡면 설화 5 〕

증산리 하내마을, 1999. 3. 31., 1조 조사.
이병화, 남·67세.

못된 애 이야기

할아버지가 손자를 데리고 노인들 노는 노인방에 간기라. 그래 할아버지가

어렷이 모여 놀면서 물고기 회를 해 가지고 노인들이 술로 묵고 해서 먹은
기라. 그 손자 그거는 빨간 횟집이 매워 못 묵는다 보고 앉아서 다 갈라 묵고
났는디. 그래 다 묵고 나니 할아부지 하며 일어서는 기라.

"나는 집에 갈란다."

"아이놈아 놀아라, 뭐 할아버지랑 놀믄 되지 뭐 할라꼬 갈라 카냐?"
하니께,

"나도 집에 가서 고추장에 밥 좀 비벼 먹어야겠다. 회를 갔다가 먹고 싶어
죽겠는데 안 주니께네 나도 집에 가서 고추장에 밥 비벼 먹는게 더 매운데,
더 매운것도 묵을 수 있는데 왜 안주냐?"
카더랬다.

〔 길곡면 설화 6 〕

증산리 하내마을, 1999. 3. 31., 1조 조사.
이병화, 남·67.

박문수 이야기

그 여자가 이 집에 노인도 살아 계시고 한데 보니 완전히 그 집 분위기가
적막강사야. 사람 하나 안 사는 거 같해. 노인만 계시고 안에는 보니께네 그
잠난한 노인이 계시고 그 집에 종들이 몇이 있고 사람 사는 집이 아닌거지.
그렇게 조용해. 그래 가 주고 그 하루밤 잘 묵고 참 고맙다고 하면서 그 집
주지 스님도 알고 다시 서울로 가는기라. 그 서울로 가는데 그 한나절에 점심
때 걸어가니께네 저 우에서 보니께네 초록동이가. 초록동이 모르지? (조사자
: 예.) 옛날에 학이 나이가 나이가 어린 소년을 초록을 치장을 씌어 가지고
아주 이쁘게 해 가지고 된기라 초록동이가 (청중 : 아.) 그래가지고 초록동이가
자기 앞으로 걸어오고 있어. 그 이 사람이 걸어간끼네 그 초록동이가 딱 지나

가더니 힐뜩 돌아서더니,

"손님께서는 어디 가십니까?"

그 묻는게라. 그 초록동이가.

"거 난 서울간다."

"서울엔 어찌가시냐?"

고,

"거 난 서울에 이번에 과거 시험 있어 과거 보러간다."

그러니 거 초록동이가 하는 말이,

"하하 그 선비는 과거 날짜를 모르고 오셨구만거."

그래,

"왜?"

칸네,

"과거 어제 과거를 마쳤다. 과거를 마쳤는데 지금가셔봐야 소용이 없습니다."

그래. 그래, 그 이 사람은 '이상하다. 이 어제 마칠 날이 아닌데 이거 어제 마쳤다고 하니께네. 시골에서 올라 왔는데 마쳤다하면 마친거지.' 그래 인자,

"아하 그래 과거를 마쳤불소?"

그래 과거제목이 인제 시제라 하는거 말이지. 시제라 해 가지고 그 시제는 그 시자는 이 시험시자 (청중 : 시험문제!) 그래. 요래 요게 시제거든. 이 시제가 뭣이냐 물으니께 낙조 카거든. 낙조 낙조 낙조 인제 제목이 모냐믄 낙조라 낙조는 요래 가지고 떨어질 낙자 빛조자 말이야. 빛조자는 햇빛을 말해. 빛을 말해. 빛! 낙조라. 빛이 빛이 떨어지는 것을 그 무슨 말이냐믄 저녁 노을을 말하는 기라. 저녁노을에 해가 떨어지는 것을 갔다 낙조라 카거든. (조사자 : 예.) 한문으로 낙조라. (조사자 : 예.) 그래 시제가 뭐니가 낙조더라. 아! 그래 그 급제한 사람이 글을 잘 찢더냐. 이래 물께네 박문수가. 아주 글을 훌륭하게 잘찢더라 이거야. 아, 그러냐고 그래,

"그 글을 어떻더냐. 이래 물으니까. 외할수 있느냐?"

옛날에 그 왜 선비들은 좋은 문장만 있으면 확 외왔부려. 그러니 이사람이 다 외왔냐. 낙조란 글이 질다. 그건 내가 지금도 다 아는데 지금 설명이 안돼. 왜냐믄 그 낙조시가 쭉 길그만 그 그 보면 마 기가 맥히게 낙조가 아주

지금두 우리가 글고 봐도 기가 맥히는 글이여. 기가 맥히는 글. 지금 그 현대 사람도, 그래 그 낙조라까는 그 시제는 시는 학생들이 어디 뭐꼬… (청중 : 한문학.) 어 그기 보면 낙조라는게 있어. (조사자 : 쪼금만 읊퍼 주실 수 있어요?) 아~ 모르겠다. 마. 저녁에 돌아가는 중놈의 짝지가 굉장히 바쁘다카거든. 왜냐믄 해가 떨어지니께네 빨리 올라갈려고 이 중 짝지가 바쁘다 바쁘게 움직이는 거다. 그래 이젠 저 멀리서 남편이 돌아오길 기다리는 아내의 뒷머리 쪽 질러 비녀를 찔렀거든. 비녀가 요 뒤로 낮아진다. 이거 저 멀리 쳐다보니끼네 남편이 저 낙조 석양 무렵에 돌아오나 안 돌아오나 쳐다본다고 예 고개를 숙이께 비녀 꼭째 뒤에 어깨를 덮는다카는 그런 이야기를 그 이야기를 보믄 아주 기가 막히는 이야기다. 그런데 이제 그런 시를 쭉 외왔거든. 그 동자가 그러더니만,마지막 글귀를 모르겠다 그런다.

"마지막 글귀를 마 잊아부렸습니다. 요 이거 한가거 한 줄로 못 외와것니다."
박문수가 쭉 들어보니께 이 문장은 너무 너무 훌륭하게 잘 지은게라. 그래도 그래 동자보고 그런게라.

"그래 과거를 치렀으면 난 그러마 잘 못 올라왔고 그러나 기양 서울은 다 왔으니가 다 와가니케네 기왕 시골서 올라네 서울 장 안에 풍경이나 구경하고 가야것다. 그러게 먼저 도령은 가라. 난 서울 구경이나하구 가겠다."

참 시골 사람아 모처럼 다 올라왔는데 서울 구경이나 할려고 한 번 올라간기라. 올라가니끼네 본께네 서울 그 대문 그 문 안에 들어서니께네 죄 그저 시내에 말이지 과거를 보는 아주 그저 과거를 치르는 그 방이 말이지. 꽉 붙어 있는데 보니께네 과거 날짜가 아직도 남아 있는 기라. 지나가부렸다하는 과거 날짜가 (청중 노인2 : 그가 거짓만 한기라.) 그래서 이 사람이 그 이상하다. 낙조라카는 시제가 이렇게 침 글을 잘 친 이 시를 갖다가 이거 어째서 이 의심만하고 이제 과거 날짜가 되가지고 시장에 들어간기라. 시장에 딱 들어가서 선비들이 여럿 수천명이 모여가지고 앉아 있으니께네 시관이 나오는데 본께네 시관이 두루말이 가지고 떡 나오더니만 그래 여러 가지 몇가지 이야길하고 시험치는데 과거 보는데 큰 하자가 없도록 바란다는 연설을 하고 거 뚝 시제를 갖다 인제 두루마리 갔다 둑 피니 시제가 낙조야. 이 어째서 그렇침 정확하냐. 이거야 그래 이 사람이 딱 보니께 시제가 낙조라. 이 사람이 이레 뭐 글을 갖다가 하도 그 시가 잘 지은 시가 되서 그 동자한테 들은 하나로 안 잊어 먹은기라. 끝에 한 줄만 모르고 잊아붓다하면서 말로 안하고. 그 다음에 고 그대로 쓰는 기라. 그 사람 들은 그 사람 들은 그대로 쫙 스고 끝에 가서 자기가 마무리 글 쫙 쓰고 끝에 가서 자기가 마무리 글로 고안을 해 가주고 딱 싸인, 서연 그래 가지고 이자 시를 이제 이 과거를 마치고 나니께네 제일 일급 장급제도 박문수가 합격이 되뿐다. 그러니께네 이 박문수가 고마마 최고 참 점수로서 합격이 된기라. 그러나 이제 그 이제 이 과거보는 그 시관들이 시관이 혼자 보는게 아니거든. 즉 시관이 있고 양 보조 시관이 있고 이래 보는데 그 시관들이 이 낙조라카는 그 글을 갖다가 받아 못아 가지고 천체가 그것을 다 일러보고 그것을 해석을 해면서 그것을 이제 점수를 매기는데 이 낙조. 박문수가 딱 쓴 걸 보고 천지다. 이건 도저히 사람이 쓴게 아니다. 사람으로서는 도저히 그 생각이 미치지 못 할 정도로 대단한 글로 쓴기라. 이러께네 모 다 이 귀신글이다. 그 당시에도 귀신글이라 하는기라. 모다 그런데 이건 글이 아니고 귀신이 쓴 글이다. 자꾸 이래 된 께네 끝에 가서 주시관이 끝문구자 맺음을 딱 보니께 엄청 시리 맞아 떨어지기 잘 쓴기라. 그 이후에 쓴 글하고.. 글은 체 이기 맞아야 카거든. 그랬다 본 이건 사람이 썼다. 이 마지막 사람이 쓴기라. 그 시관들도 대단하단 말이야. 아주 큰 함흥박사들이 모여 있단 말이지. 그러께네 이 사람 이사람 장을 보아라. 이래 가지고 장을 뽑힌게라. 그래가지고 이자 이 사람이 장원이 뽑히면 임금 앞에 가가지고 우선 인사부터 해야 되거던. 그래 인제 임금한테 가니께네 임금이 그 시를 보고 엄청시리 보면 좋아하는기라. 잘 쓰고 참 좋은 글을 냈다고 해 가지고 그래 가지고 처음으로 그 사람한테 임명을 하기로,

"니가 지금 가장 소망하는 벼슬아치를 못을 하고 싶느냐?"
이거부터 물은게라. 임금님이.

"제가 지금 전하를 대신해서나라의 기강이 어떻게 되는지 그것을 알고 싶습니다.

그건 뭐냐믄 어사를 갔다 말하는거야. 그래. 아하 그래. 그래 거기서 어사를 명령을 해 가지고 전국 방방 곳곳을 다 댕기라 칸게라. 그런게 좋다. 그래 박문수 어사가 댕기라 어사가 되면 그래 인자 어사를 보조하고 어사가 그 참 어사

출도를 하면 그 주변에서 사람이 많이 움직여야 되거든. 그 그런 사람들로 천치 다 인자 사보를 해 가지고 출발을 한기라. 어사가 하는데만 저거는 인제 미행을 해서 따라 댕기는 그래 이사람이 젤 처음에 가기를 어디를 갔냐. 여기 딱 간겐 자기가 소복을 해 가지고 빽꼼 내다 본 그 집을 그 집부터 미행하는기라. 그래 가가주고 그 어른한테 인사를 하니께네,

"과거를 봤느냐?"

"예, 봤습니다."

"어찌 장원급제 했느냐?"

"장원 급제는 못했다. 그래두 마 기왕에 어르신한테 올라 가면서 신세 졌기 땜에 인사하러 왔습니다."

그래,

"인자 어르신 집에 아드님이 계시냐?"

"마 그만 묻지마라."

아 그래. 상세하게 얘길 좀 해도라카니 아들이 죽었다. 장개갔다가 신행하는 날 첫날 죽은기라. 그래 죽었는지 살았는지 호랭이한테 물려갔는지 그것두 모른데. 시체도 몬 찾았다카드라. 그러니께 노인이 기운하나 없이 살구 있는기라. 아들 하나 있는 거 죽여 뿌리고 나니께. 그래 그러냐고 그래 그러면 별당이 어디냐. 그 땐 처녀가 자는 부자집에는 별당을 지었어. 별당아씨라고 말하지? 그 집을 한적한 곳에다가 아주 깨끗이 지 가지고 그기 처녀 혼자 기거를 하고 거 처녀 몸종이 항상 붙어 가지고 고래 맨들어진 집이 별당인데 장개를 갔다가 시집을 와 갔고 별당에 일단 몇 년을 살도록 고래 내부린 살림마 그거다.

"그래 별당이 어딨냐? 별당에 한 번 내려가 보자."

그래.

"알겠습니다. 내가 그 좀 자구가자."

그래 뭐 참 주인은 그 때 뭐 자식을 잃고 난 께네마 집에 양식은 얼마든지 있는데 뭐 자고 가는 거 뭐 크게 구애받을 일도 없는기라. 뭐 자게 낳두는게. 그래 이 사람이 잠 장이라. 그 날 저녁에 자면서 별당 주변을 자두 안 하고 별당 주변을 자두 안하고 살핀게라. 이 이상하다 이 여자는 소복을 입고 가마를 타고 가면서 가마문을 열고 빼꼼 어째서 넘의 남자를 구경을 할려고 내다보

느냐 이거야. 그래서 이 사람이 딱 별당 살핑게라 그래 이 집주인 영감하고 마을에는 별당 며느리 혼자된 며느리 그걸 인제 나나고 그래 살고 있는게라. 며느리 양반집에서 혼자 됐다고 또 살러 가면 안되지. 그래 가만히 박문수 보고 있으니께네 참 밤중에 말이지 지금부터는 한 밤 12시나 1시쯤 될끼라. 뭣이 담장을 툭 뛰어넘어 가마히 말이지 아그 남자 한 명 이 넘어 그래 가마히 보고 있으니께 보고 있으께네 그게 별당 문을 열고 넘어 살그미 들어가는게라 뭐 지방에 들어가듯이 그때서 박문수가 저놈이 이집 신랑을 죽인거구나. 그래 인자 그래서 박문수는 모드 알아냈어. 알고 그 날 밤에 자고 그 이튿날 그 인자 지가 데리고 고 다니는 사람을 여남 사람을 불러가지고 담장 밖에다 감시를 세웠는게다.

"완전히 숨어가지고 모르도록 해라."

딱 세와가지고,

"어떤 놈이 던지 들어오면 잡아라. 사심 없이 잡아라 절대 놓치면 안된다."

딱 그래 해났고 박문수 밤에 딱 잡아, 그 남편을 즉여뿌리고 저거네 들이서 남편을 쭉여보리고 이건 완전히 여자는 간부를 가지고 재밌게 살고 있는기라 지금, 그때사 가만히 그겟두 암행어사를 따라 다니는 힘센 넘들을 말이다 그래 가지고 인자 매복을 기켜나놨갔고 밤에 새 넘어와 딱 잡았다. 그 잡아가지고 똘똘 묶어가지고 그 뒤로 밤에 그 질로 대청 큰 사랑 앞에다 묶어가지고 여놓고 밤에 그래 청 밑에 쑤시너여나서 그 이튿날 아침에 일나꼬 그래가지고 그 놈을 그 때는 이 암행어사도 암행어사로서의 행조를 내고나서 취조를 해야되거든 그래야 공적이 되지 그냥 하면 사사로운 다툼이 되끼네 안돼. 그래 그 암행어사라는 것을 그 때사 밝히고 죄를 다스리 딱 다스릴 때 암행어사 따라 다니는 그 그 사람들 그 사람들로 여자로 묶어와라 그냥 데리고 오지 말고 뭉까와라. 그 여자하고 둘이 딱 묶어서 엎어다 놓그 때 떼리면 보통 안 떼린다 미리다 죽도록 뚜드려 패는기라 막 머스마가 그래가지고 인자 남편 어디 갔느 내 어디다 남편을 너 숨겨뒀느냐 드게 뚜들려 마즈느께 지 년이 뭐 매한텐 이길 놈이 없거든, 여간 해가지고.

그런게 고개 뭐고 별당 앞에는 삑 돌아 그게 있거든호수가 되가 못이 되가 있단 말이다. 그 별당 안에 침부 몬 하도록 거기다가 뭉까가는거 있제. 그래

딱 건저 내보니께네 그 때 낙조라고 가르쳐준 동자 그 사람 거기 빠져 있는
사람 죽은 사람이 그래 이 사람이 얼마나 한이 맺혔으면 박문수가 과거하러가
는데 너를 과거에 급제를 시켜야 내 이 원수를 갚어 주겠다 싶어서 그 귀신
죽은 귀신이 나타나가지고 낙조에 대한 시를 갖다 써 가지고 박문수한테 다
가르쳐 주고 가르쳐 주나 박문수 장원급제 되가지고 장원 급제 되면 박문수
내일로 밝히리라 그런 것도 참 귀신갯이 귀신이니께네 귀신같이 알것지 그래
알고 해준게라 이래가지고 그 사람이 와서 암행어사로서 그 집의 그 참 기가
막히는 일을 갖다가 다 밝혀내서 밝혀내가지고 이 여자는 죽이거던 여자도
죽이고 남자도 쥑이고 죽이는거는 박문수 어사가 죽이는게 아니고 거 올려보
내면 그 죄상을 낱낱이 써 가지고 올려보내면 저우에 가면 뭐.

〔 길곡면 설화 7 〕

증산리 하내마을, 1999. 3. 31., 1조 조사.
이병화, 남·67.

효자비 이야기

도천면 덕곡이라는 자리에 가면 그 덕곡이란데 그 인자 밀양 박씨가 살았
어. 밀양 박씨가 살면서 자기 아버지가 별세를 한기라. 아버지가 별세를 해
가지고 그 때부터 그 아버지 산소를 묘를 쓰나냐고 그게 시묘살이를 했어. 시
묘는 뭣이냐카믄 묘를 지키는데 3년간 3년 상이거든 3년 상을 내기 위해서
거 지키는 자리가 움막을 지 갖고 3년 상을 지내는기라. 거 3년 상을 지낼 동안
에 부모상을 당한같으면 그 날부터 시작해 가지고 옷만 갈아입지 목욕도 안하
고 여기 머리에 옛날에 상투를 쪼사 가지고 있으면 머리가 그 얼마나 복잡하겠
거니 머리에 이 이가 있어도 그 이를 빗어내빌지 안해. 그 만큼 부모에게 받은
모든 몸을 3년 상 날동안은 그 부모를 정성껏 모시기 위해서 부모에게 받은

내이 체체체 이 몸뚱이를 위해서는 하나두 손상을 안 입히기 위해서 참 그 시묘상을 3년을 하는기라. 이 사람이 박 효자다. 이 사람이 시묘살이를 하고 있었거든 시묘살이를 하고 있을 때 한 일년하고 난 께네 그 때는 시묘살이 할 때는 밥도 거기서 안해 먹는단 말이다. 잠도 거기서 잔단 말이다. 꼼짝 안하고 있드란 얘긴데.

한 일년하고 난께네 그 날 그 다음부터 말이지 밤에 된께네 호랑이가 말이지 큰 호랑이가 와 가주고 요 울망옆에 호랑이가 딱 앉아 가지고 거기서 자는데 호랑이가 호랑이두 자는데 그래가지고 날이 새면 호랑이두 가버리구 밤만 되면 그 호랑이도 와 가지고 그래 말하자면 이 시묘살이하는 이 효성 있는 박 효자를 갖다가 밤에 호랑이가 지켜주는기라. 지켜주기위해서 호랑이가 와 가지고 늘 잠을 자고 그래 처음에는 호랑이가 왔을 때는 참 무스왔겠지만도 또 호랑이가 그런 식으로 한께네 그 때부터, '아! 이 랑이가 우리 아버지를 지키는 나를 갖다 지극히 나를 보호할려고 이래 와 가 있구나.' 이래 생각하고 박 효자는 호랑이가 오면 장 왔나 캈난자 이래 잘 지내고 있는기라. 그 호랑이하고 그 호랑이로 사람에 대해서 하나도 해침을 안하고 그래 '그 시묘살이를 하고 있는 중에 호랑이가 3년 상 될 때까지 지켜준다.' 이 생각하고 있는데 그래 한 밋달 계속 오 위 비가 오나 눈이 오나 호랑이가 오는기라. 그래 오는데 밋달 지나고 나서 하루밤에는 호랑이가 안 오는기라. 그럴 때 이 사람이 얼마나호랑이가 안 오니께네 궁금하하 이 어찌 되는고 싶어서 호랑이가 가족처럼 느껴져 가지고 호랑이가 안온데 대해서 상당히 궁금증을 가지고 있는데 밤 한 지금같으면 예를 들어서 1시나 2시나 즘 됐겠네 잠이 깜빡 들은게라. 이 사람이 그 시묘살이 한다고 해서 밤새 눈을 뜨고 자고 이런 사람 없단말이지. 잠이 깜박 들은께네 꿈에 호랑이가 날 살려로 칸다 호랑이가 꿈에 그러면서 막 표효를 하면서 날 좀 살려달라고 말이지. 그래,

"니가 어데고? 니가 어덴데 이러는?"

그래 합천 어디다카니 참 합천 합천 어디 아주 깊은 산중 음맥이라. 그 이 사람이 굉장히 놀랜기라. 호랑이가 이 틀림없이 요 거 죽이 되가지고 죽겠느라. 고양이가 알상 들라카는 거와 같다. 이래 가지고 집에 말을 딱 가지고 오다 말을 타고 호랑이 있는데 가르쳐 그 집에 호랑이를 찾아가는기라. 그래

찾으러 가니께네 새벽된께네 호랭이 울음소리가 왕왕 하는데 굉장하는기라. 호랑이를 잡기 위해서 구두인을 따가죽 그 따가가 칠을 나뿌려 호랭이들 가기만 가만 빠지는 기라. 못나오고 딱 끝나, 거기 들어가가주고 있는기라. 그래 새벽이 되니께네 호랑이가 밤새도록 울어재치니께네 이젠 마을 사람들이 호랑이 한 마리 잡았다 이자. 새벽 뜸금에 온 동네들이 도치들고 팽이들고 소상들고 호랑이 잡으러 오는기라. 이럴 때 이 사람이 도착된기라. 그래 호랑이를 보니께네 말 밤새도록 얼마나 날뛨겠노 말이지. 그래 동민들이 다 몰라 들러라. 동민들한테 이,

"손대지 마라 이럼 안 된다."

그런데 그 이야기를 쭉 한게야. 이 호랑이가 내 시묘를 살고 있는 그 자리에 밤을 새 가면서 날이 새면 나가고 저녁만 되면 나한테 와서 지키고, 이래해 준 호랑이는 나한테 꿈에 여기 나타나서 찾아왔다. 이제그 상세히 이야길했어. 그런께네 당신이 가도 여 호랑이가 안물으냐 이거야. 호랑이가 살려고 버둥거리는 사람만 그 마 물어 죽이는 말 그런 판국에 참 안물겠느냐 이런거야. 안 문다 이거야.

"나는 그 사람 그 호랑이를 근저 올려도 절대 남을 갔다 헤치지 않을끼다. 내하고 벌써 여럿 달을 지냈는데, 이 호랑이가 물 턱이 있느냐."

"그럼 당신이 한 번 그래봐라."

그래도 모다 인자 사람을 해나 상할까 싶어서 겁을 많이 내는기라. 이런데 호랑이가 옆에 인제 시묘하는 박 효자가 하니께네 울음을 그치고 가마히 사람을 보고 있어. 그래 그 칠을 들어내고 그 호랑이를 바드로 들어 내. 드러내니께네 호랑이가 얼마나 좋았겠나 이거니 짐승도 지 살려주는데 그래 호랑이 밑을 딱 풀어 보면 각 그저마서야 막 내빼뿌려. 이 사람들이 호랑이를 안두만 내려로 괜찮으께네 뭐 정확한말이 맞아 떨어지니께네 호랑이 떨구어도 이거 뭐 원망도 안하고 참 당신이 지극한 효자가 보다 이래가지고 이 사람 집에 돌아온기라. 돌아와 그 날 저녁 누워 자니께네 호랑이 또 왔네. 방에 와 가지고 마 암말도 안 하고 엎드려있어. 그래가고 그 호랑이가 그 날 얼마나 거기서 살라꼬 노력을 해났던지 아주 기진맥진 이러내께네 그래 그 날 한 사나흘 며칠 있다가 잠은 자니께네 이 사람이 꿈에 이젠 잠을 자 호랑이는 옆에 있어 지근

자는게라 꿈을 딱 꾸는데 꿈에 말이지 호랑이가 나타나가지고,

"내가 이제 몇월 며칟날 내가 죽을끼다. 내가 죽으니께네 내 무덤을 당신 아버지 바로 뒤쪽에 거기다가. 그러면 당신 집은 대대로 효성이 지극한 당신집은 참 복이 많이 내릴끼다. 내가 죽거든 반드시 거기 묻어도라."

고래 호랑이가 유언하다 하다시피 꿈에 나타나 그냥 그래 참 꿈을 깨 보니껜 그냥 호랑이 옆에 있거든 근데 호랑이가 꿈에 꾸니까 그 이 사람이 가만히 생각해 보니까. 아니 이상한 일이다. 이 호랑이가 어째 저가 죽느냐 이거야. 죽으면 턱도 이기야 십 분 뒤에 하늘 보니께네 밤 자꾸 꿈 꾸와 쌌더니 밤중에 보니께네 호랑이가 주었어.

근데 이 박 효자가 그 집이 망해 뿌소 그 집이 망해 뿔어. 그래 이 박 효자가 아무리 생각해 봐도 자기 아버지가 산소에 묻혀 있는데 고 뒤에다가 묻어줘야 잘 된다고 이 이야기를 했을 때 호랑이가 꿈에 내한테 이래 선명하게 이래 이야기하는 틀림없이 우리 아버지 무덤 뒤 거가 굉장히 자리가 좋은 자리다. 이런께네 우리 아버지를 이장해서 거기 묻고 아버지 묻은 자리에다가 호랑일 묻어야겠다. 지기 그래 생각했던기라. 그래가지고 마 호랑이 죽은거 나났고 밤새도록 파가주고 자기 혼자서 호랑이를 묻으라카는 그 자리에 저 아버지를 묘를 맨들고 저 아버지 묻었던 자리를 갖다 호랑이를 묻었어. 이래놓관 3년 시묘를 살고 나왔고, 나오고서부터 그 쥐고부터 망하기 시작해. 이래저래 망해 가지고 그 집이 마 손이 다 끊겼어. 그래 마 다 죽었는데 그 집이 망했는데 그래 임해가지고 그 시묘살이에 대한 효성이 지극 하다는거는 알았거든 고을 에서도 뭐 고을에서 그 시묘살이 한 박 효자의 비석을 효자비를 잘 세워놨어.

〔 길곡면 설화 8 〕

증산리 하내마을, 1999. 3. 31., 1조 조사.
이병화, 남·67.

퇴계 선생 이야기

어느 산골에 노부가 부부가 살았는데 자식을 몬 나서 무척 애를 쓰다가 자식을 느즈막하게 자식을 두었어. 이러께네 늦게 주은 자식이 머스마카면 그참 금지 옥엽처럼 키워. 이러께네 어릴 때 인자 근게 인자 걸음도 하기 시작하니께네 여기서 저까지 걸어가고 요기서 여까지 걸어가고, 엄마가 모르는데 아버지 때려 돌라카면 와서 때리곤 거 엄한장 때린건데 엄마 땜에 아빠장 때리면 금방 이 만날 인제 장난 삼아 그래 하는거. 이것이 인자 장차 크면서도 자꾸 인자 아버지 때리주구 엄마 때리구 이 서당에 가서 갔다 오나깬 갔다오면 아버지 때리고 엄마 때리고 마라꼬 아무리해도 그냥 때려.

이럴 때 그 산골에 살면서 머슴애 중엔 나무로 불꾸덕에 꾸구 있었거든, 숯에서 숯장사 그 숯장사로 살면서 노인분과 댁이 이 숯장사는 뭔고 그 아들이 숯장사 팔러 서울로 가는 숯장사 팔아 가지고 들어오면 돈을 가지고 오너라. 양식도 사고 반찬도 사가지고 들어와서 들어와서는 또 아버지 한 장 때리고 엄마 한 번 때리고 이 때리는거 때리마 되는중 안 거께네 어릴 때부터 부모가 자식을 가르치길 잘 못 가르쳐 이래 큰 우환이 벙거덕되 인기랴. 아무리 아니라 케도 그 때 정 땜에 그래 잘못되는께네 이래 감당을 몬했는데 한 번 이 사람이 숯을 팔러 큰 부잣집으로 숯을 팔기위해서 그래 인제 숯을 파는데 그 숯 가온데로 다 산다카니 그래 인자 그 사람은 점심으로 문간방에서 점심을 대접은 하는데 점심을 먹으면서 그 집을 딱 봤는데, 큰 옛날에 기름장. 옛날에 기름장 크기 모르지? 이제 나무를 가지고 쭉 해가지고 그 따가 개를 볶아가지고 찡어가고 그 따 삼지 삼지거 봉아리를 그 따가 이어가지고 기름을 짜고 있는기라. 기름을 짜니껜 엄청시리 많이 짜 그 대청마루에다 기름을 한 뭐 돼지기 있지? 돼지기 여기 사 너러 몇 년 걸리는 그 기름을 짜다 그냥 짜고 있는거야. 방문을 일단 누르고. 야, 과연 부자다 데 그 기름을 하루종일 짜내는기라. 어떤 한 노인이 딱 나오시러 그 기름 짜내기 손으로 헤집던기라. 그 얼마나 아가운 기름 그 짜가주고 참기름을 그 짜나가주고 그 놈마 자기 먹는다고 그래 그 종놈들이 기름을 내부렀다고 난리고 그래 본께네 사랑방이 주인하고 안주인하고 그 내비린 어머니를 막 그러더니 고마 깨를 짜내는구 그 솥에다가 두 손을 모아서 막 안으로 숯쟁이가 가만히 보니께네 닭을 한 마리 넣고 명지들을 넣고 뭐 인삼을 넣고 이래가지고 고아버리는게라. 그래 논게 막 고아가지고 마 그 쏟아 내비린 그 방에 어머니에게 갖다 바친다.

그래 인자, 모르는기라 이 숯장사 그래 그 인자 바깥 노인이 어른이 그 안 노인을 보고 기름 그 들어가고 내부린다고 새 집을 되가지고 힘을 도와준다고 다를 도와가지고.., 엄마가 기름 짜가지고 그래 힘들다고 그래 그 얼마나 효자야 그 그런데 지금마다 이야기하는 노망기, 노망기 침체 노망기가 어디서 나는거야. 그 힘이 부족하다고 힘이 없앴다고 그래 그 집에 마침 숯을 잘 팔았지. 그래 고기를 사 갖고, 큰 절을 해가지고 앞으로 효성을 하겠다고 그게 바로 퇴계 선생인기라. 퇴계 선생은 후에 그 효자가 되가지고 잘 살았어.

〔 길곡면 설화 9 〕

증산리 하내마을, 1999. 4. 1., 1조 조사.
송분남, 여·73.

은혜 갚은 사슴과 뱀 이야기

* 할머님이 진주 남강에 대해 이야기 하시다가 갑자기 이야기를 시작하셨다. *

옛날에 이래 참 비끝 남자가 혼차서 이래 마 사는기라. 그래 살다가 요래 어디가면 와 주호 맨처럼 저서가 쪼마단 배 안 있나? 그자? (조사자 : 예.) 그런 배로 타고 옛날에 낙동간 마마 물이 더럽고 마마 온 천지가 물이거든 산까지 물이란 말이다. 그래 뭐 그거는 이야기를 한 사람인가 어딧 사람인고 처음부터 뭐 얘기가 났어. 그래 그 쪼께낸 요런 배를 타고 인자 이래 저서 미서 가리 그래인제 아가 쪼께낸 얼라 하나 떠내려 오더라카네. 그래 얼라 그게 인제 배에다 담았는기라.

그래 담아서 그래 담고 그래 또 사슴이 하나 떠내려 오는기라. 그래 사슴을 배에다 이래 담았는기라. 그래 담고 그래 또 구래만이나 뱀 뱀이 한 마리 떠내려오는기라. 그래 뱀 이 이거를 이래 또 담고 그래 그걸 배에다 담아가지고 육지에 이래 왔는기라. 와가지고 사슴도 그래 가라카고 뱀이도 가라카고 그래 얼라 그건 어디 가락할 때가 없는기라. 그 놈 머스만데, 남잔데 그래마 머스마는 태양인기라 남자로 이래 태아가 심문 암살 목돌이 이렇게 하니께네.

그래 사슴이가 한 날 이래 떡 이래 오더니만은 아는 시무살 먹으면 한 이십년 넘게 안되겠는냐? 그 집에 찾아와 막 절로 하고 앞발고 땡글끄 절로 하거든 그래,

"이 사슴아 니가 이렇게 오래 꺼정 살았나? 그래 뭐로 날로 오라카노?"

하니, 그냥 오라카노 하니 그냥 오라카노 하는기라. 그냥 오라코 자꾸 이래 싸서 밖을 나가면서도 그냥 오라고 그래 사슴따라 자꾸 이래 가니께네 그래 어느 산오리 어디 산가면 이래 산 중우리에 돌아가는 데가 있다 아닌가? 그래 두 막 히비 파더란다. 그래 이래 보석을 갖다가 이래 파놓고 가가라 카는기라 그래 그 보석을 가져와가지고 그래 팔았는기라. 파니까나 팔아가지고 토지를 땅을 샀는기라. 그래 땅을 사나께네 이 얼라 아기 주워다 케어난 이게 질서 다해 뭐라 칸기에라. 우리집에 노인이 도둑질을 해가지고 그래 땅을 샀다 이기라. 그 땅을 샀다캐서 그러마 도둑질을 해서 땅을 샀다 이기라 그 땅을 샀다캐서 법에서 데리고 가서 가다냈다 아이가. 그래이자 형무소 갓다 가돠났다 아이가.

그래 인자 형무소 갓다 가돠나니껜 그래 가돠 나이고 이젠 형무소에 징역을 살고 있는데 뱀이가 한 마리 삭 들어오더니만은 그 징역사는 사람 엄지발가락을 이거를 싹 믈어붙쳐 그래 믈어버리 마 엄지 발가락이 다리가 마 통통 이래마 부었는기라. 그래 부었네 그래 부어있으니까. 그러고 나서 또 있으니까 부어가 있는데 먹우라고 있거든 먹우 아는가? 몰라? 기다란거 먹우 농촌에는 있다. 그래 먹우 이파리를 갖다가 저 오줌배다가 이전에 사랑에 노는 사람이 이래 나무를 파가지고 굿이라카는 것을 만들라카지고 거기다 소변을 하는기라. 그래 소변을 해가지고 이전에는 이런 블라스팅이 없고, 이렇게는 나무를 이래 큰 게 이런걸 홍을 파가지고 거다가 바깥 사람들이 사랑에서 소변을 하는기라. 그래 인자 거따가 가가지고 그 먹우라 하는거로 먹우 이파리라카는거늘 그 따 팍 너가지고 그래 구리물고 돌아왔어. 다음날 가가지고 요 다리 탁 발라

주더란다. 발라 주니께네 저 형무소 관소 부장 마누라가 또 가서 막 구리가 다 가서 또 엄지 발가락 물어 뿐는게라. 또 막 그 마누래가 다리가 막 부어가 있으니 그래 또 고거를 오줌에 당가가 갖다 덮어줘 싹 바져 뿌린게다. 그래,

"이게 무슨 일이 있어도 역사가 있다. 이 무슨일인고?"

이래 그래 인자 그 사람이랑 인자 가 사실 엄마에게 물어봤는기라. 이래 무슨 전설이 있다 이랬는기라 그래 인제 자기도 어 사실대로 곧 이야길 했는기라. 그래 그렇단 까니께네 그래 참 그 사람과의 내도 그 사람은 살게를 해 주더란다. 그 아를 갖다 가다 불고, 그 후 지가 아도 시간이 없어서 오 그렇지 걸어가면 마 부모하고 상 하 밖에 그들이 전설의 연원성이 될라니가 그렇겠지, 그래서 막 떠내려가 죽었는거 아이가? 그 말 그기 수년 내려왔어.

〔길곡면 설화 10 〕

증산리 하내마을, 1999. 4. 1., 1조 조사.
송분남, 여 · 73.

부잣집 개 이야기

옛날에 이래 참 부잣집에 옛날에 과거 갈 때 짊어지고 신을 지고 이래 가거든? 그래 옛날에 과거하러 가면서 어느 부잣집에 떡 드가보니까 아무도 그 집에 복이 없드란다. 그 사람이 보니께네 그래 아무 복이 없어서 아무도 복이 있는 사람이 없는데 우째 이리 복이 있어 잘 사나 싶어 그래 부잣집 참 이래 마루밑이 노프다 아이가? 그래 마루밑에 떡 디다 보니께네. 마루가 뭐꼬? 청 아이가? 청 아나? (조사자 : 예.) 그라 이래 청 밑에 드다 보니께네 개가 한 마리 드가 있는데 개 그기 복이 그리키 복이 많더라는 그래서,

"아! 내가 개 저기 목이 많은데 저 개를 잡아가지고 내가."

개 봉이라카는게 있다카네? 개 봉안에 그게 뭐 저 개 봉이라고 있다. (조사자 : 쓸개처럼요?) 응? 개 콩팥맨치로 그래 있다카네. 그래 저 말이 하자면 콩팥치라.

"개로 저거로 잡아가지고 삶아 가 내 콩팥 저거를 먹으면 내가 복을 가 갈낀데."

이렇게 해믄. 그러면 이 사람이 마 가 과가 나오나 그마 그 집은 인자 사랑 에서 부잣집 사랑도 좋다 아이가? 거서 아프다 켔는기라. 그래 아프다카면 뭐 매칠 안 묵고 마 이래 누워가 있으니 그래 이 주인이,

"그 스 이 스님이 우째서 이리 이렇게 편찮아 가 병원이 가던지 병원에 갈 때도 아이고 우짜면 좋노?"

물어 보니께네,

"내가 저 마루 밑에 있는 개를 잡아 가지고 묵으면 내 몸이 풀리겠다."

이 카거든? 그래 그 주인이 개로 잡았는기라. 그 개로 잡아가 개로 잡아가 쌈알적에 아무도 소두 변이도 여전하고 개가 그 고기가 익을 상 싶으거들랑 바로 연락하라 이기라. 그래 인자 개가 얼추 상겨졌을 싶으니까 그 집 미느리 가 인자 부잣집 미느리가 고래 마 개가 얼추 쌈겨 가니께네 개가 며느리가 가서 칼로 가 가서 개 그걸 콩팥을 딸 띠이가지 자기가 묵어뿌린기라. 그리 먹어뿌린니가 그래 이 사람이 가 가지고 암만 찾아도 그게 없는기라. 이 이 고기가 절대 누가 손을 댔다 이기가 아무도 손 댄 사람이 없다카니께네 절대 댔다 아이가. 그래 그 며느리가 그거를 묵고 임신이 됐어. 임신 돼서 낳으니까 아들이야 그래 아들이 사림을 그냥 잘 잡아가더라. 절대로 복은 빼뜨를 수가 없어 그런 전설이 있어.

〔 길곡면 설화 11 〕

증산리 하내마을, 1999. 4. 1., 1조 조사.
송분남, 여 · 73.

케사밥으로 얻은 아들

이 사람도 과거하러 댕기고 마 부잣집에 얻어 묵는 사람인거든? 저녁상을

떡 이래 차려 주고 나니께네 가만히 이래 있거든, 그래 주인이 와 그래가 잇느냐고 묻거든. 오늘 밤에 우리 아부지 제사다 이카거든 제사가 나서 이거를 가지고 제사를 지낸다. 이기라 그래 그러마 그거를 자시고 난중에 우리가 밤이 좀 되면 밥을 해가 한 상 차려주민 그 가 제사를 지내라 켔거든. 그래 인자 제사지내 참 저녁상을 고 그래 그 집에 큰 미느리가 얼라가 없어. 작은 미느리는 얼라가 있고, 큰 미느리는 얼라가 없어 가 그래 인자 이 집 주인이 인자 그케 놓고 생각한이께로, 큰 며느리는 얼라가 없어 밤에 무슨 저거로 일나가지고 밥을 하겠노 이기라. 그래서 작은 미느리한테 인자 밥무그래 사랑의 손님이 어찌녁에 저하고 아버지 지사라카는데 지녁밥을 가지고 난중에 제사를 지낼라하는데 내가 밥을 한 상 해가지고 그래 제사를 지내라 했거든 그래 니가 밥을 해주면 좋겠는가 작은 미느리가 안할라카드란다. 아우 마 귀찮고 모할라 하냐 하는데 그래 큰 며느리는 자석도 없고 내로 우째 말로 하겠노 싶어서 그래 할 수 없어 큰 미느리한테 그켔는기라. 그래. 그래, 저녁밥 지사를 지낼라카는거를 밥을 밤에 한 상 해줄라켔는데 이걸 우짜꼬 이래 큰 미느리가 마고마 할라카는기라 큰 미느리가,

"하, 해드리죠."

일나가지고 마 정신을 들이가지고 머리를 깜아삐리고 마 정신들여 밥을 항상 해가지구 내는기라. 그래 인저 그래 하는 말이,

"이집에 가 아무것도 소원이 없는데 한 가지 소원이 잇다."

카드라. 그래 저 이,

"내가 그 소원을 해 줄라."

이카거든. 그래 해조가지고 그래 그 큰 미느리가 얼라가 있어 가 가 그 큰 미느리가 아들로 낳어 그래 아들로 낳어. 그 아들이 그 지사로 아들 평상이 지사로 지내가 가 그게 옛날에 진설이 그기 나오는기라.

〔 길곡면 설화 12 〕

증산리 하내마을, 1999. 3. 31., 1조 조사.

김수연, 여 · 70.

호랑이에게 잡혀 먹힌 할머니

* 옛날 얘기를 해 주신다며 이야기를 시작하셨다. *

옛날에 할매가 죽은 딸네 집에 떡을 해다 가다가 호랑이가,

"할마이 할마이 그 떡 하나 주면 안 잡아묵지."

그래마 떡을 다 줬거덩 난중에는 또,

"할마이 할마이 팔 한 개 띠도라."

그래가마 팔 한 개 띠 조꾸마 난중에는 팔도 띠 주고 다리도 띠 주고 다 띠조서 죽었다는 옛날에 그런 얘기가 있었다.

〔 길곡면 설화 13 〕

증산리 하내마을, 1999. 3. 31., 1조 조사.
신두식, 여 · 65.

형을 죽인 아우

* 다른 옛날 얘기로 삼형제 얘기를 해 주신다고 하셨다. *

옛날에 부모도 없이 삼형제가 살았거든 옛날에 엄마도 아부지도 다 잃고 삼형제가 살았는데 하도 가난해 가지고 삼형제서 벌이하러 서이가 다 나갔는 기라 벌이하러 다 나간기라 벌이 하러 나갔는데 삼거리 집에 가서 인자 그기 거서 삼형제서 얘기하는기라.

"십년 후에 요날 요시에 우리 요기서 만나자구 돈벌어 만나자."

이랬거든 그래 카느케네 삼형제서 가가꾸 그리 가가꾸 근데 삼형제가 다 착한

거 아이라 아이가 이제 돈도 잘 버리는 사람이 있고 몬 버리는 사람도 있고 이런데 그래 한 사람은 할 수 없이 지가 참 삼형제를 앞을 다시만나기가 잘 살라고 열심히 버렀는데 한 사람은 내가 죽자고 해도 그래도 돈이 안 벌리는 기라 돈도 조끔 벌리고 한 사람은 가가마 도둑질하고 나쁜짓만 했는기라 나쁜짓만 사람도 죽이고 나쁜짓만 그냥 했는데 그래도 나쁜짓을 해도 인자 십년만에 고이 세이 형제가 마날라고 왔거든 오니끼니지는 인자,

"내가 이렇즘 도둑질한거는 묻어버리고 잘 살았다."

거짓아이가? 옷도 잘입고 그니 끼니 먼데서 보니 형님 한 분은 화관을 훤칠하니 들고 오거든? 또 이짝 형님 한 분 오는건, '아따 저 형님 한 분 오는건 아따 저 형님은 돈을 많이 벌었는데 저거를 형님거를 빼뜨르 내가 부자가 되야겠다.' 이런 생각 딱 묵고 그래 온 까네 대 형님 오기전에 이 형님을 그래 인자 어디 연못이 있던가봐 마 칼로가 죽여서 물에다 여뿌고 돈은 내가 차지했다 말이지 해가지고 그래 큰 형님은 죽여 물에 여뿌리고 자기네는 모인끼니 큰 형님은 왜 안오냐고 이 사람이 안 카겠나? 형님 죽이고 지가 돈 차지한거는 생각을 안하고 그래 가서 지가 버린거처럼 해 갖고 참 잘지놓고 집을 잘지어갖고 그 돈 갖고 지가 형님하고 잘 살고 있는기라 있은께네 생각을 해봐? 형님은 돈을 버리갖고 동생한테 뻘 끌리고 안 묵고 뿌지게 버리 갖고 형님 캉 동생 캉 모두 다 잘 살꼬 말이지 형제 잘 살라고 생각해도 다 뺏기고 나니까 억울하거든 그런게네 죽은 영혼도 안 석어지는기라 안 석어지고 여는 참 연못 여 거느리고 살고 있는데 이 사람은 죽어서 원한이 되가서 살은 확 빠져뿌고 뼈다귀만 남아가꼬 물에서 이래 떠당기면서도,

"아가! 아가!"

이래 싸며 댕기거든. 이걸 형님이 그래갖구 사람이 많이 와갖구 구경울 하는데 또 그돈이 잘벌리느기라 잘벌리는데 뼈만 남았는기 떠당기다가 그린께네 내가 형님을 죽인죄가 되가고 달라고 달라고 해 갖는기라 하도 모도 많은 사람들이 그린끼네 고만큼 아까서 가더니 동생을 탁 죽이 뿌드란다. 그래 갖구 사라져 뿌린단다 고게 끝이다 간단한 이야기다.

〔 길곡면 설화 14 〕

증산리 하내마을, 1999. 3. 31., 1조 조사.
배순남, 여 · 65.

동생 복으로 살게 된 삼형제

* 다른 삼형제 이야기를 해 주신다며 이야기를 시작하셨다. *

옛날에 삼형제가 살았는데 부모도 다 돌아가시고 아무도 없는데 옛날에 살았거든 그래 밥을 얻어 묻으러 갈 판인기라 삼형제가 다같이 밥을 얻어 먹으러가는데 산에 떡 가서 떡 앉아서 내려다 보고 있다가 내려다 보고 있다가 니는 인자 어느 동네가라 니는 어는 동네가라 세이서 갈르거든? 갈리고 가는데 그래 글쎄 젤 막내동생이 찬 안카노 잘 얻어묵고 온다카거든 다른 형제들은 잘 못 얻어묵는데 옛날에는 동네에 나무를 때니까 연기가 많이 나거든 연기가 많이 나는 동내 그기는 인제 가는깨네 묵으러 가는께네 한 사람은 연기 많이 나는데 가닌께네 몬 얻어 묵었다카거든 그래 인자 지는 연기 안나는데가 전부 부자만 살아가 잘 얻어먹었다하는끼니 저는 우째다 저 좀 널가겠다 싶어 갖고 그 동생거를 갖다가 연기 많이 나는데 보내고 형들 저가 연기 안나는데를 조용한 동내에 얻어묵으러 갔는기라.

그 때서 또 가는끼네 이기 이 동생 이거는 연기 많이 나는 데 굶으라고 보냈는데 그래 그거는 불로 때 갖고 마 죽이라도 낄여 갖고 뜨시게 잘 얻어묵은기라 또 연기 안 나는데 잘 얻어묵을라고 갔는데 그리는 동내 사람들이 다 굶고 있는기라 불도 못 떼고 지기도 도리가 없는기라 . 사람이 그 인자 복을 뺏을 수는 없더라는 기라 거시기가 애를 쓰다가 쓰다가 그리 화해를 잘 해가 그 동상덕에 그 형들이 잘 살더란다.

〔 길곡면 설화 15 〕

마천리 북마마을, 1999. 4. 1., 1조 조사.
권용오, 남 · 58.

효자 이야기

옛날에 참 호불 할마시가 한 분이 살아가 계시는데, 혼자사는 할매가 한 분이 살아계시는데, 아들도 그 또한 이 참 효자라 한데, 엄마한테 어찌나 잘하는지 이 참 이름난 효자라 효잔데, 그라고 나서라 참 즈그 모친이 죽을 병을 씌어가지고 죽게나 됐다. 죽게 됐는데 이전에는 이전 뿐지 아니고 지금도 그렇지 만서도 죽을 때가 다 되 가면은 묵고 싶은 거이 많다. 요새에는 동지 섯달에도 딸기가 나오가 수박이 나오고 감도 나오고 하지만은, 이전에는 수박, 참외, 대추, 저런거는 전혀 구하기가 어려운거라. 그래서 그래 인자 즈그 엄마가 누워서 청을 하기를,

"뭘하니? 잉어, 낙동강 잉어, 두만강 잉어."

잉어를 갔다가 청을 하는 거야. 잉어 이놈을 잡을락 하니 얼음이 빙판이 되 가지고 잡을 수가 없는거야. 그래 인자 참 원채 원채 효자가 되서, 물고기를 잡으러 갔어. 떡 가드이만은 돗자리를 피놓고, 찬물을 한 그릇 떠다 낙동강 잉어를 원한다 그라니께네 용왕님이 계시걸랑 잉어 한 마리만 딱 올려달라 카드라. 이라니께네 참 그 저저저 얼음을 삭 뚜디려 발라났는데, 잉어가 한 마리 딱 튀어 올라오거든, 그래가지고 인자, 동지 섯달에 잉어를 구해가지고, 인자 집에 오가지고 잉어를 끌거서 즈그 엄마를 주었다만다. 주어니께네 인자 그 놈을 인자 자시는 기라. 자시고, 한 삼일간이라고 있으니께네 풋대추를 동지 섯달에 풋대추를 원을 하는기라.

"동지 섯달에 풋대추가 어디 있습니까?"

그러니까, 이 효자가 원채 하늘이 아는 효자다 보니께네 산에 가서 황토

파다가 빗자루 갖고 푹 씨러가 청소를 해놓고 멍석을 피놓고 찬물 한 잔 떠나 놓고 비는기라. 비는께네, 이 놈의 대추나무가 금방 마 싹이 마 부룽부룽부룽부룽 피고, 잎파리가 마 무룽무룽무룽 자라드니 마 꽃이 피드니마는 마 금방 마 풋 대추가 이만한 거이 마 열리거든. 그를 인자 묵고 그럭저럭 인자 병을 앓고 있으니께네 오래 견딜수가 있나? 그래 세상을 떴다 말이다. 떴는데 그래 인자 상여로 맨들어 가지고 미로 안가나 미고 가는데 삼십리라 삼십리. 요시 겉으면 느그 삼십리라 카면 알 수가 있나? 킬로 수로 12킬로 4킬로가 십리거든. 12킬로 가는데 행상을 매고 가는데 가다가 보니께는 요시 같은면 차가 있어가 차에다 싣고 갈 차가없지, 그래 한 군데 가니께는 참 죽은 때가 언젠고 하면은 참 유월달에 죽었던 모양이지 그래 인제 떡 가다가 보니께네 이 뭐시 뭐 상주가 뒤에 곡도 하지 않고 끄떠럭, 끄떠럭 따라 가는 기라 가니께네,

"저기 무슨 효자고?"

이래 싸는 기라. 뒤에 인자 곡을 하고 작대기를 집고 곡을 하고 따라가야 팜 그 옳은데 이야기 하고 그냥 따라 가는 기라. 곡도 안하고. 가다가 주막이 있으니 께네 행상걸음을 놔놓고 모두 상도군들은 술을 한 잔 먹고, 지는 인자 주막에 들어가 개장국을 사 먹는기라. 개장국을 사가지고 마,

"저기 무슨 효자고?"

모두가 이러거든 하늘이 얼멍덜멍 하더니만 구름이 마 막 꼬아지더니만 비가 막 뚜들기기 시작하는데 행상이고 지랄이고 막 뚜들기기 시작하는 기라. 비가 막 그래 인자 뚜들기니께네 저거 오늘 부정을 타서 그렇다고, 상주가 개장국을 묵어서 그렇다고 이라거든 비가 막 따라가는데. 그때서야 상주가 주막에서 슬금 나오드니마는 상여미고 가는데, 앞 방터에 턱 앉더니마는 즈그 엄마 앞에서 마 대성통곡으로 우는기라 마 대성통곡으로 우니 께네 한 참 내리더 삐가 딱 그쳐 비가 뚝 그치더니, 바람이 설렁설렁 불어서 구름이 다 그치 뿔고, 설렁설렁 불더니 만은 구름은 다 어디 가 뿔고 낮 빛이 인자 띠 나거든. 참 효자는 효자라 그래 와 가지고,

"저기 무슨 효자고, 저기 무슨 효자고?"

이래 싸드니만은 오가꼬 눈물 흘린데 떨어져가지고 있는데 이게 전부 피드라, 피. 그래 인제 하늘이 아는 효자 아니겨. 에 하늘이 아는 효자라 그라니께네

하늘이 아는 효자가 동지 섯달에 강가에 가서 기도 해 놓고 절하고 얼음 속에 잉어가 튀어오르고 동지 섯달에 대추나무 밑에 가서 풋대추, 풋대추가 어디있노, 손바닥 만한 잎파리가 얼룽덜룽 나오지. 이래 놓이께네 하늘이 아는 효자는 눈물을 흘려도 피눈물을 흘린다고 그래 인자 울었는데 날도 개여져 불고 구름도 온데 간데 없고 빛만 나고 이래가지고 인자 행상을 그냥 미고 가서 거기가서 인자 안장을 시키고, 효자는 하늘이 아는 효자, 이게 효자지 그런기라.

〔 길곡면 설화 16 〕

마천리 북마마을, 1999. 4. 1., 1조 조사.
권용오, 남 · 58.

케 복에 먹고 사는 딸

* 앞의 이야기가 끝날 때, 자기 복은 누구도 못 뺏어간다고 하시더니 그럼 복이야기나 해
  볼까 하시며 구연해 주셨다. *

이전에 아들로 하나 아니 아들은 없고 딸만 다섯 낳은 사람이 있었다. 딸만 다섯 낳아 키우는데, 이 집이 사대부 집인데, 잘 사는기라. 종을 들이도 여자종, 남자종, 새끼종 전부들이고 살았는기라.

하루는 지가 부자로 살고 있으니깐에 참 의긱양양하다 말잊. 그러니깐에 맨 맞딸로 딱 불런기라. 부르이 깐에 맞딸이 들어오거든 들어오가지고,

"아무개야."

"얘."

"니는 누구 복으로 사노?"

"아부지 복으로 삽니더."

그래 인지 둘째 딸을 불러가,

"니는 누구 복으로 사노?"

둘째 딸도,

"아부지 복으로 삽니더."

이래가 셋째 딸을 불러도 넷째 딸을 불러도 다 '아부지 복으로 산다'고 그라거든.

그런데 제일 막내이를 불렀다. 불러가지고,

"아무개야."

딱 이름 부른다 아이가,

"얘."

"니는 누구 복을 사노?"

그라이 깐에 이 막내이는,

"지는 지 복으로 삽니더."

저거 아부지가 을매나 보골이 났던지 막내이를 쫓아냈는기라. '니 복으로 살아라' 카고 보내 버리는 기라. 그래 인자 나와보이 깐에 갈 데가 있나. 요새 맨치로 취직할 데가 있나 사람이 마이 사나 그래 인자 한참을 골짝으로 들어가는 기라.

"내 복이 있으면 살겠고 복이 없으면 못 살끼고."

하고 갔다.

숯으로 굽어 가지고 파는데 둑에 돌세워 놓고 굽는 거 않있나? 그래 그때 보로꾸가 있나 시멘이 있나? 가가 돌로 가만히 보이깐에 금덩어리다 돌삐가 아이고 금이라 그래 가지고 주인을 딱 찾아가이 깐에 주인이 총각인기라, 그렁데 만날 산에서 숯굽고 하이 깐에 마누라 구갱도 몬해.장가는 못 갈 판이거든 그러이 하룻밤 자고 가자 카이 안된다. 카거든 (청중 : 그라제 그라면 안되제.) 그라믄 부엌에라도 자가 가자 카거든 그러이 인자 자고가라 카거든. 그래서 인자 부엌에서 잤다. 다음날 아침에 둘이 합의를 본다. 결혼하고 살자고, 백년 부부로 살자고 카는 기라. 좋다 카거든 (청중 : 그라제, 총각은 좋다카지.) 그래 가 숯도 팔고 둘이 잘 살거든.

인자 하루는 마누라가 서방에게 둑을 빼가 장에 팔아라 파거든 남편은,

"이게 미쳤나."

하고 보고 그래도 '재 보다야 않 낫겠나' 싶어가 그라기로 하거든

"우야믄 되노?"
물으이 깐에 마누래는 기양,
"금지 금대로 주이소."
카거든. 모라 물어도 기양'금지 금대로 주이소'이러기 하라 카거든. 그래 인자 장에 나가 봤다. 초저녁이 되이 깐에 열 시살 묵은 꼬마가 떡 오거든. 그래가 묻는기라
"앗 따 그 물건 조오타. 이거 얼매 도라카요?"
묻거든?
"금지금대로 주이소."
계속 물어도 '금지 금대로 주이소'만 카거든 그래 인자 금을 떡 싣고 지를 따라오라 카거든 가보이 깐에 대분이 번쩍 번쩍 카거든, 그러이 들어가이 깐에 돈을 한 빽가리 들고 오거든, 마 돌미 시 덩거리, 니 덩거리 다 팔아가 팔자 고치는 기라. 지금 칠라 카면 이 창녕 땅 덩어리 다 팔고도 남는기라 그래 인자 집에 가가, 집을 짓는 기라 대문을 열두개 짓고 인자 집을 떡 짓는기라 인자 마누래가 양반을 떡 만들라고 거라는 기라 참 처녀는 양반 집에서 자라가 그림 따나 배았는데 머스마는 없는 집에 커 노이깐에 까막 눈인 기라. '참 검은 건 글이고 허연건 종이다' 이라는 기라
인자 양반을 만들 기라고, 돈갖고 맨드는 기라. 그래 한 날은 곰방 쪼대를 하나 사주는 기라 잎파리 넣어가 나가서 피라 카거든 그래 배껕에서 피고 있는데 양반이 와서,
"상놈이 어어서 이카노?"
그라고 다 뿌사 내 삐리는 기라
그래가 다음 날로 또 떡 나가가 피고 있거든. 그러이 양반이 와가 또 뿌샀 뿌거든. 그래가 인자 곰방 맨드는 사람을 집으로 데리고 와가 짜꾸 맨들게 했 뿌는 기라. 하루에 천개도 만들어 내는기라. 그래 인자 양반이 되이 깐에 인자 저거 친정집이 않 좋은기라. 그 카다가 망했는 기라 살살 망해 드가는데, 즈거 딸은 이 대문을 지을 쩍에 이 조선 팔도 대목들을 다 모아가 대문을 지었는기라. 그래가 대문을 열면 '지 보그르르르' 또 닫으면 '내 보그르르르' 그런 대문을 달아가 맨들은기라.

그래가 한 번은 지거 아부지가 딸네 집을 찾아오는 기라. 그래가 들어오이
간에 '지 보그르르' 닫으니깐에 '내보그르르' 카는기라.

'아 역시 지 복은 지고 타고 난다' 했단다.

〔 길곡면 설화 17 〕

마천리 북마마을, 1999. 4. 1., 1조 조사.
권용오, 남·58.

장자늪 이야기

이전에 장제가 살았는데 (조사자 : 장제가 뭐에요?) 장제는 부자 아이가,
갑부 말하는 기라 부자 우에 장제. 이전에는 농사를 지어가 살았는데 한 날은
장제가 얼매나 독한지 유명하거든.이제 한날은 스님이 시주를 나왔는데 목탁
을 두드리고는,

"시주 왔습니다."

카거든. 그런데 이 할마시 하고 영감탱이는 쌀 그거를 한 움쿰 달라케도
안 주는기라. 그라이까 며느리가 그걸 딱 보고 있으니까 너무 하는기라 인자
며느리가 동이로 쌀을 마카 주는기라. 인자 저거 시아바시 시오마이가 아는
것 같으면 지는 시집 못사는기라 물이러 가는 멩키로, 쌀로 한 동이 이고나와
갔고 스님 바지랭이에 부 주는 기라.

그래 도사중이 며느리 보고,

"니는 낼로 따라오라."

카거든 그래,

"따라오되 뒤는 돌아보지마라."

카거든 그래 저짜 산 까지 따라 올라가서 뒤로 돌아 보이간에 저거 집이
늪이 되어 있거든 집은 온데간데 없고 늪이 도어쓴기라. 그래가 그 늪을 장제

늪이라 칸다.

〔길곡면 설화 18 〕

마천리 북마마을, 1999. 4. 1., 1조 조사.
권용오, 남 · 58.

구렁이 이야기

* 장자 이야기가 끝나고, 마을 이야기를 조금하시다가 시작하셨고, 옆에 계신 할머니께서
'아구 무시래!'하고 대단한 반응을 보이셨다. *

한 팔십년 전에 우리 모친이 9살 묵어 그해에 어떻게 가뭄이 심했는지 물이 다 말랐는기라.

한날은 또랑에 떡 가서 물로 묵는기라. 녹그릇으로 물을 묵는기라 그래 묵으니 간에 미꾸지 같은기, 영판 미꾸지 같은기 '쎅쎅'거리며 따라오는 기라. 녹그릇 가지 간다고 거라며 따라오는 기라. 그기 즈거 식구 혼이 들어있는 거거든. 영혼이다 이래가 겁이나가 녹그릇 훌쩍 던 짓부면 안따라 오는기라.

그라고 몇 년후에 그걸 마카 논으로 메깠거든. 그 근처에서 고기잡을라고 떡 있는데 갑자기 구렁이가 슥 올라 와가 발목부터 감거든, 잡아 물라고 그래서 온 몸을 감아가 샛바닥을 얼굴에 마카 내밀고 그라거든 그런데 그 사람이 삼형제라 맞이라. 맞인데 동생이 그거를 보고 성님 구할라고 나오는 기라. 그런데 한 사람이 떡 지나가면서 서 사람을 구할라면 친척이나 부모 형제 중에 누가가서 구해야 된다고 카는기라.

"구래 우째 구하면 되는교?"
하고 물으이,
"나에 쪼마이로 들고와가 모가지를 홀가뿌라."
는 기라

딱 야물게 메놓고, 그라고 꼬랑지 밑에 보면 모가 있거든? (청중 : 그래 모있다.)그래 거로 갔다가 입을 사정없이 물고 세리 입으로 불어라 카거든. 그래야 풀지 아니면 아무도 못 푼다 카는기라. 그래 동생이 세리 뛰 들어가 구렁이를 구렁이 목을 얼매나 조아났던지 짤록 짤록 커더래 인자 똥구녕을 얼매나 시게 불어 났던지 한참을 세리 불어 놓으이깐에 인자 쑥 풀었단다.

〔 길곡면 설화 19 〕

마천리 북마마을, 1999. 4. 1., 1조 조사.
성명 미상, 여 · 77.

도둑놈 잡는 얘기

* 할머니께서 갑자기 도둑놈 잡은 얘기 해줄까 하시며 해 주셨다. *

옛날에 인자, 도둑놈이 마을에 내려와서 돈을 훔치고, 쌀을 훔치고 이래 막 미쳐볼라고 산골짜기 피는 집만 그래 하는데, 그래 인자, 도둑놈 큰 것, 큰 도둑놈들이 술 잘하는 식모를 구했는기라. 구했는데, 술 잘하는 할머니, 술 잘 하는기라. 술 내주고, 그래. 좀 하라카, 좀 정신 미친 사람처럼 그래 하제. 그래 술 내노이께는 마 이 할마이가 막 물어온다. 좋은 누룩으로 술 막 빚어갖고 참 금청주라고 있거든. 술이 막 바라 맛있거든. 마시고 있으니께네, 이 할마이 이게 이 술 따라버리거든. 그게 도둑놈 잡을 궁리인 게라. 술 막 퍼질게 갖다 놓고, 막 퍼먹인 게라. 그래 막 잔다 카는기라. 마, 몇 놈이나 깼는지 팔을 막 휘익, 젓는데, (청중 웃음) 잔다 카니 '이' 카니 자거든. '이겼다' 카고 그래 인자, 도둑놈들이 자고 나니, 여자라 돌맹이를 이고 와서 뺑뺑뺑 돌아쌌더라. 이래 칵 놔 보마 다들 절룩거렸지, 잘 기라고. 그래서 저도 부자가 되고, 도둑놈 다 잡고 그랬더마.

〔 길곡면 설화 20 〕

마천리 북마마을, 1999. 4. 1., 1조 조사.
권용오, 남 · 58.

최씨 시조

도섬이라고 있다. 도섬이 왜 도섬이냐 하믄, 돼지, 돼지가 도섬에 살거든. 그래가 그 섬 이름이 도섬이라. 도섬인데, 나산에. 육지에 고을 원 마누라가 없어져 버린게라. 그게 참 희한한 일인데. (조사자 : 고을 원이 죽는 거예요?) 고을 원이 죽는게 아니라, 할마씨가 죽는기라. 원님의 마누래, 각시. 그래, 원님 마다 오면 마누래를 데려가 뿌린 기라. 그래 고을 원 할 사람이 없는 게라.

한 사람이 마누래 데리고 고을 원 하러 오는 기라. 그래서, 하날 저녁에는 지가, 촛불을 방에다가 환히 켜 놓고 그러니까 그 날 저녁에는 안 오는 기라. 그 다음날 저녁에도 안 오는기라. 자꾸 불을 켜 놓으니깐 안 오는 기라. 그래도 예상 했었던 모양이제. 능기구리 안있는교. 능기구리를 제 마누라 발목에다가 딱 매 놓는기라. 발목에다가. 발목에다가 딱 매 놔서 가는 행방을 아는 기라. 그래갖고 도성으로 물고 들어가는 기라. 그래 인자, 명주실. 그것이 그게 엄청나게 길거든. 그래 인제, 그것 따라 잘 따라가니께네 도섬에 딱 가는기라. 도섬에 딱 가니께네 도섬에 굴이 있는 기라. 돼지가, 돼지가, 아, 그땐 몰랐지, 사람인데 그래인제, 제 마누라가 인제, 그 사람이 턱 끼고 있거든. 점심 때 쯤 되니까는 점심 지을라꼬, 물 길러 나오는기라. 그래 우물가에 보니까는 나무가 한 그루 있는기라. 근데, 우물가에 나무에 딱 앉아서, 나무 잎을 싹 훑어 가지고, 그래, 물 퍼다가 보니께는 나뭇잎이 확 들리거든. 들리니께네 확 쳐다 보거든. 쳐다 보니께네 즈 신랑이 와 있거든.

"됐다. 가자. 근데 내가 저 돼지를 죽이고 가야되지, 안 죽이고는 몬 가겠다. 당신도 여기 있다가는 저 돼지한테 죽을텐데."

돼지다, 돼지. 그땐 마 사람으로 변해가지고는. 돼지야. 그런데,

"당신은 나가 있소. 내가 한 달을 살든지, 두 달을 살든지 살아주고, 이따가 돼지를 죽이고 인자 가겠다."

근데, 돼지를 죽일라카니 죽일 수 있나. 그래, 만날 좋다고 만날 붙어 있는 기라. 그래갖고, 남자를 살살 해갖고,

"당신은 뭐시 젤 무서운교? 나는 뭐시 젤 무섭드라."

이래갖고. 참 내 희한하제.

"사람은 뭐 그렇다는데, 뭐시 우짜는교. 마 이래 자꾸 이러는데. 당신 뭐가 젤 무서운교?" 하니,

"나 젤 무서운 거는 백마가죽이 젤 무섭다."

하는구만. 백마가죽. 백마가죽 그걸 갖다 불에 태우면 나는 간데 온데 없지 죽는다 안하나. 백마가죽을 구해다가 불로 딱 태워놓고 자는데 솔솔 뿌렸는데 죽어버린기라. 죽어버렸는데, 아이고마, 그 날부터 태기가 있는기라. 태기가. 다달 배가 불러 오는데, 돼지가 아니지, 사람이고. 아 야단났는기라. 머심애를 나았어. 남자를 낳는기라. 남자를 낳아 놓으니까네 이게 재주가 있기로마, 엄청나게 있는기라. 그 고을 원이라 카는 사람은, 성이 최씨라. 최씬데, 이게 선생이 되었구만. 조선에 선생이 몇이나 있노. 최 원 선생이 그 사람이다. 전설이 내려오기로는 최씨가, 원 시조는 돼지라. 원래 고을 원은 그 때 아가 없었고 돼지한테서 아를 낳았으니까네 성은 최씨지만 원 조상은 돼지지.

〔 길곡면 설화 21 〕

오호리 외동, 1999. 4. 2., 1조 조사.
성명 미상, 남·연령 미상

제사상에 올릴 감을 구한 효자

* 효자 이야기를 해달라고 하자 시작하셨다. *

　　신라 땐데 우리나라 신라 땐데 경북 예천 사람이라. 걍북 예천 고을 있거든. 예천 사람인데 성은 도가라. 도읍 도자 도씨라 도간데, 도씨가 집은 가난하고 즈그 아부지가 병이들어가지고,

　　"야야 감홍시 한븐 묵고 싶다."

　　그래. 구할 수가 없단말이다. 그래 감나무 한테 가가지고 감나물 씨씨하며 감나무 꼬대길. 오월달인데 읍지. 해가지도록 그래 없단 말이다. 그래가지고 고마 집에 돌아올 판이라. 야, 이렇게 불효가 없단 말이다. 우리 아부지가 감홍시를 먹겠다해서 내가 감홍시 하나 몬가가서 이렇게 불효가 없단 말이야 그래. 차라리 죽는게 낫겠다 싶었그든. 집에 온다고마 그렇게 오니께 큰 호랑이가 앞을 딱 가로 앉는기라. 그래 도씨 맘은,

　　"옳지 내가 감홍시를 못구했으니까 호랑이가 나를 잡아묵을 참이구나 그래 잡아 묵을래면 잡아 묵으라."

　　이내 뭐 불효 한거니 떡이래 하니 호랑이가 고개를 끄떡끄떡 하고 이래 꼬리를 흔들거든 그래마 행동이 이상하단 말이다. 날 잡아 묵을게 아닌가 싶거든. 그래 마 내가 등에 탈까 한게 고개를 끄떡끄떡 하는기라. 그래 등에 탔어. 이놈의 호랑이가 내빼는데 그 어데 가는지도 모르지 그건 밤이거든 밎 십리를 갔는가 백릴 갔는가 거도 모르거든 그래 한참을 가니 가다보니께 분명히 호랑이가 멈춘걸 보니께 언 산골짝 쪼매난 동넨데 보니께 불이 빠니 있거든 이제 그불 빤한데서 떡하니 내려오는기라. 그래 내가 내릴까 긍께 고개를 끄떡끄떡 하는기라 내렸다. 호랭이가 이상하지 불이 빤하지 밤중 되서 배도 고프지 이집 들어가 볼 빼께 없다. 그래 주인을 찾으니 주인 나온단 말이다. 그 주인이 사람을 손을 데리고 인사를 하고나서 주인이 말하기로,

　　"손이 쪼매 앉아 계시면은 오늘 저녁이 우리 아부지 제산데 내 제사 모시고 나올테니 잠시 있으라."

　　카거든 (청중 웃음) 제사 음복이 나오는데 인제 감홍시가 딱 있어. 제사음식에 감홍시가 나오는기라 인제. 이제 가마이 생각하니 인제 옳지 그 호랭이가 이 집에 감홍시 둘라 켔다 싶은기라. (청중 웃음) 이제 물었지 주인한테. 나그네 도씨가,

　　"주인양반 감홍시 우쨰서 여 오월달에 감홍시 있나?"

물응께,

"우리 아부지가 평상시 참 홍시 즐깄는데 이제 가을 되면 감을 이백개 따다가 굴에 저장해두는데 언제나 이때가 찾아오면 우짜면 두 개 서 개 그래 남았는데 오늘은 스무개 남아있어."

보니께 이 사람도 이상하게 생각 한기라.

"나도 집에 아부지가 편찮아서 감홍시를 청하는데 양해해 이렇게 왔다."

말이지. 주인이,

"오늘 여 감홍시 스무개는 우리 아부지 한테 갈게 아이고 당신 아부지 한테 갈끼라."

마 감홍시를 싸준단 말이지. 얼마나 좋겠노. 그래 감홍시 얻어 나오는데 호랑이 또 있어 거. 떡 있거든 그 때마 얼마나 기분이 좋겠노. 호랭이를 타니께 우째 갔다 오는지도 모르게 집에 온게 인제 새벽이라. 신기해하고 인제 아부지가 감홍시를 가왔냐고 인제 감홍시를 묵고 오래 살게 됐다는 말이 있어. 그 진짜 훌륭하자?

창녕군 유어면

Ⅰ. 조사마을 개관

1. 유어면(遊漁面)

유어면(遊漁面)은 창녕읍 화왕산에서 시작하여 부곡리 말등 앞에서 낙동강으로 흘러드는 남창천(南昌川)과 고압면 감리에서 시작하여 가항리 웃등대에세 낙동강으로 흘러드는 토평천(土坪川)등 두 개의 큰 내를 끼고 있으며, 낙동강의 범람으로 인하여 저습지와 못이 많은 곳이었다. 착실하게 추진되어 온 제방축조와 개답사업으로 저습지가 최근에는 경지정리가 완성된 논으로 모두 바뀌어 쌀 생산지로 탈바꿈하였다.

1) 옛 지명과 변화

유어면내에 있었던 고지명(古地名)을 조사해 보면 다음과 같다.

누구택(樓仇澤)이 「현(창녕)의 서북쪽 25리에 있다.」는 『동국여지승람』의 기록이 있어 유어면이 창녕에서 서북쪽 지역의 면임을 알 수 있다. 역원(驛院)란에 구곡원(仇谷院)이 「현 (창녕)의 서쪽 25리에 있다」 하였으며 고적(古蹟)란에 신문부곡(新文部曲)이 「현의 남쪽 20리에 있다」 하여 신라 때부터 취락이 있었음을 알려 주고 있다.

樓仇澤　　　在顯西北二十五里
仇谷院　　　在顯西二十五里
新文部曲　　在顯南北二十五里[1]

이상의 기록으로 보아 유어면 관내에는 누구택이란 늪이 있는데 이것은 지금의 미구리 동편의 누우늪이며, 「누구」의 「仇」와 연관이 있는 구곡원이 이 늪의 동남에 있었으며 지금의 마수원인 것이다. 마수원(馬首院)의 「院」은 구곡원이 있었기 때문이다.

　『대동지지』에 보면 방면, 진도(津渡)에 유어면과 관계된 지명은 다음과 같다.

長遊　西初十里終三十里
漁村　南初七里終二十里
新文部曲　南二十里
馬首院津　南四十里

조선조 말인 1897년 리동 단위 행정구역 개편이 있었는데 두지 신문 등을 합하여 풍조동, 본어촌과 대동이 합하여 광산동, 진창과 거마가, 내부곡과 외부곡이 합하여 졌다. 어촌면은 4개 동으로 개편하여 1914년까지 존속하였는데 다음과 같다.

풍조동(楓槽洞)　외부동(外釜洞)　광산동(光山洞)　진창동(陳創洞)

2) 유어면(遊漁面)의 오늘

1914년 4월 1일, 부·군·면 폐지 분합때에 유장면과 남부의 어촌면이 합하여 유어면이 되면서 외부리가 창녕면의 구역으로 떨어져 나갔다.

면사무소가 있는 면소재지는 부곡리 마수원으로 면사무소는 부곡리 437번지

1) 新增 東國與地勝覽 卷 27 창녕현 山川,驛院, 古蹟

에 있었는데 건물이 오래되고 낡아 1991년 5월 3일, 유어국민학교 앞인 부곡리 48-5번지에 2층 건물을 신축, 이전하였으며, 부곡리 마수원과 마등에 유어지서, 유어우체국, 유어 농업, 유어 초등학교 등 여러 기관이 있다.

1990년 말 가구수는 1,137호이며, 인구는 3,354명(남 1,637면, 녀 1,717명)이 다.

2. 유어면 마을 1 - 유어면 미구리

미구리는 앞에 호수가 있고 뒤쪽으로 산이 두러싼 형세를 하고 있다.

미구리 사람들은 팔락정이 마등리 소속이 아닌 미구리 에 속해 있고 지리상 도 그렇다고 하여 많은 애정을 가지고 있었다.미구리에는 옛날에는 전쟁의 중 요한 거점이었다고 했다.

*팔락정

누구늪의 서쪽으로 오래된 정자가 있어 그 이름이 그대로 동리 이름이 되니 팔락정이다.

이 정자는 선조 10년(1578)에 창녕현감으로 재임한 정구(鄭逑)[2]가 홍학교민 (興學敎民)을 현치에 요체(要諦)로 하여 선조 13년(1580)에 세웠다. 그때 현내 에 8서당을 세우고 서당마다 인근의 덕망 있는 선비로 선생을 삼아 가르치게 하였다. 유교를 진흥시켜 땅에 떨어진 도덕과 피폐한 풍속을 교정하는 동시에 다스리는 자는 가혹한 정치를 피하고 백성을 자신의 업에 즐거워하며 미풍양 속을 진작발흥을 주로 하여 우수한 인재와 국가 동량을 양성 배출하고자 했던 것이다.

그후 정자가 세월이 흘러감에 따라 퇴락 하였는데 철종 때(1820) 중수하여

---

2)   鄭逑(1543~1620):朝鮮時代의   性理學者,   文臣,자는   道可宣祖10년 (1577)에   창녕군수로   부임하여   1580년까지   再任   名臣으로   기록된, 창녕군사 P413.

지금에 이르고 있다.

3. 유어면 마을 2 - 유어면 부곡리(釜谷里)

가매실(釜谷)은 본래 유장면의 지역이었다.

가매실이라는 지명은 마을 앞에 있는 산봉우리가 가마(釜谷)처럼 생겼기 때문이다. 지명은 한 집단이 일정한 지점에 완전히 정착한 다음 그곳의 산천, 골(谷), 들(野)의 지형에 따라 지었을 것이므로 가매실은 그 지형에 따라 불려졌으리라 짐작된다. 군내에서는 가매실이 여러군데이고 그 중 이 근처에 이곳 부곡리 가매실 외에창녕읍 외부리에도 가매실이 있다.1914년 이전에는 유어면이 유장면과 어촌면으로 나누어져 있었을 때 두 면 각각 가매실을 가져 맨처음 이곳에 정착한 사람들이 같은 부류의 종족이었음을 알 수 있게 한다.

「가매」는 신(神)의 고어(古語)이며 「왕」(王)의 고훈(古訓)이기도 한 「곰」이라 할 수 있다. 옛 상고시대의 신앙과 정신적인 면과 연관되어 있다고 할 수 있다.

부곡리에는 구곡원(仇谷院)이 있었다.

원(院)은 조선 초기의 주요 관로에 두었던 숫식 시설이다. 관로 30리마다 원을 두었는데 창녕현에는 서원, 다견원, 적현원, 경산원, 구곡원, 감물창원, 방문원 등 7개 원이 있었다. 그러나 임난이후 점차 없어지거나 현지인의 경영으로 되어 버렸다. 구곡원이 통하기는 서쪽으로는 감물창원, 동으로는 서원, 남으로는 방문원과 통하였다.

이 구곡원은 마수에 있었으므로 「원」이 마수에 붙어 마수원으로 많이 불려지게 되었다. 원이 폐쇄되는 조선 후기에 와서는 아예 마수원으로 굳어져 『대동지지』나『영산현 읍지』,「진도」나 「산천」란에 「馬首院津」으로 기록되어 있다. 이 마수원진은 교통의 요로 이었고 , 국도 (20호 및 24호)가 통과 하게 됨에 따라서 동, 서 경남을 잇는 곳으로 부각되었다.

마수원과 마등에는 면사무소와 유어지서, 유어우체국, 유어농협, 유어 초등

학교 등이 소재하고 있으며, 리 명칭의 소재지인 부곡리의 본동이라 하여야할
내부곡 가매실은 작은 마을이다.

*마수원(馬首院)

행정리 명칭으로 부곡리의 서남편에 있는 면소재지 마을이다. 「馬首」는
「몰」 형의 지명으로 볼 수 있는데 「몰」 은 산세레서도나 오나 원시의 집회
소 「마살」 의 뜻도 있어 「마을」 의 기원어 이다. 마수원의 북쪽에 구곡원의
터가 있는데 바로 구곡원이 있었던 곳이다. 마수원의 「원」 은 구곡원이 있었
던 마을이므로 「원」 자가 붙게 되었다. 지금 면사무소를 위시하여 여러 기관
과 초등학교가 있다.

*말등(馬登)

행정리 명칭으로 마등으로 쓰이는데 이 일대 지형이 말이고 이곳 등성이가
말의 등성이처럼생겼으므로 말등이라 불렀다. 옛날 물이 들면 이곳이 인근보다
조금 높은 곳이라 섬처럼 기다랗게 남았는데 바로 이 높은 지대가 말의 등이라
는 것이다. 개간전에는 주막이 한집 있었는데 최근에는 집이 많이 들어서고 유
어시장이 들어서고는 시장통이라고 불리기도 한다. 유어농협이 있다.

4. 유어면 마을 3 - 유어면 선소리

선소리(船所里)는 유장면 때도 선소리로 불렀다. 동쪽에 대지면과 경계를 하
고 있고 북과 서는 대대리, 부곡리와 맞닿아 있으며, 남쪽은 창녕읍 용석리와
거마 등과 더불어 있다.

선소 앞의 들은 창녕읍에서부터 내려와 부곡리 말등, 거마에 이르는 긴 들로
상습 수침해로 매년 수해를 입는 곳이 었다. 최근 제방 공사와 경지정리등으로
배수시설을 완비하게 되어 옥토로 변하였다.

선소리는 유장면 때에는 본유장촌과 선소리촌이었는데 어촌면과 합하여 지

면서 선소리가 되었다. 유장면의 옛소제인 유장은 본래 버들이 많아 유동이라 불리었다. 이때 유장면의 면사무소는 별도로 건물이 없었고 유장면장 사택에서 잡무 하엿는데 현재는 유장면의 미름만 유장 마을에 남아 있다.

지금은 말등 앞쪽으로 제방을 쌓았지만 그 옛날에는 낙동강 물이 선소마을 앞까지 넘쳐 흘렀다고 한다. 그래서 배가 마을에 닿거나 다녔으며 또 동리가 있는곳도 배모양을 한 배설이기도 하므로 '선소'라고 하였다.

선소는 전선창(戰船廠)이라 한다. 일종의 군선을 만드는 조함소로 이곳에는 대장(代將)1인, 병선장(兵船將)1인, 전선, 병선1척이 있었다. 그러므로 이곳은 배를 만드는 곳이었음이 틀림없다.

행정리는 유장과 선소 2개 리이다.

5. 유어면 마을 4 - 유어면 세진리

세진리(世津里)는 유어면 북부로 군내 늪중 가장 큰 우포의 남쪽에 있다.

우포(牛浦)는 이방면 , 대지면 ,유어면 등 3개 면에 걸쳐 있는데 목포, 사말포와 함께 3개 호수가 이어져 있는 지역이다. 이 일대에는 옛부터 겨울이면 갈가마귀, 청둥오리, 백조등의 겨울 철새들이 날아드는 곳으로 1935년 5월 24일, 천연기념물로 지정 보호되던 지역으로 합천군과 전남 진도군과 함께 전국의 3대 유명 백조 도래지 였다.

거대한 호수는 백조의 먹이가 많았으며 갈대가 우거진 철새의 서식지로 최적이었다.

그러나 시대 변천에 따라 개간 개답으로 점점 호수의 면적이 줄어들자 철새의 수도 줄어들어 최근에는 천연기념물로 지정이 해제되었다. 지금도 겨울이면 많은 철새들이 날아들고 있으나 예전 같지는 않다.

200여년전 「面乙」 이라 했는데, 정한강이 이곳에 왔다가 목포의 나루를 보고"인간의 나루가 좋다."하였으므로 그 이후부터 「세진」 으로 부르게 되었다. 속칭 시전이라 하는데 이는 세진의 와전이다. 행정리는 2개 리로 세진과 생학

이 있다.

Ⅱ. 조사기간 및 일정

1. 조사기간 : 1999년 3월 31일 ~ 4월 3일

3월 1일 : 창녕군의 날씨는 화창했고 일정대로 오후 5시에 유어면 미구리에 도착했다. 마을 회관에 도착했으나 이장님과 그 밖의 마을 어르신들이 계시지 않아 마을 회관으로 들어갈 수 없었다. 오후 6시쯤에 마을회관으로 자리를 잡고 이장님을 만나 협조를 구하고 준비에 들어가 음식을 만들고 밥을 간단하게 먹은 후 7시쯤에 채록을 시작했다. 어르신들 5분과 함께 시작하다가 아주머니들께서 오셨다. 아주머니는 6분정도 오셨고 채록하기 시작하여 12시쯤에 간단히 셋고 잠자리에 들었다.

4월 1일 : 전날에 채록수가 부족하여 2개조로 나누어 채록하고자 조를 나누었다. 1조는 이야기를 많이 아는 할머니의 집으로 향했고 다른 조는 밭에서 일을 하는 아주머니들을 찾아가 민요를 들었다. 점심을 먹고 1시에 마등리로 향했다. 마등리에 도착하여 옛이야기를 많이 알고 있다는 할아버지를 만나 채록하고 다른 곳으로 이동하려고 했으나 사정이 따라주지 않았다. 마등리의 노인 회장님이 여러 곳 추천하여주셨으나 채록하는 것을 좋아하시지 않았다. 때문에 다음날 찾아볼 곳을 알아 본 후 정리하고 잠자리에 들었다.

4월 2일 : 오전에는 마등리에서 가깝다는 선소리의 노인정을 찾아가 할머니들과 옛 이야기를 듣게 되었다. 밥을 비벼주시어 점심을 맛있게 먹고, 다음 장소를 찾던 중 그곳에 오신 보건소의 진찰하시는 분이 세진리에 할아버지들과 할머니들이 많다고 하여 버스를 타려고 버스정류장에서 기다리다가 미구리에서 만난 아저씨가 자가용으로 세진리까지 데려다 주셨다. 세진리에 도착하였으나 마을 어른들이 여행을 가서 많은 이야기는 듣지 못하고 오후 4시에 창녕군으로 돌아왔다.

2. 제보자

〔 유어면 제보자 1 〕

미구리, 장진채, 남 · 66.

미구리에서 실질적인 어르신이라고 할만큼 다른 어른들이 말씀하기를 양보한 분이다. 가장 많이 배운 분이라고 했다. 비교적 조사의 의의를 분명히 알고 계신 것 같았다. 이야기를 하시면서 이해가 안 될 경우 자세히 말씀하려고 하셨다.

설화 : 1.

〔 유어면 제보자 2 〕

미구리, 하수덕, 여 · 72.

아침 일찍 찾아갔는데 반갑게 조사자를 맞이하시고 아주 열심히 구연해 주셨다. 비교적 성량도 풍부한 편이며 발음도 분명하고, 조사에도 열심히 응해주신 고마운 분이었다.

설화 : 2, 3.

〔 유어면 제보자 3 〕

미구리, 원의석, 남 · 65.

장응원 할아버지가 노래하시다가 받으라고 해서 마저 하신 분이다. 별로 말이 없으셨고 듣는 것을 더 좋아하시는 것 같았다. 나중에 원씨 가문에 대해 묻자 구연해 주셨다.

설화 : 4.

〔 유어면 제보자 4 〕

미구리, 조순덕, 여 · 52.

아주 재미있는 이야기를 많이 알고 계셨으며 즐겁게 구연해 주셨다. 이야기를 재미있게 하시면서 같이 웃으시기도 하시고 말씀을 아주 잘 하셨다.

설화 : 5~9.

〔 유어면 제보자 5 〕

마등리, 전희수, 남 · 74.

전희수 할아버지는 이런 설화 같은 이야기에 관심을 가지고 계속 연구한 할아버지라고 하면서 많은 이야기를 들려 주셨다. 이야기를 다른 할아버지에게서 듣고 또 구연해주시기도 하였다. 매우 논리 있게 설명하는 모습을 보였으며 발음도 정확하고 억양도 센 편이 아니어서 듣기 좋았다.

설화 : 10~17, 20.

〔 유어면 제보자 6 〕

마등리, 박희윤, 남 · 81.

박희윤 할아버지는 고령의 나이에도 정정하여 보였으나 이빨이 거의 없어서 소리가 다 새는 소리로 들렸다. 발음이 이렇게 분명하지 않아 채록하는 데 상당한 어려움을 겪었다.

설화 : 18, 19.

〔 유어면 제보자 7 〕

선소리, 이상순, 여 · 78.

이야기는 전혀 모른다고 사양하셨다. 선소리의 유래를 묻자 그냥 배가 다녀
서 선소리라고 말씀해주시기도 하였다. 매우 수줍음을 타는 할머니셨다.

설화 : 21, 22.

〔 유어면 제보자 8 〕

세진리, 문정식, 여 · 64.

세진리의 마을회관에서 이야기를 잘하는 분으로 자주 재미있게 구연해 주셨
다. 처음에는 권해야 하시더니 나중에는 이야기가 생각이 나시는지 자진해서
하나를 더 들려 주셨다.

설화 : 23, 24.

III. 설화

〔 유어면 설화 1 〕 T. 1 앞

미구리, 1999. 3. 31., 2조 조사.
장진채, 남 · 66.

하관을 기다린 풍수

낫을 가는 숯돌을 갔다가 의미해서 숯돌뱅이라 카는데가 있는데 저기 저
그 전에 말이지, 어떠한 풍수가가 묘를 잡아 놓고 하관하는 인자 묘, 묘를 인제
쓸라고 이러는께네 그 시신을 넣는 시간이 가장 중요하다 이러거든 고 정확한
시간을 택해서 넣어야 되는데 그런데 아무리 그래도 말이지 시신을 땅에 넣어
라 소리를 안하는 거라 그래서 난중에 상주가 나중에 성이 나가지고서는 화가
나서, 풍수가 묶어라 그래 풍수가 묶이는 것은 괜찮지만은 묶이려는 순간에
하는 순간에 비가 촥 여름에 이제 소나기가 오는거라. 소나기가 오니께네 그래
인자 소두방 옛날에 그 쇠 소두방 있잖아 큰 거 있잖아, 큰 가마에 소두방 그거
를 이고 그 앞에 있는데,
"그 사거 쇠삿갓을 쓰고 지나가는 사람이 있거든 하관을 해라, 시신을 땅에
묻어라."
이리카는데 쇠삿갓이 있나, 비가 오니께네 소두방 뚜껑을 비 피할려고 아
낙네가 이고 가니까네 빨리 묻어라 이래 가지고 그기 말이지 명당이 되고 정확
한 시간에 묻어졌다 이런 얘기가 있다. (청중 웃음)

〔 유어면 설화 2 〕 T. 1 앞

미구리, 1999. 4. 1., 2조 조사.
하수덕, 여 · 72.

연낭자 이야기

연낭자 얘긴데, 어, 연낭자, 처년데, 참 공부도 많이 한 사람이고 많이 한 사람이고, 그래, 하루 저녁에 영남루에 달 구경 갈라꼬 유모한테, 유모가 있지, 유모도 그래 저 시키 가지고 유모한테 저 유모 있어 가지고 종이라 카는 종이라 카는 종이라 카는 사람이 있는데 유모한테 고마 가지고 그래 달밤에 영남루 나왔는데, 그래 나가가주고 나가니께 마 달도 밝던 달도 안 밝고 희미하고 강풍이 불고 가리워오고 추울 때가 된기자. 그리고 마마, 죽이란 놈이 나타나나 가지고 목을 찔렀다 아이가, 마악 겁탈할라꼬 잘 나고 못 나고 그런 거 하나도 소용이 없어 그래 칼로 목을 찌르는데 그래 목을 찔러가 고마 속에 (대박)속에 막 던져뿌꼬 그래 이거는 마, 어데 가부고 뭐 저기 뭐, 유모도 가뿌고 그이도 가뿌고 그래 다 가뿟어요.

가뿟는데 그래 뭐 부모한테 알리니께 찾아라 카는데 유모로 유모로 다 맬기 놓고 찾아라 카는데 징승이 담을 넘어가지고 인자 사람을 데리구 갔다꼬, 업구 갔다 찾으라 카는데 뭐, 거 찾을 수가 잇나. 그게, 그래 가지구 못찾고 고마마 장사라고 할라꼬 저기뭐, 원한도 장사할라꼬 돌아다니고 재가 되가꼬, 인제 재가 되가 마악 돌아당기고 마악 돌아다니고 그래서 내 자기 원수 갚아 달라꼬 하이께, 저, 저거이 원이 막 기겁을 해 죽어뿌고 죽어뿌고 원이 다 죽어 뿌렸어 고마, 기겁을 해서, 놀래가주구 죽어뿌렸다 아이가. 그래서 그 사람은 안되겠고 해서 그래 어느참 과객같은 사람이 인자 참 내 원수를 갚아달라꼬 그래 부탁을 해가지고 그래 이사람 과객을 두고 참 그 원수를 갚아 줬는데 그래가지고, 참 이 사람이 전부, 저, 저, 저 과객같은 사람이 참, 뭐, 연낭자의

원수를 갚아가지고 (청중 웃음) 연낭자의 원수를 잡는데 그 하루는 장사를 하
는데 그래, 이, 저기 유모는 유모 죽이라고 앞세워가지고 찾아가서 허울 찾는
데 허울 찾아가지고 그래 보이께네 뭐 참, 죽지도 않고 이래 눈 구덩이에
가 있는데 그래 , 고 고걸 갖다가 찾아가지구 장사를 하는데 장사할라카니 그
래 색깔이 다 변해뿌렸어 주인하고 유모하고 뭐, 장사, 목을 찾고 지붙고, 찾아
주고, 지붙고, 그래갔고 참, 뭐 장사 자알 혔드니마는 어뜩케 마, 마 그 연낭자
가 마 암말이 없고 좋아서 마마, 막 돌아댕기니까 그 사람이 자식도 참 잘나고
잘되고 되뿔고 그카고 마 본인도 좋고 그사람 참 잘 되었단다. 그래.

[유어면 설화 3] T. 1 뒤

미구리, 1999. 4. 1., 2조 조사.
하수덕, 여 · 72.

고부간의 갈등을 밤으로 푼 이야기

아, 시어머미캉, 며느리캉 고부끼리 못지내가주고 그래 하루는 아들이 시
장에 가서 밤을 한밤 사와가주고 밤을 한밤 사가주고 참후에 하루에 하루에
밤을 자꾸 삶아준다 아이가, 이래 사람아 주께, 삶아주께 아이고 그래 고마
맘이 다 돌아오거던? 마 그 못지낸 맘이 돌아오고 손자한테도 그래 잘하고
고마 그 치는 맘이 돌아오고 왔는기라. 그래 오래 삶아준께네 밤을 사람아준다
아이가 삶아아주이께 고마마 마루 밑에 들어가니께 밑에 들어가니까 고부끼
리 맘이 화하게 돌아져뿔고, 밤땜이로.

[유어면 설화 4] T. 2 앞

미구리, 1999. 3. 31., 2조 조사.
원의석, 남 · 65.

원두포 이야기(원균 이야기)

* 원씨 가문에 대한 이야기를 해달라고 하자 이야기를 시작. *

원두포라는 분이 계시지. 그 분이 옛날에, 옛날에 참. 도끼 장군이라고 했어. 이런 도끼를 가지고 임금을 해친기라. 그래서, 임금을 해치니까 역적이 된기지.. 역적이 된거기라. 그래가지고. 이순신 장군하고 참 친한 사이인데..역적이 되뿔꼬, 역적이 된기라. (옆에서 조사자가 '원균' 장군 이야기 아니냐고 묻자 그렇다며 '원균'장군으로 이름을 바꿔 이야기 함) 그래서 원균이 원래 공을 세웠는데. 이순신이 공을 세운 게 된기라.

〔 유어면 설화 5 〕 T. 2 앞

미구리, 1999. 3. 31., 2조 조사.
조순덕, 여 · 52.

다시 살아 돌아온 처녀

옛날에 그래. 저 뭣도 없는 집에 형제간이 몇이 있는데 그래가지고,
"야, 아들 하나 키워 이제 며느리 볼 때가 됐는데, 며느리를 어디로 보노?"
하니까 아들 집에는 아무 것도 없는데 며느리 집에는 아주 부잔거라 부잔데. 시집오면시로. 막 은가락지, 금가락지, 은비녀, 금비녀 막 이래 칭칭 감아가지고 왔거든. 이래 와가지고, 그래가지고 시집을 몇 개월 살았는데, 그 시삼촌이 아주 노름을 잘하거든. 부잣집 딸이 없는 집에 와가지고 이거 뭐 먹을게

있나? 그래서 누룽밥을 긁어가지고 찬장 안에 넣어놨다가 그래 인제 배가 고파서 부엌에서 이걸 입에다가 여어가지고 그래갔고 이래 이제 한 입 씹을래까네 그 시삼촌이,

"질부 있나?"

하고 살짝 들어오거든? 그래 살짝 들어오께네.. 그래 이건 씹지도 못하고 그냥 넘겼는데 그게 내려가다가 딱 막혔어, 막히고 죽었는기라, 그래서 죽었뿠는데. 그래 친정으로 연락을 해가지고 이래서 옷을 입혀갔고 산에 끌어다 묻어놨는데, 이 시삼촌이 노름을 하다가 노름 밑천이 떨어져가지고.. 가만 자기가 생각을 하거든? '어라 이렇게 아니다. 이미 질부는 죽은기고, 마 은가락지 마 금가락지 그거를 내가 빼와가지고 노름밑천을 해야겠구나.' 이런 생각을 하고 하룻밤에 산에 질부 무덤 있는 데로 갔고.. 팽이를 가지고 쿵 쿵 이래 막 파거든 파니께네 쿵쿵 파는데 거기서 고마 이 무덤이 쿵쿵 울리가지고 이 누룽밥이 없힌게 내리가뿐기라, 시삼촌이 쿵쿵 파는데, 그래가지고 시삼촌이.. 드는께네, 고마 마 죽은 사람이 막 널 안에서 기지개를 뿌디 피니께, 이 시삼촌이 어떻게나 놀래났는지, 금반지 금비녀 카 올 일이 어디 있노? 놀래가지고 막 벌벌벌 떨민시로 막 집에 와가지고, 이불 있는데로 다 덮어 씌우고 벌벌벌 떨고 있는데. 그래서 이 처녀는 일어난기라, 일어나가지고 자기 집에 가서 대문간에 가가지고,

"어무이 어무이 지 왔습니다. 대문 좀 열어 주이소, 대문 좀 열어 주이소."

이상하니께네, 시어머니는 이제 며느리가 죽었으니께네, 그래서 갖다 묻었으니께네 귀신인가 이래 가지고,

"오냐 곡하지 말고 좋은 거들 가거래이."

해쌌거든.

"어무이 지가 귀신이 아닙니더 지가 살아돌아왔습니다."

해쌌거든.

"그래? 니가 귀신이 아니고 사람이거들랑 다시 말을 한번 해보라."

하거든?

"어느 사람이 와가지고 그래 날로 갔다가 그래 참 뚜드려 패가지고 그리가 없혀 있던게 내려가뿐케네 내가 살아가지고 왔습니더."

그래 이제 영감 할마이 둘이 무서워가지고 대문을 이제 삐쭈레이 여니께네 옛날에 죽은 사람한테 삼베 옷 입히노면 막 이렇지 않나? 삼베옷 풀어제끼고 오니까네 대문 앞에 서있거든. 대문간에 떡 서있으니께네, 고마 막 시아바이하고 시어머이 하고 대문 열어놓고 뒤로 막 벌렁 넘어가 잠을 씨뺐는기라..잠을 씨뺐는데. 그래가지고 이래 깼는데.

"아이고 시동생한테 가서 이야기를 해야 되겠다."

그래서 시어머이가 시동생 집으로 오니께네 막 시동생이 막 이불을 처덮어가지고 벌벌벌 떨고 누워있거든. 그래,

"와 이러고 있는교? 괜찮은교? 와 이러교 있는교?"

해쌌커든

"아이고 아지뱀 며느리가 살아왔구매 아이고 아지뱀 가봅시더."

그 때 형수한테 이야기를 하거든 그래,

"형수님 지가 죽을 죄를 졌습니더."

"아유 아주버님이 왜요?"

"내가 노름을 하다가 돈이 떨어져가지고 노름밑천이 없어가지고, 이미 질부는 죽은 질부고 내가 금비녀, 금가락지 그거 빼가지고 내가 노름 밑천 할라고 그래 가서 내가 괭이로 무덤을 파제끼가지고, 그래 기지개를 뿌디 해서, 내가 놀라서 지금 나도 떨고 있다."

하거든? 아이고 시동생을 붙들고 마 좋아가지고 마, 이제 시동생이 그랬다카네 내 며느리가 살아온게 확실하다 아이가 그래가지고 이 시동생을 모시고 즈그 집으로 오는기라, 즈그 집으로 오니까네 정말 질부가 살아와 있는거라. 그래가지고 마 친정으로 당장 연락을 했는기라, 그러니께 친정 어마씨가 와가지고 저 사돈을 탁 치면서,

"사돈! 노름 많이 하이소."

노름 많이 하라는기라, 노름을 많이 했기 때문에, 돈이 없었기 때문이기로 자기 딸을 살려 왔는기라. 살려 와서 그래갖고 당장 그 사람들이 집에 가가지고 논밭을 팔아가지고, 자기 살림 많은 거 갈라 가지고 딸네 집에 와서 저 사돈 앞에 갖다 놓고 사돈 노름 많이 하이소 이렇게 갖다놓으니께네.. 그 뒤론 마 그 사돈이 노름이라고마, 일치로, 마 근치도 화투도 안치는기라, 그래가지고,

그 논 사갔고 벼락부자 되가지고 그래 큰집이고 작은 집이고 같이 잘 살더랜다. 옛날에, 그래 잘 살더랜다.

〔 유어면 설화 6 〕 T. 2 앞

미구리, 1999. 3. 31., 2조 조사.
조순덕, 여·52.

쇠유 마신 도깨비

우리 동네 아저씨가 시장에 갔는데, 옛날에 호롱불 쓸 적에 석유를 이렇게 댓병에 한 되씩사다 날랐거든? 그래 사고 오다가 밤이 이리 어슥하게 산 고개를 넘어오니까 그 아저씨 이름이. 예날에 무슨 떼기 잘 불렀거든 부곡떼기 부곡떼기거든, 그래 그 이름을 부르더라.

"와?"

"어디 갔다오노?"

부르더라.

"장에 갔다 이제 온다."

"그 들고 오는게 뭐꼬?"

"술 아이가. 술 사갖고 온나."

"그럼 나를 한잔도라."

"그럼 한잔 묵으라."

석유를 떡 술이라고 부어주니까 도깨비가,

"음 맛있다. 나도 한잔 도라."

그 자꾸 도깨비가 가는 데로 따라와서 기름을 쪼끔쪼끔 부어주고 나니께 온산을 다 돌아가지고. 술 다 부어주고 오니께네 날이 샜는기라 집 와서 보니께네 기름 빼면 빈 병이고, 도깨비한테 홀렸다 와가지고 그냥 집에 온거지 뭐.

〔 유어면 설화 7 〕 T. 2 앞

미구리, 1999. 3. 31., 2조 조사.
조순덕, 여 · 52.

벙어리와 봉사

옛날에 옛날에 벙어리하고 봉사하고 살았는데.. 저 사람들이 욱실욱실 소
릴 내싸서,
"저 뭐하는 사람들이고?"
하니께네, 벙어리가 아니 봉사가,
"아! 저, 불이나서 그런다."
하니까,
"그래 어디에 불이 났는고? 누구 집에 불이 왔는고?"
입을 쪽 맞추면서,
"입똑대 집에서 불이났어."
고개를 끄더끄덕 하거든,
"어떡하다 불이 났는고?"
하니께네, 불알을 떡 쥐면서,
"감자 삶다가 불이났어."
"아! 얼마나 타짔는고?"
하니까, 꼬치를 떡 쿤께네.
"아 xxx(상긴고)만 남았어"
그래가지고 둘이 알아깠고 행복하게 살았답니다.

〔 유어면 설화 8 〕 T. 2 앞

미구리, 1999. 3. 31., 2조 조사.
조순덕, 여·52.

멍청한 사위 본 학자

여름이 떡 됐다. 한 7월달 쯤 됐는데 신문을 턱 보고 있는데. 신문도 참.
떠억 학자도 모르는 신문을 들고 있거든. 그래 학자가 지나가다가 저 젊은이가
얼마나 어떤 공부를 해서 저렇게 어려운 신문을 보는가 싶어서 해갔고, 아주
인물은 잘났는데. 그 학자집에 딸이 하나 있었는기라, 그래 사위를 삼고 싶어
서 학자가 죽는기라. 야 인물 좋지. 탐이 나가지고, 그래가지고 참 자기 딸로
인연을 맺어 사위를 떡. 하이고, 이놈의 자슥을 사위로 봐논케레 낭패지 그런
낭패가 없는기라. 그래 학자가 책을 하나 들고 가서,
"아 이사람아 이게 무엇인지 한번 보게."
했는데 뭐 알아야지? 아주 무식자라, 하이고 그래서 남편한테 답답해 가지
고, 요 한글을 이거를 가지고 들이댔는기라, 또 근데 까망속이라.. 하이고 그래
딸은 울고 불고 그래 딸은 잘 키워 가지고 공부 많이 시켜놔서 잘해놨지 이런
데다가 신랑이란게 '갈 지' 자도 모르니 고마 이건 초상난 집이라, 그래도 어쩌
노 부모가 인연을 맺어놨은께 살아야지.
그래가지고 그르그러 그 신랑을 끌고 한평생을 사는데, 그리 살면시로 참
아들 딸로 나놓은께레 그게 또 공부를 시킨께레 재주가 아주 참 천재더란다.
아주 천재라서 그래 한 평생을. 임을 보고, 그래 한평생을 살민시로 자슥 그걸
가지고 성공을 해가지고 그래 그 오마이가 한 평생을 살다가 죽을 적에 꼬부라
져 잘 죽더란다.

〔 유어면 설화 9 〕 T. 2 앞

미구리, 1999. 3. 31., 2조 조사.

조순덕, 여 · 52.

늑대 살려준 강씨 할아버지

   강가 할배 아버지. 그 할배가 참 담력이 셌어, 술도 잘 자시고 지금 저 시장
이 5일 만에 열리는데 그때 소를 몰고 다니면은, 밤길을 오면은 이 길목에 낙랑
고개라고 있어, 제일 희진 데라 거길 오면은 그 할아버지가 하도 담력이 세가
지고, 이건 우리 할머니한테 들은 이야긴데, 저 고개를 넘어오는데, 아주 큰
짐승이 앞에서 길을 막더래요, 보니까 그게 늑대, 늑대라는 짐승인데, 그래서
인자 할아버지가,
   "이놈! 너가 나를 잡아 묵을거냐?"
그러니까 고개를 흔들대요, 그래서 왜 그러는가 입을 쫘악 벌리니까.
   "그래 목에 무엇이 들었느냐?"
   하니까 고개를 끄덕거려 그래서 손을 탁 느 보니까 뭐가 목에 뭔가 더듬기
더래 그래 그걸 잡아서 땡기니까 딱 돌아서 가지고 꼬리를 슬슬 치더래요 그래
서,
   "니가 어쩔기고?"
이러니까 또 꼬리를 치더래요.
   "그럼 내가 니 등에 탈까?"
하니까 고개를 끄덕거리대요, 그래 타고 그 할아버지 고개를 넘어왔는데 그때
그리고 나서는 그 밤길을 탁 끊었대요, 무서워서.

〔 유어면 설화 10 〕 T. 3 앞

마등리, 1999. 4. 1., 2조 조사.
전희수, 남 · 74.

창녕 조씨 시조 이야기

강으로는 낙동강이요 산으로는 인자 화왕산인데 그래서 인자 화왕산에 우
떤 전설이 있냐 이카믄 그 아시다만으로 홍의장군, 홍의장군이 여기에서 화왕
산성이 있고 동망성이 있는데 그 성을 이용해가지고서 임진왜란 때 의병을
일으키가지고서 거기 외적을 물리친 유서 깊은 고향이라 그리고 또 정상에
올라가면은 진평왕 시절인데 창녕 조씨, 그 시조증 덕성지비가 있는기라. 그기
보면 그런 비가 있는데 그기에는 지금도 쬐그마한 못이 있는데 아가씨가 거기
서 멱을 감다가 그래 조개가 참 그러는 바람에 잉태를 했는데 참 신화 같은
그런 이야긴데 거기에 창녕 조씨요. 시조가 탄생한 자리다. 그런데 인자 아이
를 낳아 놓고 보니까 아 어깨에는 성조자 조씨가 써있는데 이 성은 국성으로
봉하자야. 그래 가지고 조씨 덕성 지비가 화왕산 정상에 가면 이끼가 끼가 있
는 그 저수지 높은 그란게 있구 말이야 있구 그런대에로 산은 화왕산을 충효산
이라고 이름 짓는다.

〔 유어면 설화 11 〕 T. 3 앞

마등리, 1999. 4. 1., 2조 조사.
전희수, 남·74.

죽은 여자의 남편이 된 주씨

내가 대 여섯 살 먹었을 때 얘기라 낙동강에 홍수가 나 물바다가 된거기라.
이 천지가 전부 다 여기 우리가 앉아 있는 데가 물바다가 되는기라. 이랬는데
한번은 물이 들어가지고 하니께네 요 밑에 낙동강 산 기슭에 우리 동네 사람이
붉을 주자, 주씨가 살았는데 그게 하나떼기 밭을 부치는기라. 밭을 부치는데

그 저 물이 빠지고 나서 그 밭에 가니까 여자가, 아름다운 여자가 말이지 죽어
가지고서 산발이 되가 있는데 말이 아주 마 백옥같은 아랫도리가 나와가지고
있고 머리는 산발이 되있는데, 나이 40이 넘도록 장가는 못가고 하니께네 색시
가 너무 아름답다보니께네 (청중 웃음) 자기가 그 흥분을 감추지를 못한기라.
그래 머리를 시담께네 죽은 그 여자 시신에다가, 산 사람은 강간이지만 사간
은, 죽은 사람의 몸에 관계를 하마. 그게 저 반항도 못하지만은 또 사간이라고
하구마. 그래가지고 그 죽은 여자에다가 관계를 하고 그러고 나니께네 이 남자
가 마음이 곱았던 모양이지, 이래 따땃한 양지쪽에다 묻어줘야 임자 없는
시신이니까, 그래가지고 그 여자를 옷을 털고 옷을 물에 이래 가지고, 자기
수건이 없으니께네 속적삼을 벗어가지고 얼굴을 이래 닦고 그래가지고서 양
지 바른 기슭에다 구덩이를 파고 묻어준기라. 묻어 줘 놓고 앞에다 또 물한잔
갖다 놓고 그래가지고 흔히 밭에 일하러 가마 그 뭐 술도 한 병 가마 앞에다
부어다 놓고 앉았다가 그가 그런기라.

　　그러고 나서 이제 얼매까지 있다가 하루는 밭으로 일하러 가니께네 어떠한
사람이 둘이서 말을 타고 오드니만은,
　　"여 혹시 말이지 길가 어디 말이지 여자 죽은 시신 하나 못봤소?"
이라고 그래,
　　"내가 본기 여기 있는데 하도 그 말이지 안타까와서 벌써 몇 달치 한달
쯤시 지났겠지. 부패가 다 되갔고 이런데 그걸 내가 이 양지 쪽에 묻어줬다."
하니까 그 찾으러 온 사람이 얼마나 고맙겠는 말이야.
　　"그래 당신 성이 무엇이냐?"
　　"무어이다."
하니께네 그래 저 인제 그 사람들이 아주 저 낙동강 상류에 어데서 떠내려
오는지는 모르지만 상류에서 떠내려온 시신이라.. 그래가지고 그 분들이,
　　"그럼 당신 지금 뭐하는 사람이야?"
　　"나 남의 집을 쪼개 먹고 사는데, 아무것도 없소."
　　"그럼 따라 갑시다."
　　그래가지고 그 집에 데리고 가지고 데릴 사위로 삼고 그 집에서 장가를
들었어 그래가지고 잘 산다 카는걸 내는 그걸 보돈 못했고 내가 열 서너살

먹어서 들은 얘기께네 그래.

〔 유어면 설화 12 〕 T. 3 앞

마둥리, 1999. 4. 1., 2조 조사.
전희수, 남·74.

막내에게 속아 명당잡은 성지도사

* 풍수 이야기를 예로 들자 그런 이야기가 있다며 말해 주셨다. *

삼형제가, 삼형젠데 인제, 형은 어질고 둘째는 힘도 쎄고 마지막 이거는 부랑잽이야 아주 부랑안데 자기 어무이가 인자 세상을 바리도, 돈도 없고 산도 없고 해가지고서, 집 옆으로 가마 밭떼기에다가 가매장을 해놓고 이래 기다리는데, 아무리해도 묘를 쓰긴 서야겠는데 그러니까 옛날 성지도사라고 마 국내에서 손꼽는 최고 도사, 풍수가 그런데 며칟날 오데로 요 앞을 지나간다는 이야기를 들은 거라, 들었는데 이 사람이 하나 딱 생각한거라 지나간다는 소리 듣고 딱 보니께 저 사람이 성지도사라, 이카니까 마 가가지고 막 뚜들기 팬거라. (청중 웃음)

"이놈의 자식 거짓말만 하고 돌아다니고 말이지!"
뚜들겨 패니까 정신이 다 없는데, 그때 보니께네 자기 성님하고 미리 사전에 약속을 한기라,

"내가 뚜들겨 패거든 형님이 그 성지도사를 우리 집에 모시고 와서 개도 잡아주고 식사대접을 하세요." (청중 웃음)
이르니 그래가지고 자기 형은 말이지 어린 놈이 사람 죽인다고 몽둥이를 가지고 쎄리 패니 도망을 가버리고 그래 이제 자기 형은 이제 업고 그래 집에 와가지고서 식사대접을 하고 개도 한 마리 잡아 와 대접을 하고 그러는데, 근데 보니 예날에는 상주가 이기 두건을 쓰고 앉아서 그러니께네 성지도사가 가만

히 본께 뭔가 내가 보답을 해야되는데 보답할 건 아무것도 없고 그래 인자 도사이니께네 가진 것도 없고 그래,

"보아하는 상주인 것 같은데 모친상이오, 부친상이오?"
이고 물으니께,

"네 모친상입니더."
이래,

"그럼 사소를 들이소."

"하이고 사소를 못 들입십니더 좋은 데도 없고 뭐 들일만한 데도 없고, 어디 뭐 우리 밥이나 먹도록 한 군데 정해주세요."
이러니께 산을 뺑 둘러보더니만 따라가지고,

"당신이 여기에 대문에 속과목이 있는데 당신네들이 여기 쓸 수 있나?"
카니께네 쓸 수 있다고 하거든. 이런데 그래가지고 자리를 정하고 구덩이를 파는데 상주가 몇이냐고 물으니께네, 성지 도사가 보니께네 아무리해도 맨 끝에 아들이 잘 되고 큰 벼슬을 할 자리야 근데 아들이 큰 벼슬을 할 자린데 작은 벼슬이 아니고 큰 벼슬을 할 그런 묘터라 그러는데,

"상주가 하나밖에 없는데 상주 하나는 와 안오냐?"
니까. 쇠솥에서,

"사람 살리소."
하면서 절을 하는데, 알고 보니까 자길 뚜드려 팬 놈이라 그래 보고는,

"아이고 여보소, 큰사람 이미 났습니다."
이카는 기라. 무슨 정기를 타고 났는데 이 3년안에 당신말이지 요즘 같으면 대한 민국에서 사무총장 그런 벼슬 할 자리다. 그래,

"이상하다 난 아무것도 모르요."
이는기라 어쨌든 묘를 써주고 서울로 가라 카는데 그 동생은 그 길로 한양으로 올라간기라, 한양을 올라가갔고 할 짓이 없어 돌아다니 보니께네 큰 어느 누각이 있는데 그 여름에 덥기는 하고 그래서 거기 누워 구부 자니까 이층에서 밀담을 하는데 요즘 말로 하믄 혁명을 일으킬 전국을 뒤엎고 혁명을 일으킬 그런 큰 대역사를 할 그런 거를 그런 거를 음모를 하는기라. 하는데 그런데 니는 뭘 맡고 니는 뭘 맡고 이런데 어느 집 대문을 부수고 들어가야 하는데

그거는 오른 도끼가 아니고 왼도끼질을 해야하는데 왼도끼질을 하는 사람이 있나 그거는 또 말이지 그렇고 누군 뭘 하고 분담을 하는데, 청년이 그래 자기 적삼을 벗어가지고 꼬쟁이에다가 이래 해서 쓱 올리께네 칼로 휙 그어버리께네 아무라도 올라오면 그 밀담이 큰 일 나니까 적삼이 휙 날라가거든 근데 그것만해도 잘 난 사람 아닌 가뵈, 그래서 조금있다가,

"나는 해를 끼칠 사람이 아니니까 필요하면 나 좀 써주시오"
이제 올라오라니께 올라가니까. 신체도 건장하고 참 장군타입이라. 그래,

"어째서 아까는 그런 걸 올렸느냐?"
하니께네.

"아무래도 이런 밀담을 하는덴, 하나쯤시 조심을 해야 싶덥니다. 그래서 내 적삼만 올렸는데 적삼은 날라가고 이제 적삼 없십니더."
이카니까,

"내가 도끼질을 해도 왼도끼질 잘 합니다."
이러거든 그러니까 그냥 둘 수는 없고 천상 뭔가를 써 줘야 되는기라. 그래 거기 낀거라. 끼는데 어느 성문을 부시고 들어가는데 거기는 오른도끼로 하면 은 못 찍는기라 그래서 왼도끼질로 부수고 들어가는데, 그래 지금도 하는 얘기가 '왼도끼도 쓸데가 있다.' 그래가지고 그 사람이 큰 뭐 장수와 같은 그런 벼슬을 준 거라. 벼슬을 줘갔고 그 풍수 학설이 고대로 맞아 떨어졌다는 그런 얘기라. (조사자 : 와, 잘 하시네요.)

〔 유어면 설화 13 〕T. 3 앞

마등리, 1999. 4. 1., 2조 조사.
전희수, 남·74.

무동산 이름에 관한 유래

흰 백자 구슬 옥자. 백옥산이란다. 인자 무동산은 충실 무자 아기 동자 이저 인자 백옥산은 유목민들의 옥과 같은 순박한 마음을 의미한다. 인자 무동산은 아이들이 삼척 동자들. 어린애가 춤을 추면 할아버지 앞에서 춤을 추거든. 그런 대미로 무동산에 걸린 달을 할아버지들이 앉아노니께니 무동산 달이 비춘다는 그런 뜻이라.

〔 유어면 설화 14 〕 T. 3 앞

마등리, 1999. 4. 1., 2조 조사.
전희수, 남 · 74.

아버지를 구한 7세 아들

옛날 사형 중에 목을 자르는 방법이 어떻게 되느냐, 옛날 상투가 있잖아 그 상투 여따가 쪼까 매는 기라 (상투 잡는 시늉을 하며) 그래가지고 저짝에다가 큰 쇠를 달아놓고 모가지를 탁 치면 모가지가 쌱 위로 올라가는 기라. 고게 바로 신기때 한기라. 그래 인자 마 천냥 빚을 지면 그 인자 사형을 시킨다. 못 갚으면 목을 자르는 기라. 요즘엔 부도내면 부도 낸 놈이 외제 승용차 타고 댕기는데 그런 천벌을 받을 놈들이 있나. 요즘 그런 놈들 보면 이래 올라와요. 마 이러는데. 신기때 어떤 사람이 천녕의 빚을 졌는데 그래 자기 아들이 인자 일곱 살 묵은 아들이 하나 있었는데 그 인자 어무이가 자기 남편이 관가에 잽혀 가지고 오도 안 허구 밤에 있는데 밥을 먹구 있는데 아들이,

"어무이! 아부지 우디 갔는데?"

"니는 몰라도 돼."

"어무이 와 밥 안 드시는데?"

"니는 몰라도 돼, 니나 묵어."

이카고 만날 혼자 울고 이라쿠니만 하니까 그래서 아들이,

"어무이 밥 안 묵으면 내도 죽을끼다. 나도 같이 죽지 혼자 살아서 뭐하노."

이래 일곱 살 묵은 아이가 이라니께,

"그래 마 이야기 할끼다. 그래 아부지는 천냥의 빚을 졌는데 갚지 못해서 지금 관가에 가 있다. 앞으로 여유를 준 게 한 오육일 밖에 없다. 인제 그때쯤이면 아부지 시체를 찾아가지고 따뜻한 곳에 묻어줘야 된다. 그래니께 니는 묻을 수 있겠느냐?"

이래니께,

"어무이 내가 한번 가보면 안되요?"

"니가 가믄 받아주지도 않을끼다."

그래 인자 찾아 간기라. 찾아가 가지구 고을 사또님 만나러 왔다 이카니 밑에 이방들이며 종들이 돌려보내니까,

"나 여기서 죽을끼요."

이카거든? 사또가 밖이 수상하거든. 이방이 안에 들어가,

"사실 일곱 살 묵은 아이가 문 앞에 와서 사또님을 만나 뵈올려구, 안 만나게 해주믄 그 자리서 마 죽을라구 그라는데 우쩨야 됩니꺼?"

하니,

"야! 이놈들아! 데리구 와야지."

이래는기다. 아이가 데리고 와서 물으니,

"사실 아부지 누구를 찾으러 왔는데, 당장에 사또께서 목을 벌라 하는데 이래 살려주러 왔습니더."

그래 인자,

"참 기특하다 인간칠세 동문선심이다. 동문선심은 일분야의 일등이라."

하두 말두 잘하니께 그래그래 어려운 난자 준기라. 난, 어려울 난 이카니까.

"난지난사는 살인 난이께니 사또 어렵고 어려운 것은 사람 죽이는 것 만치 어려운 것이 없십니더. 당신 우쩨 사람 죽이는 걸 좋아하느냐. 난지 난사는 살인 난 입니더."

그래. 그 담에 또 '난' 이카니,

"칠세 뭐 저기 일곱 살 묵은 아이가 아버지 잃는 것 만치 어려운 게 어디 있습니꺼. 지 일곱 살밖에 안 묵었습니더."

그래 또 '난' 이카니께네,

"청춘과부. 오모(吾母) 청춘과부 난이라. 우리 어무이 청춘으로써 과부 되는 게 얼마나 어렵습니꺼?"

그런기 일곱 살 묵은 아이가 아부지의 사형에서 구출을 했다마 그런 게 있다.

〔 유어면 설화 15 〕 T. 3 앞

마등리, 1999. 4. 1., 2조 조사.
전희수, 남 · 74.

15살 고건 군수의 재치

창녕에는 저기 열 다섯 살 묵은 저기 군수가 사또가 되가 왔는데. 지금도 다 아는 사람은 안다고 근데 '고건'이라고 이 이름이 외자라 '높을 고' 자가 성이고 이름이 '세울 건' 자라 '고건' 외자라. 창녕에 부임한 사또인데 이 사또가 어찌된 사또던지 쬐깐한 빡빡 얽힌 곰보라. 이래니께네 밑에 이방하고 지금 말하면 군의관쯤 되는 사람들이,

"소매 안에 넣어두 되겠다."

이케니께 마 들은기라. 이 일날 아침에 딱 불러 가지고 인자,

"일 년 초로 젤 키 큰 걸 소매에 넣어가지고 온나. 일년초로 젤 키 큰 것 옥수수 말고 이렇게 큰 것. 그런데 가오데 뿌라지 말고 딱 가져 온나."

이랬거든. 그래 기냥 넣어라카믄 무리고 니 나이 삼분지 일로 해가지고 접으라 했거든.

"나이 스무 살 같으면 삼분의 일 하든 그래서 소매에 집어 넣으라."

하느께 못집어 넣지. 삼등분. 그래 해도 열수가 넘지. 그래서 말이지 버릇을 고치고.

또 인자 열 다섯 살 묵은 쬐꼬만 아이가 해놓으니께네 그 밑에 있는 사람들이 자기한테 고개를 잘 안 숙이는기라. 그래가지고,

"옹기를 굽는데 가 가지고, 옹기로 맨들은 갓을 맞춰 갖고 온나. 그래서 나한테 들어올 때 다 그 갓을 쓰고 와라."

그라니께 그 갓만 쓰면 안 숙일 수가 없는기라. 그래 옹기 갓을 씌우고 그 버릇을 고치고 한기라.

〔 유어면 설화 16 〕 T. 3 앞

마등리, 1999. 4. 1., 2조 조사.
전희수, 남 · 74.

옹기장수 송사를 해결한 고건 군수

낙동강 요 앞에 요기에 있었던 일인데 인자 옹기 장수가 올라오는 기라. 옹기를 팔러와 가지고서 내려갈 때 곡식하고 바꾸기도 하고 이래 가지고 가져가는데 이 옹기 장수가 노름도 하고 술도 하고 이래가지고 다 팔아 묵은 기라. 이러니께네 이 오야봉, 사장이 있는데 막 뭐라 칸다 하니께네 그래 이 놈이 사또가 유명하다 하니께니 사또를 찾아가 가지고 이놈이 가다가 묶와 가지고 낙동강 물에 지금도 깊은데 돌을 매와 던져 뿌린기라. 마 내가 그리 죽을 바에는 그러면 사또님한테 찾아가 가지고 얘기를 한기라. 그라믄 둘씩 둘씩 너이만 불러온나. 이러니께 그래가지고 불르러 간기라. 갔다 와서 그카니께네 올라오는 뱃사공. 그라니께 요즘 말로 선장이지.

"그거는 어떤 바람이 좋나?"

"땡기다 오고 땡기가 오고 오른 바람이 좋십니더."

내려가는 배 선장한테 인자 물어보니,

"그래도 내릴 바람이 얼마나 수월스러웁니꺼."

그래가지고,

"이 나쁜 놈! 오를 바람하고 내릴 바람하고 마주치면 회드락 바람이 생기는데 그라믄 회드락 바람이 생겨 가지고 배가 전복이 된다. 대체, 이 사람 구해주라." (청중 웃음)

그래가지고 가다가 다리도 못 가고 죽이려는 사람이 이어뿔라카는 사람이 구해준 그게 바로 고 창녕군수 고건 군수라.

〔 유어면 설화 17 〕 T. 3 앞

마등리, 1999. 4. 1., 2조 조사.
전희수, 남 · 74.

대가집의 천재 하인

인자 아이가 심부름 꾼인데 이래 뒤치덕거리 다 허고 그란데, 하루는,

"어르신 큰 일 났심더."

"뭐가 큰일인데?"

목숨 걸고 요즘 말하면 건의한다 이 얘기지 내 목숨을 바쳐 고쳐야 한다 이 얘기지.

"선생님 바꿔야 합니더."

이카거든? (청중 웃음) 도련님 가르치는 선생을 바꿔야 한다 이 말이지.

"이건 내 목숨 바치겠습니더."

"그래?"

"석삼자로 저게 아니 내 천(川)자를 석 삼(三)자로 가르치는데 그 선생은 우찌 가르친다. 이거 목숨 바치겠심더."

지는 틀림없이 석 삼자라, 내 천 자인데 이게 바로 보는 시각의 차이라. 이래 참 아이가 됐구나 싶어서, 그 대감 집에서,

"너의 직업을 파면을 시키고 오늘부터 도련님하고 같이 글을 배와라."

근디 막 앞서가는 기라 그래가지고 그런데 비록 천한 신분이라도 사람을 키우는 데는 분별이 없소. '보는 시각의 차이' 거 천재 아니요? 천재지 내 천 자로 석 삼 자로 가르치는데 틀렸습니다. 지가 보기에는 언제까지나 내 천 자 목숨 바치는께니. (청중 웃음)

〔 유어면 설화 18 〕 T. 3 앞

마등리, 1999. 4. 1., 2조 조사.
박희윤, 남 · 84.

홍의장군의 현명한 자식

홍의장군 말이지, 곽재우 장군. 열녀 효자 일어난 십이정각이 있는데 그거 나라에서 해준 거거든 근데 그래 고을 관장이 그리고 하도 열녀 효자가 많이 나니까네 그 집에 문장을 초청을 한 모양이라. 그래 관광을 가니까 그 고을 원이 하는 말이,

"당신의 문 중에서는 어쩨 열녀 · 효자가 많이 나느냐?"

이래 묻는기야 그래 인자 곽재우가 그카니 뭐 알 수가 있나 말이지. 모르거든 자녀가 있으믄 아들고 있고 딸도 있고 이랬는데 뭐 퍼뜩 안 가르쳐준단 말이지.

"그러면 원님! 내가 집에 가서 알아보고 얘기를 하겠심니더" (뒤에서 제보자가 다시 생각을 고쳐 말을 정정하였다) 아니, 그리할 때는 뭐라 한게 아니라,

"열녀 효자가 많이 나니까 만일 중에 남편이 물에 떠내려 가고 시부모가 물에 떠내려 가는데 어느 사람을 먼저 구해야 되겠느냐?"

이래 질문이 딱 나오는데 곽재우가 머 안 생긴단 말이지, 그래 집에가서 알아보겠다 이랬는데, 집에 와서 문을 철봉을 하고 음식을 전폐하고 이래 들어 앉았단 말이다. 그래하고 있으니께네 그 집에 여학생이 한 열대살 먹은 요새로 말하면 한 중학교쯤 안 되겠나 그랬는데,

"어째서 아버님 관광을 갔다 오셔가지고 음식을 전폐하고 문을 철봉을 하고 계십니꺼?"

"너는 알 것이 아니다."

"부모 자식 간에 말하지 않는다면 누구한테 말할 겁니꺼?"

"그래, 사실은 고을 원님이 그렇게 말씀하더라."

"아이고 아버님 생각할 것도 없십니더, 됐십니더."

"우째야 되는데?"

이카니,

"첫째, 부모님부터 먼저 건져야 안 됩니꺼?"

부모님 건져 놓고 남편은 뒤따라가서 죽어도 된다 이거야. 그라니께 부모 건진 덕에 효부 되고 남편따라 죽은 덕에 열녀 된다. 이기야 그 관장한테 애기하니께니 관장이 하는 말이,

"열녀 효자 나는 집은 할 수 없다."

이기야 (청중 웃음) 그렇게 있구마는.

〔 유어면 설화 19 〕 T. 3 앞

마등리, 1999. 4. 1., 2조 조사.
박희윤, 남 · 81.

엉터리 풍수이야기

이웃이 사는데 한집에는 잘 살고 한집에는 이 어른이 글은 많이 알아도

생전에 출타를 않하고마 집에 들어가 앉아 있으니까 아주 빈곤한 처지에 있는데 그래가지고 인자 안양반 부인되는 분이 말하기로,

"이웃의 아무개는 거 돌방돌방한 것을 가지고 맨날 가지고 다니던데 그러고는 쌀도 오고 돈도 오고 그래서 잘살던데."

이렇게 하니께니 그것도 몰랐어 거 동서남북 보는거 (청중 : 나침반!)나침반 모양 가지고 다니는게 있거든 돌방돌방하는거 그런걸 있으면 나가 보겠다 그랬어 그래 부인이 하나 구해 줬어 그래 나가보니 아무것도 모르는 사람이 뭐 그런거 알 수 있나말야, 모르는데 저 한군데 보니께네 큰 태산 산 둥우리에 요세 말하자마 장사를 지내는 모양이라, 사람들이 많이 모였는데 그래 올라가니께네 그때 마침 하관을 하는데 묻는데 사람이 묻고 '루루루' 소리를 하고 다지고 그러는긴데 올라가니게 샘이가 있어 샘이 달구소리 한번하면 물이 이만치 올라오는데 났는데 이거 뭐 야설인가 자기는 아무것도 모르거든 뭐 부자집 장사인데 풍수도 여러 명와서 그런데 하는말이 그래,

"이거 물들었다."

많이 모인 풍수들이 그래 그게 아닌데 상주가 가만있으라고 하나.

"그래마 만약 모를 들어보고 물이 없으면 어쩔래?"

그러니까,

"물이 없으면 내 목숨을 바친다고."

그래서 발치에 파보니께네 뫼에 물이 찬기라 그래 많은 풍수들 다 가뿌렸고 묘를 파가지고 새로 수습을 해놓고 새로 산소를 하고 집에 갔다놓고 식사대접을 하는데 아무리 기다려봐도 않가고(묘터를 안잡고) 한 몇 달은 된 것 같해. 아무리 뭐 알아야 가서 잡던지 하고 뭐 도망가는 수 밖에 없다고, 들고 뛴다가 넘어가다가 자빠 졌어 그래 도망가다가 자빠졌는데 그래가지고 거기에 집에 갈라고 하니께네 그래가지고 집에 와가지구 그길로 내가 이제 맹인 되면 안찾을 거야 그래가지고 우리는 야설, 거짓말인지 우리는 그렇게 듣고 있어.

[유어면 설화 20] T. 3 앞

마등리, 1999. 4. 1., 2조 조사.
전희수, 남 · 74.

이지함 선생이 고인이 된 이야기

　이지암 선생인데 식사를 한 후에 즙을 내가지고 마시는데 하루는 근게 맨 날 아전이 잘 못하는 아전이 있었던 모양이지 얼라 취급을 해가지고 붉은 옷을 입혔다는 말이지 감정이 않생기겠냐 말이지 나는 나이 많은데 근 백발인데 말이지 얼라 취급을 해가지구 말이지 그래 좀 유감스러워 말이지 그래 집을 내가지구 밤을 해가지구 묵으마 그랬는데 그 붉은 옷입은 아전이 그저 버들나무라고 있지 소쿠래나무 그 수양버들이 밤맹키로 담아가지고 먹을 때는 퍼득 모른다. 그래 고마 십으려고 하니 되나 그래인자 이지암선생이 고인이 됐다. 그래 밤을 먹었으면 독이 않됐긴데 먹어가 죽었다. 절대 그런지는 모르고 우리는 그저 들은말로 그런긴데 (청중 : 그렇게 알아도 자기 죽을 거는 몰라.)그래, 자기가 그렇게 많이 알아도 자기가 죽을 거는 몰라, 인제 그런말이지.

〔 유어면 설화 21 〕 T. 4 앞

선소리, 1999. 4. 2., 2조 조사.
이상순, 여 · 78.

선소리의 유래

　옛날에는 물이 여기까지 들어 왔다, 그래서 배를 대놔서 선소리라, (조사자 : 그러면 물이 어디에 있데요? 물은 못봤는데?) 지금은 전부 들이 됐고 아가씨들은 모르지마나. 벼에 찟는 열다섯살 때 배 많이 탔는데 발전 다 됐다. 그래인자 배를 타고 그랬다.

〔 유어면 설화 22 〕 T. 4 앞

선소리, 1999. 4. 2., 2조 조사.
이상순, 여 · 78.

꼬부랑 이야기

옛날에 꼬부랑 할마이가 꼬부랑 낭길을 올라 간기라 거기서 꼬부랑한 똥을
눴는데, 꼬부랑한 짝대기를 가지고. (옆의 아줌마들이 약간 수정해주자) 아.
아, 그걸 꼬부랑 개가 주워 먹었어, 그래 주워 먹으니께네 꼬부랑 짝대기를
가지고 때린께네 '꼬부랑 깽, 꼬부랑 깽' 그랬단다.

〔 유어면 설화 23 〕 T. 4 앞

세진리, 1999. 4. 2., 2조 조사.
문정식, 여 · 64.

억울한 시아버지의 한을 풀은 며느리

김모가 있거던 조거 저 아버지가 죽고 장가를 가가주고 김모가 있는데 장
개를 갔는기라 종을 보내가지고 목을 딱 벴는기라, 목을 벼가주고 어디 갔다
넣었냐믄 단지안에 넣어뿌리고 (조사자 : 단지.) 그래 단지 그래 시집을 따로
오는기라 첫날밤에 죽자사자 따라오니께네 시아버지 따라오니 께네 막 얄군
데 처해 놓는기라 간부가 치였다고 하는기라 장개간 그사람이 잡은 기라 만일
에 처음에 간부를 잡아 놓은니 께네 종을 시켜 잡은 기라 그런(애기) 못들었

제?

〔 유어면 설화 24 〕 T. 4 앞

세진리, 1999. 4. 2., 2조 조사.
문정식, 여·64.

선녀인 못난 각시

* 하나 더해줄까 하면서 해주신 이야기이다. *

옛날에 장가를 갔는데 이애 장개를 (조사자 : 장가를 갔는데?) 장가를 갔는데 각시가 나무를 한다고 하는기라 얼지십다끼다(어리석은 것 같다) 자러 갔는데 신랑이 나오는 기라 도골장때이 나오는 기라 같이 자고 이튿날 못났다고 사람머리 쳐봤던거 아이가 여자를 뭐라고 했더니 선녀가 아주 수수한 사람이라 모를 다 심어 주고, 선녀가 와서 요술로 모를 낸께네 아주 잘 놓는기라 그래 시께 아주 잘 된기라.

창녕군 대합면

Ⅰ. 조사마을 개관

1. 대합면

창녕군의 북부는 성산면, 대합면, 이방면등 삼개면인데 이중 대합면은 삼개 면중 한가운데 자리 잡은 면이다. 대합면의 동쪽은 고암면이며, 서쪽은 이방면, 남쪽은 대지, 유어면이며, 북쪽은 경북 달성군과 마주하고 있다. 태백산이 면의 북부에 솟아 있고, 남서편으로 구룡산이 자리한 아늑한 고장이다.

대합면은 태백산을 중심으로한 고대인의 주거지였음이 합리 고분군을 통해 알 수 있다. 합리 고분군은 태백산 서쪽 아래에 있는데 '太白山'은 '한붉뫼'이니 '붉달, 붉뫼'는 우리 국토 전체를 상징하는 명칭으로 '붉' 계 지명이다.

2. 대합면 마을 1 - 대합면 신당리

신당리는 본래 대곡면의 지역으로 대곡면의 소재지가 있었다고도 한다. 1080번 지방도의 남북에 쟁반과 달개 마을이 각각 있는 법정리이다.

신당은 흔히 신을 모시는 당집이 있었던 마을에 보통 붙혀지는 지명이다. 지금 신당리의 서편에 인가는 없지만 구신당이라 불리는 곳이 있는데 최근에 창녕 조씨의 재실이 들어 선 지대 근처에 옛 신당 마을이 있었다고 한다.

이곳 북쪽 골짜기를 마사곡이라 부르는데 이 마사곡 일대에 창녕 조씨들이 살았는데 하룻밤 사이에 큰못이 생겨 새못이란 뜻으로 신당이라 했다고 한다. 왜정이 들어서며 '新塘'을 '神堂'으로 개칭하였다고 보통 알고 있으나 '호구총수'에 보면 '神堂'으로 기록되어 있으므로 오래 전부터 '神堂'으로 썼음을 알 수 있다.

3. 대합면 마을 2 - 대합면 소야리

이 마을의 지명이 소야로 불리게 된 것은 400여년전에 이 마을에 효자가 많이 나서 효야촌(孝也村)이라 불리던 것이 이곳 지방 사람들은 효자를 '소자'라 발음하였기 때문에 소야로 쓰이게 되었다고 한다. 그 당시 마을 앞이 풀밭이었으므로 밭(바) 전(田) 바 소(所) 들 야(野)로 기사한 것이라고 하다. '野'는 다시 이끼 '也'로 변하였던 것이다.

4. 대합면 마을 3 - 대합면 도개리

도개리는 대합면의 중부지역으로 일정 때 군용지로 징발당한 곳이어서 마을이 옮겨져 구도개, 신도개가 있다. 이곳의 지명은 옛날 도개가 있었던 곳을 지형이 '개설'이라 한데서 지명이 나왔다. 개가 왼쪽으로 눕는 형국이라 하는데 소나 개는 잠을 잘 적에 언제나 오른쪽으로 눕는데 왼쪽으로 누웠다함은 못일어 난다는 뜻이다. 개가 일어나지 못하니 지기를 지켜주기 때문에 명당이라 한다. 따라서 도개의 '도'는 엎드릴 도로 엎드려 지기를 지키는 개라는 뜻인 것이다.

II. 조사 기간 및 일정

1. 조사기간 1999년 3월 31일 ~ 4월 3일

3월 31일 : 창녕군에서 하차한 후, 박인희 선배가 차를 가져오셔서 신당마을 까지 편안히 이동할 수 있었다. 마을에 도착 후 이장님께 도착 사실을 알리고 도움을 주십사하고 부탁을 드렸다. 또한 마을 어른들을 찾아가 이번 답사 목적 을 설명하는 동시에 인사드리는 걸 잊지 않았다. 저녁이 8시에 끝나 그 이후부 터 조사를 시작했다. 조사는 대략 11시 50분 까지 계속 되었으며 마을 분들이 내외를 하시는 이유로 할아버지님들 조사가 끝난 이후에 할머니들과 이야기를 할 수 있었다. 그러나 도중에 할머님들이 많이 돌아가셔서 안타까웠다.

4월 1일 : 아침을 마친 후, 조를 나누어 한 조는 도개마을로 이동을 하고 다 른 한 조는 신당 마을에 남아 각기 조사를 했다. 무작정 들어간 도개 마을에서 의 조사는 마을 분들이 다들 일하러 가시는 낮시간이어서 조사에 어려움을 겪 을 줄 알았지만 집에 계시는 할머니들의 도움으로 조사가 이루어졌다. 신당마 을에서의 조사는 어제 저녁에 소개 받은 몇 분을 중심으로 찾아가며 조사가 이 루어졌다. 대개 할머님들이 남아있어 민요에 대한 조사가 많이 이루어졌다.

오후의 조사는 소야마을로 이동해야 했기 때문에 신당마을에서 점심을 한 후 이동을 했다. 4시경 짐을 푼 소야마을에서의 조사는 저녁 6시이후에 이루어 졌지만 마을 어르신들이 너무 많이 오신 관계로 조사에 약간의 차질이 있긴 했 지만, 박병교 할아버님의 도움으로 상당한 양의 조사를 할 수 있었다.

4월 2일 : 아침을 마치자 말자 많은 수의 할아버님들이 또 마을회관을 찾았 다. 하지만 조사가 시작된 이후 마을 분들이 술을 드시는 관계로 마을 회관에서의 조사는 미진했고, 할머님들이 모여 계신 곳이 있다는 얘길 듣고 그곳에 가서 조사를 시작했다. 할머님들이 모여계신 곳에서의 조사는 노랫가락에 절로 흥겨운 관계로 유쾌한 조사를 할 수 있었다. 또한 점심을 대접해 주셔서 구수한 된장국에 좀 짠듯한 반찬이지만 감사히 먹고 조사를 마감할 수 있었다.

2. 제보자

〔 대합면 제보자 1 〕

신당리, 서경석, 남·76.

가장 많은 이야기를 해 주셨다. 그 마을의 유지이면서 이야기 중간 중간 남편공경과 시부모의 공경에 관한 이야기를 해 주셨다. 거의 대부분 설화에 관해 많이 이야기해 주셨다. 현재 성균관전학을 지내시고 학문과 역사에 대한 해박한 지식을 가지고 계셨다.

설화 : 1~6.

〔 대합면 제보자 2 〕

신당리, 백성조, 남·67.

우리들이 이야기를 해달라고 조르자 그냥 웃고만 계시다가 이야기를 해 주셨다. 비교적 발음이 좋아 알아듣기 수월했다.

설화 : 7.

〔 대합면 제보자 3 〕

소야리, 박병교, 남·81.

콧수염이 인상 깊은 할아버지였다. 소야리에서 가장 많은 이야기를 해 주셨
다. 이야기가 끊이지 않고 많이 나왔다. 오랫동안 이야기를 하셔서 힘드실까 걱
정했는데 할아버지는 늙으면 잠이 없다며 계속 이야기를 해주셨다.

설화 : 8～15.

〔 대합면 제보자 4 〕

소야리, 김정순, 여 · 73.

이 할머니는 17살 때 시집을 오셨다고 하신다. 주위의 부추김으로 하셨는데
민요 한 곡만을 부르시고 다른 분들의 장단만 맞추셨다. 수줍음을 타시는 고운
분이셨다.

설화 : 16.

〔 대합면 제보자 5 〕

도개리, 김필선, 여 · 64.

경북구에서 시집오셨다고 하셨다. 얼굴이 동글 동글하시고 인상이 선하시며,
갑자기 노래를 부르려니 잘 안된다 하시면서 술을 권하셨다. 옆할머니의 손주
에게 술을 먹이시어 우리를 놀라게 하셨다. 차츰 술을 드시면서 민요와 설화를
구성지게 들려주셨다.

설화 : 17～19, 21.

〔 대합면 제보자 6 〕

도개리, 성모연 여 · 62.

대진면 석동리에서 시집을 오셨다고 하셨다. 아는 것이 없다고 하시면서 민

요나 한번 해보시겠다면서 2곡을 부르셨고, 설화도 1편 해 주셨다. 수줍음이
많으시며 사진찍는 것에 거부감을 보이셔서 설득하는데 애를 먹었다. 그러나
웃음이 많고 정도 많으셨다.

　설화 : 20.

III. 설화

〔 대합면 설화 1 〕 T. 1 앞

신당리 1999. 3. 31., 3조 조사.
서경석, 남 · 76.

'개총뜰' 이름에 얽힌 이야기

　　임진왜란 때 왜놈이 침입했는데 이 지방 사람들이 전부 남녀간에 총을 들
고 나갔다 이기야 그때 총이 요새 그런 총이 아니고 나무총인데 총을 들고
나갔단 말이야. 그래 이 지방에서 전부 총을 들고 나갔다고 해서 '개총뜰'이라
하는 기라. 그래서 그 관계를 찾으려고 규장각에도 가보고 시방 이라 해봐도
그게 잘 안나와 그러나 이들을 우리가 알기로는 이 전설적으로 개총뜰이다.

〔 대합면 설화 2 〕 T. 1 앞

신당리 1999. 3. 31., 3조 조사.
서경석, 남 · 76.

열녀 이야기

대구에서 쪼금 넘어가면 용호라 카는 절에 가면 열녀비가 있는데, 그게 열녀비는 그래가지고 백제의 이장곤선생이라 카는 딸이라 말인데, 그 부인이 언양 김씨집으로 시집을 갔는데, 언양 김씨의 그 남편이 그때 한참 아파가지고 곧 임종시의 죽을시 되가 되가지고 있는데 이런 난리가 났는데, 그 남편을 업고 나가지도 못하고 치마를 벗어가지고 화살을 막았다는 전설이 내려오는데, 그래다가 가을에 목화를 딸 때가 되가지고 저 밭에서 왜놈이 와 가지고 명을 따는데 와가지고 왜놈이 와가지고 젖을 지어뿌렸다는 기다. 왜놈이 쥐어 뿌니깐 때문에 베어뿌린기라. 베어뿌니까네 그 자리서 피를 흘리고 죽었다. 그 자리에서 죽었거든. 그래서 그 남편이 열녀거든 그래서 그 자리에서 열녀비가 지금도 서가 있다. 이 지역이 옛날에 구영지가 되가지고 (조사자 : 구형지요?) 아니, 군용지가 되가지고 왜정시대에 대구 80연대의 연습장이 됐거든 그래서 그 자리를 그 비석을 옮겼다가 해방되고 나서 그 자리를 도로 갖다 지었지.

〔 대합면 설화 3 〕 T. 1 앞

신당리 1999. 3. 31., 3조 조사.
서경석, 남 · 76.

이장곤 이야기

이장곤이라 카는 그분 호는 검흔이거든, 그 검흔이 보면은 연산군 때거든 연산군이 그 폭정을 말할 수가 했는가배. 그 고관 부인들 전부 불러가지고 하나씩 하나씩 불러가지고, 온갖 잡탕을 쳤거든. 그래 가지구 나중에 가서 뭐라고 남편에게 한테 말하기를,

"나는 가면 절대 당하지 안한다."

카고 갔는데 그래 갔다 오매 처매를 살랑살랑 이래 한데 이거는 야설인가 몰라도 그 벽전 이씨 애들은 한테 카면은 싫어하지 그래서 나는 안 그렇다 하고 나오는 거야. 그래 그래서 남편한테,

"나는 절대 안 당하고 왔다."

카니까네 가면서 뭐라카노 하면은 싹 시침을 떼고든 연산군이 돌에다 글로 써 난기라. 으, 여학생들 있는데 이런 소리 해도 될란가 모르겠는데 (조사자 : 괜찮아요, 나이 먹었어요.) 거기다 글로 써 논게 이기 야산가 모르지만, 성요분 다운 수 이장곤의 처라 연산군이 썼다거든. 연산조가. 그래 자기는 남편한테 와 가지구 절대 난 그런 일이 없다 이래 카고 응 이래 왔는데 돌에다보니 그거를 써놨거든, 검흔선생이 장군이거든 한쪽 다리를 밟고 한쪽 다리 짚고 잡아 땡겨 버렸 쩨고 집어 던져뿌려 나니까네 연산군이 죽일라 할거 아이가 말이지. 역적이다 하니 안카겠나 그래가 피해 온 곳이 여기까지 피해 온기라. (조사자 : 그래 이 지역으로 내려 온 거예요?) 그래 내려 왔는데 낙향을 했는데 피해 오는데 이 구진면이라 카는데 있어 구진면 유산 근처라 거기 이리 오는데 시냇가에 옛날에는 샘이 돌샘이라 말이 샘이 알지 그런데 물이 샘이커네 모르네 사투리 우물 우물이 알랑거리 무슨 저 뭐 개굴가지 있었어 그런데 어느 처녀가 물을 이고 가는데, 그 처녀가 역시 이조 때 백정의 딸이라 백정이라카는거 아주 천인의 딸인데 그래 백정의 딸인데 그래 이제 그리 검흔 선생이 뛰어오는데 피해서 그리 잡을라카니 뛰어오는데 그래 그 처녀가 물을 돌라 카라 하는데, 처녀가 보이카네 아주 이래 급하게 온 것일랄세. 버들잎 사구를 바가치에다 물을 이고 옛날에 지금 바가치에 다 물을 안 흘리고 바가치에 떼였거든. 물을 떠 줬는데 버들잎 사귀가 그 나 여가지구 그래 주니까네 그래 참 물을 받아 먹었단 말이야. 그래서,

"그 바가치에 잎사귀를 왜 띠어 보냈냐?"

"하필 이 물이 급한 것 같은데 그 물을 마시면 목이 메일까 싶어 이래 목이 상할까 싶어 천천히 먹으라고 해서 그래 자 이파리를 띠었다."

이러더라. 그래서 가지구, 그 분이 나중에 그 부인하고 그 세세한 기다. 결혼하기로 했거든. 그래서 지금도 흔히 이런 농담을 하면 후손아이가. 말하자

면 오늘날 너희는 쌍놈들 아이가 말이지. 이런 농담도 하게됐어. 그래가지구 역사책에는 검은 선생이 나중에 황룡절에 가가지구 어부한테서 어부딸하고도 결혼했다고 이런 말이 있는데 그런 여기와서는 그런 전설이 내려오는데 이게 사실인가는 몰라도 그런 전설이 있다.

〔 대합면 설화 4 〕 T. 1 앞

신당리, 1999. 3. 31., 3조 조사.
서경석, 남·76.

욕심부리다 벌 받은 부자 이야기

옛날에 창녕 조씨가 아주 부자가 살았는데, 절의 스님이 시주를 하러 왔거든. 시주를 하러 왔는데 보니깐 부잣집이라 돈도 많고 이랬는데, 종이 인자 주인한테 지금은 스님이라 카는데 옛날에는 지역 사투리로 중이라 카거든, 중이 동냥하러 왔다 이러거든. 이 보니깐 동냥은 안주고 그대로 보내거든, 괄시를 하거든. 인자 이 사람이 억울타 말이야. 그래 나한테 하는 말이,
"동냥이나 주면 괜찮은데, 이 집이 앞으로 큰 문제가 생기겠다."
종이 듣고 주인한테 일러 바쳤단 말이야.
"중이 그런 소리를 하고 간다."
이러니까 인자 그라마 스님을 불러 들이가 그래 불러 들여가지구,
"왜 앞으로 큰 일이 나겠느냐?"
물으니까 스님이 뭐라켔냐면, 이 집터가 원래 벌섶인데, 벌이 많이 집중하는 자리인데 그래서 부자가 됐는데, 저 앞을 가리키면서 벌이 모이기 때문에 부자가 되고 그라는데 앞으로 인자 이기 벌통에 꿀이 가득 차면은 없어지거든. 한계가 찼다 이기라. 그래,
"벌통을 막아야 한다, 벌통을 막지 않으면 망할 것이다."

그래 막았다. 지금. 그래 노니깐 그 말이 맞아 막았다. 사실 막으면 안되는 자린데, 주인이 일꾼을 데리고 가서 막았다 이기야 그래 막고 나서 몇 년 안가서 그 집이 완전히 망하고, 완전히 망했거든. 망했는데 그 집터가 아주 그 옛날에 연당못, 그 집안에 자기 집안에서, 지게로 막았거든. 그래 막혔어.

[대합면 설화 5] T. 1 앞

신당리, 1999. 3. 31., 3조 조사.
서경석 남 · 76.

묘자리 잘 써서 복 받은 이야기

김성수 아래 대인데, 전라도에 가면 이 집이 9대 만석, 9대 진사도 정승도 하고 이랬거든. 정승은 안 나왔다. 이런데, 이 집이 어째서 그리 부자가 됐노 하면은 영산강에서 저 위에서 김성수 집이 원래는 전라도 그 저 거시기거든. 긍제 지금은 뭐라카노, 정읍. 정읍인데, 긍제 근처에 집을 가지고 있었거든. 김성수 윗대가 옛날에 인제 곡식을 떼어다 팔고 사고 하면서 영산강으로서 위에서 아래로 내려가면서 곡식을 싣고 내려가는데, 그래 인제 자고 일어나서 보이카네 배에다가 곡식을 한 배 실어났는데, 그래 인제 아침에 자고 일어나서 보이카네 동네 큰 동네 마을에서 연기가 하나도 안 나거든. 그때는 연기가 나야지 밥을 해 먹는거거든. 그래 연기가 없어 주막하는 주인에게 물은기라.
"보소 이 마을에 아침때가 됐는데 왜 연기가 안 나느냐?"
이래 물으니카네 그래 하는 얘기가,
"작년에 큰 흉년이 지어서 홍수가 나가지구 물이 바닥나구 묵을게 없어서 연기가 안난다."
이래카거든. 그때 이 마을에 참 그때쯤 존이라 캐. 지금의 이장카고 동장카는 걸 그때는 존이라 했어. 그래서 그 마을 존이를 불러라 그래 존이가 나왔단 말이야. 지금카면 마을 이장, 그 동네서 그렇게 그 혜택을 받았단 말이야. 받고 난 뒤에 제사를 들이는데 풍수라 말이지. 그래 그 터를 보러, 그 동네께 당산나무라. 그 터가 있는데 그 아무나 쓸려하거든 에이 그 터를 누가 쓰든 우리 동네가 말린다, 안된다. 문제는 우리의 쌀 한배, 곡식 한배 갔다주고 오가지구 우리 동네 주고 간 그런 분이 와서 여길 쓸려 하면, 우리 동네에서 허락해 주지, 이카거든. 그래 경상서 그 웃대 그 어른이 그 쌀로 한배 주고 온 그 동네 자기가 인자 상주가 됐다. 당상이 되었다, ,이카거든. 당상을 당하고 나니카네 그래 인제 터를 구할려고 인자 옛날에는 적에 토감을 해가지구 월상을 주고 하는 것이 옛날 부잣집은 다 하거든. 월상은 달로 지낸다는 이말이거든. 장사라 카는데, 인제 그래 그 제사를 들고 갔단 말이야 그래 그 근처를 가니카네, 그 옛날에 생각하매 내가 이 동네에 와서 쌀을 한배 준 그 동네 그 주막에 가서 자기얘길 했단 말이야. 그래 자기 얘길 하니카네 그래 이 주인이 이 사람, 쌀 준 그 분이 이 사람인 줄 모르고, 그래 인제 터 구하러 왔다 카니까네,

"여기가 어디가 명산이 있드냐?"

와서 물은기다.

"우리 동네 명산을 저 당산나무 뒤에 저기가 명산이라 카는데, 동네에서 막아서 아무도 못쓴다. 근데 언제 년에 우리 동네 쌀 주고 간 그분이나 와서 쳐라카면 그 터를 주지."

이렇게 했거든. 그래 카이까네 이 분이 상주가 가만히 자기가 한 일이거든. 그래 이걸 어떻게 말하느냐 생각하다가 그래 참 그 길로 도로 집으로 올라가고 인제 상주 옷 벗어가지고 그 마을에 찾아온기라. 마을을 찾아와서 그 주막집에 가서,

"그래 보소 언제 년에 이 동네에 내가 쌀을 한 배 주고 간 일이 있는데, 그때 그 존이가 안즉 살았나?"

묻거든. 그때 그 존이 돌아가셨다, 그럼 그때 그분은 그 우리동네 주막에 잔 집인데 거 가봐라. 이 양반이 거기로 가니카네, 허허 참 아는 분 아니냐구, 20년 됐는데 내가 날짜까지 기억하고, 그 양반을 기억을 해 가지구, 상주로 옷 벗을 때 안하구 그 얘기를 하니카네, 아이구 우야 일인고 그래서 동네 연락해가지구 동네에서 모두 나와가지구 막 그 소리를 하거든. 그래 동네에서 무슨

뭐 대접을 모두 하고, 이것 밖에 없다고 그래 카니까네 그때서 대접을 하는데 모두 막 잡는데, 어디 가야한다고 와 가야하느냐고 실은 내가 어른 당상을 당해가지고, 어른 당상을 당했다는 것은 내가 상주가 되었다는 이말이거든. 어른이 돌아가셔서 지금 당상을 당하고 있는 내 몸에서 어데 터를 하나 구할까 싶어서 이레 댕기는 길이다. 이라 카니까네 그 동네 사람들이,

"아이구, 걱정마이소 터 구할라 카면은 풍수나 들고 오이소, 우리 당산나무 뒤에 저 모두가 풍수가고서 다 명산이라 카는데, 우리가 아무도 안 주고 있는데, 말하자면 이분이 오셔서 모신다고 하면은 풍수가 좋다고 우리가 협조를 다 해둘테니."

그래서 동네에서 장사를 지냈다. 그 후로 그 집이 지금까지도 김성수 집에는 전에 서울대학총장, 국무총리, 총장도 하고 그 집이라. 그래서 적선지가는 필요유경이라. 적선을 했으면 반드시 남은 경사가 있다. 카는 말로 하거든 그래서 그 집이 우리나에서 명산을 썼다 이런말이 있다.

〔 대합면 설화 6 〕 T. 1 앞

신당리, 1999. 3. 31., 3조 조사.
서경석, 남 · 76.

묘자리 잘 써서 복 받은 이야기

안동 김씨를 서울 장동 김씨라고 했거든. 서울 장동은 지금도 안 있는가배. 장동있지. 창동말고 장동. 전에 윤보선씨 생가집 있는데, 그 근처가 옛날에 장동이라, 그래. 그래서 안동김씨는 그 장동김씨라 카는데, 안동김씨 중에도 안동김씨가 이조대 왕비를 많이 났거든. 그래 그 왕비가 많이 난 성이 청송심씨라 든지, 해평윤씨, 안동김씨, 이래 모두 왕비가 많이 났거든. 그래 왕비가 많이 나는 집을 갔다가 옛날에 진짜 양반 중에서는 그게 천하 양반이라, 이라 카거

든. 왕비가 나왔을 기니카네 그 끈으로 해서 모두 벼슬을 했다 이런 말이 있거든. 그런데, 안동김씨 장동 그 집은 안동김씨로 통하기로 장동김씨라고 동네 이름이라. 안동김씨 저 집이 인자 명산을 썼는데, 우에 썼느냐면 그 안동김씨 제일 장동에 사는 그 제일 맏이라 카거든. 아주 참 중으로 가뿐 그 분이 등극대사라. 등극대사가 열 몇살 때 서당에 글을 읽으로가는데, 밤중에 밤에 이에 가니카네 뭐시 번쩍번쩍 이상하게 뵈이거든, 그래 그걸 주었다. 주워서 가지구 서당에 가서 보이카네 뭐새 낙서를 해 논 걸 읽었거든. 그래 공부를 하고 쪼끔 있으니, 도깨비들이 와 오는기라. 그래 책방도련님 그러거든. 요즘은 학생이라 카지만 그때는 이 서당에 글 읽는 학생을 책방도련님이라 이래 했거든.

"도련님, 책방도련님, 그래 책방도련님 주운게 없느냐?"

도깨비가 하거든. 그래 카이카네,

"주운게 있지."

"그거를 우리에게 돌려 주시면은 도련님에 원대로 우리가 다 해드리겠습니다."

그래 아홉 살 때,

"그래? 그 참 고약한 것들이 너희가 내 원을 어찌 다 해준다?"

그 참 대단하거든.

"너희가 내 원대로 우에 다 해줄 것이냐? 그럼 뭐신데 뭐?"

그래.

"사실은 우리 족보인데 그 말하자면은 우리한테는 그 도깨비 족보인데, 그거를 우릴 돌려주시면 도련님에 원 들어드리겠다."

그래 그것도 좋은 대로 해 줄 것도 없고 이래 카니까네 개 자꾸 사정을 해쌌거든.

"그러면은 너희가 내 원을 다 풀어줄라 카거들랑 서울 장안에 , 장안이라카는기는 지금에 말하자면 사대문안을 말하는기거든, 돈이 없어서 무보 당상을 당하고, 부모가 죽고 장사를 몬하고 있는 집이 몇 집이나 되느냐?"

이래 물었거든. 그래,

"죽어 이래 몇집입니다."

그래 그러니, 그 다음에,

"돈이 없어서 나이 많은도록 장가를 몬가는 노총각이 몇 집이냐?"
그러니까 몇 집이라 카더라. 그 다음에 또 물어.

"돈이 없어 시집을 몬가는 노처녀가 몇이나 되느냐?"
몇 집이다 이라카거든.

"그래 내 원대로 너희가 해줄라 카면은 그 집에 집집마다 한 집에 돈 천냥
씩을 갖다 놔 줘라."

이라카거든. 남의 집에서 훔쳐 오지도 못하고, 팔도에 댕기면서 주워와서
엽전을 주워와 가지구 그 댁에 갖다 줄 판이니카네 시일이 좀 걸린다 그래
도깨비도 양심이 있다. 그래서 그러면은 인제 그래라 카니 그래 몇 일 자고나
니카네, 그 상가집든 그 집에 지나가는데, 그 상가집에 보니까 울음이, 슬픔이
있는긴데, 웃음이 있는기는 어렵거든. 그래 하모 웃었샀고, 우에 나느냐? 하고
물으니카네, 옆에 그런게 아니라 밤에 자고 일어나 보니카네 마당 가운데 돈
천냥을 갖다 났어 그래 지금 웃어싼다. 그래 집작에 이 놈들 도깨비들이 했거
든. 그래 또 한 시간쯤 또 상가집 다 가서 주고 나니카네, 노총각 집에 다 갖다
주고, 노처녀 집에 다 갖다주고.

그때 하루 날 저녁에 도깨비가 떡 찾아온기라 그래,

"도련님, 인제 우리 할 일 다 했습니다. 그러면 주이소."

"그래 너희 욕봤다, 가져가라, 내줬다."
내주면서 뭐라 카니까네 이 도깨비가 하는 말이

"세상에 자기 욕심을 하나도 안 부리고 우째 남을 도우라 하느냐. 그래
도련님한 그래 그 소리 안 하려 카느냐?"
그래 물으니카네

"내는 너희가 내 원을 어떻게 알겠느냐?"
그 카니까네,

"그러면 도련님의 부모 선산을 준비 했느냐?"
부모의 신의지를 준비, 그거는 거절을 자식되고 부모 신의주를 정해준다 카는
데 터가 아닐망정 우째 안된다 못 하거든.

"그래 그거는 내가 실은 못했다."
근데,

"저 따라 갑시다."

그래 갔다. 간 것이 지금 서울에 한강 저 구리서 조금 더 가서 덕소라 카는데 있지. 덕소에서 양평쪽으로 저로 가면, 절을 하나 넘어가면 한 4킬로정도 되는데, 그래 거기가서 턱 앉더니,

"여깁니다."

이라카거든.

"하 그래 여기라. 여기에 우리 제사를 지내자."

이카거든.

"그런데 단 조건이 한 가지 있습니다. 이 자리에는 산소를 들일때는 동고대감을 제의로 삼으소."

제의가 카느게 뭐신가 하는기래 풍수가 산으로 와서 하관할 때 일하는 것을 제으라 카거든. 풍수가 하는 일을 제의라 칸다. 제의를 동고대감 시키소, 이카거든.

"다른 사람을 시키면 안된다."

이카거든. 그래가 얼마 있으니까 자기 어매가 돌아가셨는데, 장사를 할라카는데, 그래 동고대감을 자기 어른하고 같이 대감이라 카느기는 지금 말하자면 장·차관 거기거든. 그래 같이 가는데, 인제 산 거기로.

"내가 터를 한 군데 구해났는데, 제의를 좀 해주이소."

카니, 그래 제의를 해주지. 친구가 죽었는데 그래 카이까네,

"어디 가보자."

이 카거든. 그래 가보니 그 자리 덕소에서 조그마한 절이 하나 있는데, 거기 올라가서, 지금도 그 밑에 집이 한 채 있어. 그래가 인자 거기가서 여기다 이카거든. 동고가 물릎을 탁 치는기라.

"이거 누가 잡았노?"

그래 사실을 얘기한기라, 그래,

"그래서 이 터를 잡았습니다. 또 도깨비가 하는 얘기가 동고대감한테 제의를 시켜주라 해라."

무릎을 탁 치더니,

"아 당은 임자가 따로 있구나. 이건 내가 갈라고 잡아 논 자리다."

동고대감이 갈라고 잡아 놓은 자리인데 그 사정을 얘기하지 않았으면 딴이 같으면 옛날에 정승이며 권리에 어디 못하거든. 그래 과연 임자가 있구나 그래 그 참 자리에서 섰거든. 그 후로 이분은 중이 되가지구 등극대사가 되었고, 그래 그 후예들이 이조때 참 안동김씨의 왕비도 세 분 났지. 그때 가가 정승이 15명이나 났다.

〔 대합면 설화 7 〕 T. 1 뒤

신당리, 1999. 3. 31., 3조 조사.
백성조, 남·67.

꾀 잘 부리는 사람

옛날에 창녕에 김두찬씨라고 있었다. 근데 그 분이 살았으면 나이가 120살 됐는데, 이분이 옛날에 왜정때 그때는 중추원 참위카는게 있었다. 재런골이라 도랑이 있는데, 그래 일본놈한테 가서 뭐라캤노 하면은,

"내가 밭을 하나 팔아야 하는데, 이 카거든. 그래 밭이 무슨 밭, 곡식 심는 밭인가?"

그게 아니구, 돌밭이라 하거든. 그래 돌밭이라.

"여기서는 설명해 가지고는 모르겠는데, 한번 나랑 같이 오자."

이기야. 그래 그분이 여기까지 일본놈을 데리고 왔는데, 일본놈 부자를 데리고 왔는데, 그 돌쟁이가 옛날에 석공이 돌로 망두를 다듬고 그러느거 아이가. 그거를 다듬고 있거든. 그래,

"이거 얼만가?"

무령보이카네 억만이라 카거든. 지금도 한 개에 몇 십만원 안 하나. 말이가. 여기 돌이 전부 그거 나오는 기라 이라 카거든. 그래 이 그때 그 돌쟁이는 내 도랑에 와서 아무나 와서 깨가지구 망두로 다듬고 하이카네, 이게 한 개에 얼

마냐 물으니까네 일본놈 듣는데, 이 얼마나 그러니 요새 돈으로 40-50만원 한다고 이카거든. 그래 이 영감님이 나는 돌밭이다 이라거든. 그래 이 양반이 그거를 샀거든. 그래 사가지구 그래서 안즉까지 적산이 되어 있다. 그거는 봉이 김선들 대동강물 팔아 먹는거 보다 더 안하나.

〔 대합면 설화 8 〕 T. 3 앞

소야리, 1999. 4. 1., 3조 조사.
박병교, 남·81.

사이 안 좋은 며느리와 시아버지 사이를 좋게 만드는 효자

옛날에 이런 거시기 있었어. 아들이 참 외동아들로 됐는데 그래 인자 참 장성해가지고 메느리를 봤어. 메느리보고 손자 손녀까지 보고 그래 인자 살림살이도 넉넉하구 이래 참 잘 사는데 큰 애가 말이지 자기 처가 세상 내렸어 자기 처가 세상 내리고 나니께네 살아서 인자 죽은 신인데 메느리하고 아들하고 손자하고 손녀는 큰 방에서 자고 밑에 살아서 죽은 신이 있는데 할마이가 세상을 내렸다 보이께네 자다가 뭘로 모꼬지 봐도 물가로 가서는 안되는기라 그 애. 며느리 아들을 꺼낼라 케도 나도 꺼낼 수 없고 자기 떠밀고 가는 것은 귀찮스럽고 이런 양반이 있었는데 시상에 말이야 할마이 죽고 난깨로 일이 하기가 싫은 기라. 그래서 일도 안 하고 고만 이제 주는데로 자시고 인자 시월을 보냈는데 그런께네 며느리가 말이지 자시는 건 잘 자시는데 일도 안 하고 실컷 뿌질노니 일도 안 하니께 말이다 밉다 말이지. 그러니깐 며느리가 시아버지가 매사가 안좋은기라.

안좋았는데 그래 인자 매사가 좋다 보니께네 며느리도 밉고 시아버지도 메느리가 밉고 아들은 효자라 효잔데 아들이 며느리건 시아버지건 그리 몬 지내는데 저걸 우째해야 저기 서로가 다 달개겠노? 이런 생각이 들어서 아무리 여모로 해도 참 성격이 안 맞는기라 안 맞는데 하루동안 있지 장에 볼일이 있어 장에 갔는데 그래 장좀보고 고기 좀 사고 그래 했는데 자기 처가 말이지 무엇이 얼마이고 무엇이 울맨지 무엇이 흘튼기 묻는기라. 그런데 이 사람아 언짜이 이상으로 봤다 욕도 물어봤습니까? 영감이고 살진 사람만 사고 애들 사는건 안 사더라. 살진 사람은 뭐 파는데 보니까 돈을 뭐 엄청시레 받더라 이러거든. 그런데서 우리도 아버지 살찌워가지고 우리 팔자. 팔면 말이지 논도 또 몇십마지 살지 모른다. 그러니께네 아버지를 갖다 살로 찌워가지고 팔지 이러카는기라. 그러니께 이 처가 말이지 돈에는 막 (일동 웃음) 아주 구수한 사람이라 돈은 마 있으면 말이지 토지도 사고 뭐 온갖 것을 다 살 수가 있거든 있는긴데 부자가 된다케노께네 근데 낼 모레 어른이 됐단 말이야. 그랴 낼 모레 어른이 됐는데 그때 부텀 이 처가 말이지 자기 가장 말고 늘고 시아버지 시중을 갖다가 대접을 잘하는기라. 잘 하는데 그래 하다 보이께네 (마을 어른들이 오셔서 이야기 잠시 중단) 그래 그 처가 말이지 가장 말도 듣고 아이고 오늘부터 인자 시어머니 시현을 갖다 잘 시켜야겠다. 이런 심보를 가지고 대접을 착실하게 하는기라.

　　그날 인자 시장서 인자 반찬도 그저 전에는 고기도 없던 것 사가지고 고기도 먹고 여러 가지로 반찬 많이 장만했어 이래 시어른 대접을 하이께네 이 어른이 말이지 그 전에는 그래 안 하다가 말이지 그래 하이께네 이상하다 싶어서 내가 몸도 성코 말이지 일도 충분히 할긴데 이래 잘 묵고 말이지 귀하게 해서 되것나 이래 싶어서 그래 손녀가 있고 손녀가 났는데 그래 인자 자기 할마이 있을 적에는 그 손자 손녀를 할마이가 봤는데 혼자 죽고 나니간 손자도 안 봐주는기라 이래 작은 며느리가 들에 일하러 가면 애 둘을 들고 가야해 들고 가야 하는데 애를 들고 가면 일을 많이 몬한단 말이지 그래 많이 몬하니께 내가 이래 말이지 이래 잘먹고 있음이 몸도 성한 사람이 이래 놀아가지고 되겠나 아 애들이나 봐 줘야겠다. 이런 생각이 들었어. 그래가지고 이튿날부터 인자 애를 봐주기 시작한 기다. 야야 오늘 내가 애들 봐줄끼다. 넌 들에 가서 일해라. 이래 됐어. 그러니께네 애 봐줄라 하니까 의외로 많이. 일 많이 하는기라. 애를 둘 데리고 가면 일 몬하는기라 그래 애를 안 데리고 가니 그래노니께 또 며느리가 더 감동이 되는기라. 아아 시아버지가 그 전에는 애도 안 봐줬는

데 애 봐주지 더 잘 해드려야겠다, 이래 가지고 더 잘해 주는기라. 이러니께
또 이 노인이 말이지 요새는 방아가 기계방아가 있지만 예날에는 디딜방아지.
그래 인자 며느리하고 아들하고 쌀 넣었는데, 쌀 넣을 사람이 없단 말이지 그
저 고루 쩌야지 근데 시아버지가 고때부터 인자 이짝에도 쌀 넣어주는기라,
그래 인자 쩌어가지고 인자 참 밥을 해묵고 그랬는데 그때부터 인자 마당도
쓸고 나무도 갖다주고 애도 보고 이러니께 며느리가 좋아가지고 말이지 자꾸
더 잘해 주는기라. 더 잘해 주는데 이래 가지고 참 몇 달 계속해서 말이지 그래
참 잘 됐으니깐 아 살이 통통하게 쩐단 말이지. (웃음) 그래 이 남자가 상인이
말이지 이제 성이 울매나 좋은가 그거 알아 볼라꼬 그래 이사람은 오늘 제인데
보인께 살이 이만큼 쩠다. 여자에게 팔라 그러이께,

"이 양반이 정신이 있나 없나 이러는기라. 그래 왜 그러소 하니 애 봐주지,
마당 쓸어주지, 나무 갖다주지, 방아 찧는데 방아 시렁 넣어주지 이런데 뭐한
데 팔끼요? 토지만 해도 실컷 놀긴데 토지 더 사면 뭐 할끼요? 아비 팔면 안됩
니다. 아비 팔면 몬 삽니다."

며느리가 그렇게 인자 참 정이 들었어. 정이 들었는데 이레 노니께네 아
집이 마 참 잘되는기라. 그래가지고 몇 달 계속해 가지고 또 대접을 착실하게
자꾸 잘 하는기라. 자꾸 잘 하니께네 또 하루는 아버지를, 집어갈라꼬 야 이사
람아,

"아부지 인자 살이 많이 쩠다. 많이 쩠는데 갖다 팔자."
이러니까,

"안됩니다. 절대 안됩니다."

그래가지고 인자 그 어른이 말이지 자기 평생에 참 잘 자시고 돌아가셨다
네. 그런 이야기가 있었어.

〔 대합면 설화 9 〕 T. 3 앞

소야리, 1999. 4. 1., 3조 조사.
박병교, 남·81.

불효하는 며느리를 효부로 만든 시아버지

옛날에 저 창녕 성씨에 우리 창녕 성씨가 있는데 며느리가 부모한테 불효 짓을 하는기라. 하도 불효 짓을 해싸서 옛날에는 그렇지 인자 생일도 없고 참 장하고 다 그러는 시장 나무꾼인데 아무리봐도 이거 각 지방의 창녕군이고 밀양군이고 말이지 호남지방에 충청도고 이자 다 있거든 그래서 인자 이 며느 리가 부모가 되가지고 지금 말하자면 거승제는 입장이라. 이래서 이 여전히 함자가 성 무슨 것인데 이래 가만히 생각하니 아들이 불효도가 되겠나 말이야 며느리하고. 이래가지고 그래도 그 고을의 군수는 옛날에는 가객이 펑장히 많 아 어느 문중이나 학자집이나 이래 가면은 참 대접을 잘해주면은 양반이라 카고 행실을 참 잘한다고 하고 그래갔고 탁 볼 때 인자 어떻게 아들 며느리를 갔다가 호부 혼인을 갖다 맺어 들겠나 싶어가지고 연구를 낸기라. 그래서 며느 리한테 인자 탁 한자에는 시장에 가면 옛날부터 서울서 들어오는 참 그거 비싸 단 말이지. 한 동이 사다가 며느리한테 이거 장독에 묻어놔라. 그래 인자 장독 에 떡 묻어놓고 있는데 어르신 하는 말씀이,

"오늘은 어디 어디에서 손님이 오는데 된장에다가 소고기를 싸라."

이랬거든 인자 서울에서 어른들이 그 소문을 듣고 탁 온기야. 그 마을에서 인자 말이 난기야. 저 아주 며느리가 부모한테 불효 짓을 한다. 이러간데 그래 인자 이 어른이 그 어른들을 모셔놓고 점심을 묵은 것이 아닌감? 그래 인자,

"며늘아 점심을 해 오너라."

이카는데 참 봄철에 된장 맛이 소고기랑 참 잘 맞거든. 가객 노인들이 그 된장 을 먹어보이까이는 된장이 아니라 순 소고기라 말이지.

"허허 참 자네 며느리가 불효라 카더니마는 이레 우에야하이?"

된장만 거내주니깐 불효라 캤는데.

"언제든지 우리집에는 부모한테 된장 찌개건 언제나 소고기가 들어가 있다."

그래서 며느리 보고 들라켔지. 진짜 그래 그 악한 며느리가 어른의 그 한 마디 에 효녀가 되는기라 그 뒤로부터는 참 그 며느리가 부모한테 그렇게 잘 하는기 라. 그 사람이란 어른이 되어서도 자녀한테 잘해야 하고 자녀가 암만 잘한다

해서 바라는 것도 아니고.

〔 대합면 설화 10 〕 T. 3 뒤

소야리, 1999. 4. 1., 3조 조사.
박병교, 남·81.

김학봉 선생을 낳은 며느리

* 앞부분은 테이프를 중간에 바꿔서 녹음을 할 수 없었다. *

아 처녀도 나오고 논도 나오고 젊은 사람도 나오고 이래가지고 빨래를 하
는데 쭉 내려 가니까 정자가 나오는데 참 봄인데 좋은기라. (꽃이) 막 피워갖고
있는데 그래 그때는 시계도 없고 그래서 배가 고파서 점심때가 되었구나 싶어
서 해를 보니까 복판에 와 있는기라. 이래서 점심을 묵었어. 묵고 또 가는기라
또 가다가 해를 보니께 아이고 인자 집에 돌아가야 되겠다. 이래 싶어서 돌아
오는 판인데 옛날에는 담배를 갖다 피우면은 대가 이렇게 길었다고 길은데
요새는 라이타 성냥이 있지만 그때는 라이타 성냥이 없었어. 없는데 돌로 가지
고 부슬 쳐가지고 불을 지져 담배를 붙고 이랬는데 부싯돌이 없어 담배를 못
피우는기라. 목은 바짝바짝 마르는데 담배를 피우려면 뭐 불이 있어야 하는데
집에 오는 도중에 어느 사람을 만났어. 만났는데,
　“여보 그 불 있습니까?”
　“아 예 있습니다.”
그래 인자,
　“나 지싯(불) 없어서 담배를 못 피우는데 담배 한 대 피우고 싶소.”
　“여 앉으이소.”
그래 앉았다. 그래 인자 그래 지슬 그 분이 줘가지고 둘이 앉아 담배를 피웠다.
그래 지슬 준 사람이 물었어.

"여보 어디 무슨 인데 어디 갔다 오는 길이오?"

이래 물으니께니,

"내 살기는 아무데 사는데 성은 아무모씨고 그런데 내가 말이지 아들을 하나 두었는데 우리 아들도 공부를 시켰지. 참 재주도 있고 인물도 잘나고 했는디 여기 십팔세인데 며느리 볼라꼬 구하려 했는데 내가 친구가 없으니 주선해 줄 사람이 없어요."

아 그러냐고,

"그래 아들이 잘났소?"

"아이고 뭐 내가 잘났다 케도 지 자슥 못났다고 하는 사람이 있겠습니까만도 우리 아들 과연 참 잘났습니다. 잘났고 나는 못났지만도 우리 아들은 잘났습니다. 글도 많이 배웠고."

"그러면 이 동네 말이지 우리 사는 동네 과년한 처녀가 있는데 그 집에도 처녀가 참해갖고서는 그 집 처녀 주선해 주리다."

그러니,

"좋지요."

"그런데 이 처녀도 말이지 제삼 잘하고 말도 잘하고 인물 잘나고 전혀 막힌 데가 없다 그런데 한가지 흠점이 있다."

"그게 뭐냐?"

이러니깐,

"그냥 쪼금 있다."

그러니깐,

"거 뭐쪼금 있는거 괜않겠습니까?"

이러면서,

"주선해 주이소."

이래 됐다 말이야.

"그래 그럼 해주지."

근데 이 집(처녀네)에서는 딸을 못보내서 걱정이라. 근데 이 이딸이 이자 우예된게 아니라 일곱 살때부터 말이지 합천 해인사 중이 동냥하러 왔어. 목탁을 딱딱 치며,

"거기 시주가 있소?"

하며 염불을 왼단 말이지. 그래 하는데 그래 그 엄마가 보이께네 그땐 중이 목탁을 치면 그래 쌀로 얻는기라 할마시가 옛날에는 독에다가 말이지 쌀을 독에다 넣어가지고 묵었지. 요새는 기술이 발달하니께네 쌀궤가 있고 보살궤가 있었지만은 그 당시에는 그런게 없었어. 독에서 쌀을 한 주머니 퍼가지고 나갔어 그 때 이 처녀가 나이가 일곱 살을 먹었는데,

"대사님이 시주하러 왔다. 이거 갖다 드려라."

이러니 그래,

"네."

이러며 쫓아가며 갖다 드렸다. 그때는 시부름도 잘하고 이랬는데 대사가 쌀을 받아 바랑에 넣고 상을 보이께네 장래에 큰 맥이 될 사람이라.

"너 내말만 들으면 말이지 장래에 가서 큰 대를 놓겠는데 니 내말 듣겠나?"

이래. 그래서,

"니가 내 말만 들으면 장래에 시집가서 참 대의를 놓겠는데 오늘부터 말이지 일청 문 닫아라. 시집 가지고 첫 아들 딱 낳으면은 그때 말을 하지 그때까지 말을 안 하면 근일을 내고 큰 대의를 얻겠는데 그래 너 말 안 할 자신이 있나?"

그래,

"대사님! 그럼 시키는데로 하지요."

이자,

"거 그럼 시키는데로 해라 오늘부터 해라."

그래가지고 인자 시키는데로 한다고 말이지 대사님 쌀을 갖다주고 말이지.

"아무시야 대사님 갖다 드렸나?"

대답을 안하는기라. 그래가지고 딴 거 시킬라고 그래도 듣기는 듣는데 말이지 대답을 안하는 거라. 아 대사가 오고 나니까 아가 벙어리가 됐다. 큰일났다. 그리고 애가 말이지 자꾸 커가지고 말이지 17, 18세에 체하게 됐는데 벙어리라 (신랑을 구하려 해도) 넉살좋다 말이지 벙어리인데 누가 장가온 사람이 있나 말이지 이런데 그래 정실이 이 말 듣고 처할라 했다 말이지 그래 가지고 참 이 처녀가 이제 시집을 가게 됐는데 신랑 쪽에서 장가를 치르러 왔다 말이

지. 옛날에는 신부 (얼굴에) 이래 덮어가지고 요새도 뭐 그래 하대. 그래 얼굴
도 못봤어 성도 모르고 근데 신랑을 보니까 처녀 쪽에서 신랑을 보니까 아주
인물이 잘났어. 그쪽에서 생각하기를 말이지 아주 사위를 잘 봤다고 그래 찬성
을 한단 말이지. 그래 이제 예를 치르고 처녀는 작은 방에 들어가고 신랑은
큰 방에 들어가고 이래가지고 얼굴을 못 본기라 그래도. 안 보이는기라 이래
덮어 씌우니깐. 그래 인자 잔치를 하다가 잘 때가 됐어. 그래 인자 신랑은 신부
방으로 갔는데 그때 인자 참(얼굴에 덮인 것을)벗기고 보니께 아주 일색이라.
그리고 처녀도 가장을 보니께 아주 잘났어. 서로 참 천상배필을 했는데 그래
보냈는데 그래 참 잤는데 첫 아를 뺐어. 첫 아를 뺐는데 그리고 열달 넘게 살아
서 애를 낳았는데 시어머니가 산파 노릇을 해야 하는데 참 물 한그릇 떠놓고.
그래가지고 인자 참 며느리가 배 아프다고 하다가 애를 낳는기라. 낳는데 시어
머니가,

"허허 아이고 고추 달렸다. 손주 봤다."
그때서야 이 며느리가,

"어무이 손녀 낳습니까?"
이케 한기라. 이 며느리가 말도 하제 애도 낳제 이 시어머니가 어찌나 좋던
지 방방 뛰었어. 시상에 이런 일이 어디있냐 말이지 손자 낳았지, 벙어리가
말하제 우에 좋노? 그래 이 애가 참 잘 자라 크는데 애를 또 공부를 시킨기라.
그래 공부를 시켜 갖고 과거를 보러 갔는데. 이 사람이 광산 김씨의 김학봉
선생이 났어. 그때 우의정, 좌의정 요새는 내무장관 하더만 그래 된 사람이야.
그 집에 정승이 둘 났어. 그래서 광산 김씨가 시조가 중시조인데 그래 양반이
라 카더라. 내 얘기 다했어.

〔 대합면 설화 11 〕 T. 3 뒤

소야리, 1999. 4. 1., 3조 조사.
박병교, 남·81.

결혼 첫 날 나온 덕교 이야기

그 전에 한 사람이 참 장가를 갔는데 장가가서 그 날 저녁 먹고 놀고 한 10시나 11시 되면 집안의 총각들이 다 모인단 말이지 모여 갖고 놀고 나면 자야 되거든. 그때 인자 참 신부를 들라 주는기라. 그날 잔치 음식 장만은 술하고 차려 갖고 신랑하고 신부하고 자시라꼬 들라주거든. 들라주는데 그걸 인자 자시고 술 한잔 자시고 나니께네 신부는 그걸 안 자시는기라. 안 자시는데,

"아이고 배야!"

그러고 눕는기라. 그리고 인자 상황 차렸겠지. 아 신부가 말이지 배가 아프다고 자꾸 뒹구는데 그날 저녁에 인자 신랑을 처음 만났는데 신랑이 할 도리가 없단 말이지. 그 보고만 있지. 그래 신부가 애라 했어. 애라 했는데 애 낳는다고 애 낳는기라. (조사자 : 애를 낳았어요?) 응. 그래 한 시간이나 고생을 하고 나니 애를 낳았어. 그래 보니 아 머슴애라. 머슴앤데 그런데 이 신랑이 인자 우에 된게 아니라 옛날에 한복 입을 때 바지에 속캐를 넣었거든 소캐를 빼 가지고 그리 애를 안 죽일라고 소캐로 싼기라. 그래 싸가지고 자기 어릴 때 말이지 동네 어귀에 말이지 나무를 가지고 다리를 논데가 있어. 그래 나중에 오면서 봤는데 그래 애를 싸가지고 다른 곳에 가서 숨겨놓고 집에 온기라. 와서 그래 인자 자기 병모님을 부른기라.

"병모(빙모)님 병모님!"

부르니께 첫 날에 말이지 사위가 장모를 부르니 겁도 나지. 그래 듣고 말이지 그래,

"뭐할라꼬?"

"그게 아니라 제가 집에 있을적에 말이지 뜨신 쌀밥을 해가지고 미역국 끓이고 이래 묵어야 백가 낳습니다. 배가 낳는데 지금 또 배가 도졌는데 천상 미역국하고 쌀밥하고 많이 들여다 주이소."

이러거든? 근데 들여다 주되 들여 주지는 말고 처마에 났두고 문을 열지 마라 이러거든.

"제가 가지고 가서 묵겠습니다."

그리니께 애를 낳으면 비린내가 난단 말이지. 그리고 발포가 되버린단 말이야. 이래 놓은께네 장모를 못 들이고 상을 갖다 놓고 그래 갖고 들어갔단 말이야. 가고 나면 갔다 났다고 통보하면 지가 가져다 묵겠습니다. 그래 인자 장모가 안 할 수 있는가? 미역국 끓이고 쌀밥하고 했단 말이지. 그래 해가지고 처마에 갖다 놓고 그래 김서방, 김씨면 김서방, 박가면 박서방 이래 부르거든. 그래 그 사람이 성이 조가라.

"조서방 여기 밥 갖다 났네."

"네 고맙습니다."

그래 장모는 가뿟고 그래 상을 들고 와 가지고 자기 처를 인나라 해가지고,

"이거 자셔야 되지이거 안 자시면 말이지 평상 해로를 몬하니 이 밥을 국하고 다 자셔야 된다."

이러거든. 어떻게 안 자실 수가 있는가? 그래 땀을 철철 흘리고 그래 애를 이만치 (애를 낳으니깐) 배가 이래 툭 꺼지네. 그래 밥을 많이 묵어야 될 거 아이가. 그래 많이 묵고 땀을 찰찰 흘리니깐 그래가지고 인자 억지로다 묵었단 말이지 안 먹을 수도 없고 또 애 뺐는데 애 낳으니깐 배도 허전하고 그래 밥을 다 묵었는데 그래 다 묵고 나니께네 신랑이 묻는기라.

"당신이 말이지 시집 온지 첫날 밤에 애를 낳았으니 원인이 어째서 이래 됐나?"

이랬거든 그래 인자 이 색시가 신랑한테 바른 말을 해야지. 안하면 안되는기라. 그래서 바른 말을 하는데,

"바른말 하겠습니다. 제가 어떤 해 어떤 달 몇일 날 몇 시에 말이지 딱 적어놨어. 어떤달 몇 시에 내가 말이지 마루에서 잠을 자는데 꿈에 말이지 해가 말이지 하늘의 해가 이불로 들어가더라말이야. 이불에 들어 갔는데 그 후로 말이지 열 달이 되어 갈수록 배가 또닥또닥 불러 오는기라. 그래 열 달 되니께 애를 낳은기라. 그 죄밖에 없지 딴 죄는 아무 것도 없습니다. 그래서 그리 됐습니다."

그러면 과연 그 애가 하늘의 해가 왔으니 큰 애가 되는기라. 이래가지고 그 사람이 과연 그 사람이 큰 사람이 되는구나. 하고 그 이튿날 아침을 묵고 그 애를 살려야 된단 말이지. 그래 또 자기 장모를 불른기라.

"병모님, 병모님! 여기 좀 와보시이소."

그래 또 왔단 말이야.

"내가 어제 배가 아파서 병모님이 말이지 미역국하고 밥하고 줘서 낫는데 말이지 그 뒤에 또 약이 있는데 그 약을 안 가져 왔습니다. 그 약을 묵어야 안전한데."

거짓말을 하는기라. 비밀로 해야 되거든.

"아 그래 그럼 우찌해야 하겠는가?"

"지가 집에 갖다와야 하겠습니다. 갖다가 금시 돌아오겠습니다."

그 때는 버스도 없고 차도 없는기라. 그래 마상을 해가지고 말로 타고 가는 기라. 그래 종놈을 하나 재갈을 줘었어. 그래 인자 참 자기 집에 가는데 다리를 건넌단 말이지. 가다가,

"야야 말 세워라."

이러거든 그래 말 세웠거든 말 세우니깐 마부가 그 신랑이 말을 하는기라.

"야 여 내 귀에는 애 소리가 났는데 니 귀에는 안들리나?"

이러거든?

"안들립니다."

"그래 한 번 내려가봐라."

내려가니께네 자기가 단상에다 꼭 찝어놨으니 안 보인단 말이지. 아무리 봐도 안보이거든. 안보이니께네 그래 갖다 와서,

"아 생님 안보입니다. 아무것도 없습디다."

이러케.

"어라 이놈 상놈 귀이고 눈이라 카는 것은 양반보다 몬하다고 옛날부터 말했다. 니 놈이 질판 상놈이다."

이러케 말했다 말이지.

"내가 내려가 보지."

그래 말을 타고 있다 내려갔다 말이야. 내려 와가지고 어린아를 소캐 싸인 걸 가지고 들고 와서

"봐라 이놈아! 여 여기가 있네 우째 너는 귀랑 눈이 그리 어둡노? 이래 뭐라 했단 말이야. 그래 말 위에 타가지고 속히가자."

요새 말로는 **빨리**가자는 말인데 이건 경상도 사투리로 속히 가자거든. 그래 인자 집에 간기라 집에 가니까 자기 모친이 놀란기라. 어제 장가간 놈이 아침 먹고 온단 말이지.

"그래 웬일이고?"

"어머니 내가 약이 있는데 안 가지고 와서 그거 가지러 왔습니다. 어머니는 찾을래야 몬 찾을끼고 제가 방에 숨겨놔서 그것 가지러 왔습니다."

"아 그래, 그러면 가져 가라."

그래가지고 애를 들고 오니깐,

"그게 뭐꼬?"

"들어가서 얘기하겠습니다."

가서 절 하고,

"우리 처갓집 동네 마을에 들어가는데 다리가 하나 있는데 애 울음소리가 나요. 애 우는 소리가 나서 말을 세워서 종보러 가보라 했더니 이놈이 눈에안 뵈요. 그래 지가 가서 찾았습니다."

그래 보여준단 말이야. 소캐 속에 있는걸 풀어 보는데 아 머슴애인기라.

"누가 갖다 놨는지는 몰라도 내가 가져 왔으니 어머니가 이거 살려야 됩니다."

그 때 자기 동상도 형제가 칠 형제, 팔 형제 되니깐 그래 자기(어머니)가 젖도 먹이고 모자라면 이웃 동네 사람 젖도 먹이고 이래가지고 개를 키운기라 키웠는데 그리고 인자 일년이 지나고 살림을 사는데 또 애 들어 놓는기라. 그래 그 애가 잘 크고 서당에서 인자 공부를 시키는데 이 놈이 재주가 있으니깐 천재라. 한 자 가르쳐 주면 두 자 알고 이러는기라. 그래서 한 15세가 되었는데 그 서당 학생이 말이지 한 15명 되는데 제일 우등생이라. 한 자 가르쳐주면 두 자 아는기라. 이래 놓으니께네 선생이 신이 나가지고 다른 애한테도 그리 해보라 하는기라. 야는 한 번 들으면 아니까 신명이 나는기라. 에! 그렇지 그렇지! 이러거든 그 애땜에 옆에 애들이 많이 맞게 되는기라 선생한테.

"얘는 말이지 금시 아는데 느그는 왜 모르노?"

그 애 없을 적에는 말이지 그런 일이 없었는데 뭐특별한 사람이 없으니께 맞을 일이 없었는데 개가 들어오고 나서는 종종 맞게 되는기라. 그래 개가 밉거든. 그래 인자 개 이름이 다리에서 주웠다고 버들 덕자 다리 교자 덕교라고 지었어. 이름을. 이름을 덕교라고 지었는데 그때 인자 덕교가 믿기를 시작한기라. 학생들이. 그런께네 나이가 한 15세가 되었는데 글을 참 많이 배웠어. 그러게 딴 아들은 선생이 많이 가르쳐도 되는데 야는 선생이 글이 다 되어 야보다 오히려 몬하는기라. 글이 떨어지는기라. 배울 것이 없어. 이러니까 얘가 여기 있어 봐야 친구들한테 미움만 사고 이러니 내가 천상 떠나야 되겠다. 그래 자기 엄나한테 물은기라. 친구들이 말이지 저 놈은 덕교 저놈은 다리에서 주었는데 저 놈 때문에 우리가 많이 맞으니 학생들이 다 미워하는기라. 이러니까 살수가 없어. 그래 인자 무슨 원인으로 말이지 내 이름을 다리에서 주워 왔다고 학생들이 모두 그러니까 부모한테 물어봐야 될꺼 아이가. 그래 부모님 앞에 칼을 이래 큰 걸 하나 갖다 놓고,

"어무이 내가 다리에서 주워 왔다고 하는데 무슨 이유로 내가 어무이도 있고 아버지도 있는데 다리에서 주워왔다고 애들이 뭐라 하는데 원인이 어디 있습니까? 바른 말 안하면 어무이 죽고 제 죽습니다."

이 참 딱하다 말이지 그래 바른 말 안하면 안되는기라. 그래 사실대로 얘기를 다했어. 그러니까

"예- 그래서 덕교라고 이름을 지었습니까?"

"그렇지. 너 아버지를 만났으니 너가 살았지 안 그랬으면 넌 죽었다. 나도 죽고. 이럴긴데 느그 아버지가 응당 선인이니 말이지 니가 살았다."

"예- 그랬습니까?"

그래 인자 동상들이랑 이별하고 부모한테 이별하고,

"저는 공부를 더 해야 되겠습니다."

떠나는데 바랑을 하나 짊어지고 옷을 서너벌 넣어 가지고 짊어지고 떠나는기라. 그 길로 가뿌리는데 해가 지나도 소식이 없어. 그후로 있다가 세월이 지나 자기 어른이 세상을 버린기라. 자기 어른이 세상을 버렸는데 그래 이 덕교라고 하는 사람이 말이지 바다 성 중에 말이지 절간의 중한테 인자 글을 배웠는데 그래 하루는 하늘의 별을 보니께 저 아버지 별이 떨어졌어.

"아하, 우리 아버지가 세상을 내렸구나."

그래 아모 연락도 안되고 그랬는데 저 아버지 별이 땅에 떨어졌으니 죽은거라 생각하거든. 그래 인자 천기를 보고 그 이튿날 인자 집으로 오는기라.

집으로 오는데 집으로 오니까 과연 모두 온 집안 사람이 모여서 초상이 나는기라. 전부 곡 소리가 나는기라. 그래 덕교가 와 가지고 아버지 영전 앞에서 대성 통곡을 하는기라. 곡을 다하고 나서 동상들한테 말이지 밑에 동상들이 여럿이 났어. 동상들한테,

"아버지 자리를 받았나 우에 됐나?"

이러니께,

"아이고 아직 자리도 못 구했습니다."

"어 그래 그러면 동상들 자네네들이 내 말 들을래?"

"거 형님 말 듣지요."

이러거든?

"그래 내가 말이지 어떤 해 나가 가지고 오늘날까지 아버지 별이 떨어졌단 말이지 그래 집에 올 때 아버지가 세상 내렸는데 아버지 모실 자리를 내 상서를 뵈었다. 그래 좋은 자리를 택해 놨는데 그 내가 모시고 가고 싶다."

이러거든.

"예- 그리 합시다. 형님 원대로 해 드리지요."

"그럼 장사하자."

그래 행상을 가는데 이래 많이 필요없다. 하면서 행상을 가는데 바다에 갔다. 태평양 바다에 갔다. 바다에 갔는데 그래 아무 동네도 없고 바다만 있는데 바다에 행상을 내리라 했다. 그래 내렸는데,

"동네사람들, 상여꾼들 집에 가라케라."

"그러면 아버지 장사는 우쩔라꼬?"

"인제 배가 온다. 배가 오면 싣고 내 혼자 가서 장사를 하거구나. 거 내 준비를 다 해놓고 왔다. 다 해놓고 왔으니 동상들도 저 사람들 따라 같이 가거라. 그래 내가 잘 모시고 공양 잘하고 그래 있을끼다. 있다가 어무이 세상 내리면 내가 또 올꺼나."

이카고 동상들하고 상여꾼하고 냉큼 돌려 보냈어. 그래 좀 있으니 배가 들어 오는데 그래 행상을 싣고 떠나버리는기라. 그래 인자 덕교가 아버지를 태평양 자기 있던데 산에 제일 명당에다가 산소를 드렸어. 산소를 이래 들여 놓으께 밑에 동상들은 부모가 어디 묻혔는지 모르지. 그래가지고 인자 그래가

지고 인자 7대손이 난기라. 7대손 조정암이란 선생이 났는데 그 어른이 참 한
국서 문장이고 이러니께 선비지. 옛날에는 황국을, 중국을 말이지 그 전에는
대국이라 했거든. 요새는 중공이라 카지만. 중공에 시공을 받들었다. 요새는
뭐 그런 일이 없지만 옛날에는 그랬어. 무슨 큰 일이 있으면 저쪽에서 부르면
가야했어. 그래 대국서 무슨 큰 일이 있으니 오라 카는기라. 그래 거 가서 갈
사람을 선비라 봐야 하지 선비 아니면 못 가는기라. 그래 가지고 그 때 그 어른
이 조정암이라 하는 그 어른이 국내에서 선생인데 그래 인자 대국을 보낸기라.
가다가 인자 바다가 있는데 저걸 건너가야 되는데 그래 인자 배를 탔단 말이
지. 배를 타니까 풍파가 쎄려뿌는데 그래 배에 막 엎드려 있다고. 그래 파선은
안 된기라. 판선은 안 되고 바람에 밀려서 갔는데 그래 인자 한 선비가 떡
오는기라. 그래 인자 그 때는 바람도 자고 해서 내렸다 말이지. 천상 쉬어가야
겠다 싶어서. 배도 고프고. 이래 가지고 상황을 보니 산에서 말이지 큰 산소를
들여 놨는데 아이고 성문도 세워 놓고 비도 세워 놓고 이래 잘해났는데 조금
있으니까 말이지 땡땡이 중이 내려 오는기라. 내려 와서 서로 만났다 말이지.
중은 내려오고 이 사람은 올라가고. 중이 말하기를,

"허, 너 올 줄 알았다."

이러거든. 조정암 아이가. 이 사람이(중) 신선이 돼 있는기라. 신선이 늙지도
않고 백살도 살고 만 살도 사는기라.

"그래 너 올 줄 알았다. 이런 소리 들리니 니 7대손 조정암이 아이가. 여기
니 7대 할아버지다. 절해라."

그래 참 절을 했다 말이지. 별을 봤더니 어떤 날 몇 시에 말이지 여기 조정
암이 도착할 끼다. 비에 그렇게 났어. 그래가지고 참 저 할아버지를 안 기라.

"그래 하룻밤 자고 빨리 대국으로 가거라. 가면 일이 성사가 잘 될끼다.
이러니 무사히 돌아온다. 가거라."

그래 배를 타고 대국으로 가는기라. 가는데 그 날은 바람이 없었어. 올 적
에는 말이지 덕교의 요술로써 말이지 바람이 일게 한 기라. 그래 오게 하고
갈 때는 바람이 잠잠한 기라. 그래 대국까지 무사하게 간 기라. 그래 참 마치고
돌아오는데,

"올 때는 여기 못온다. 이번이 마지막이고 처음이고 그렇다. 이러니 집에

가서 얘기나 하라."

그래가지고 7대만에 국내에 대선생이 난기라 그런 얘기가 있어. 그런데 그 조정암 선생이 국내에서 오현집이거든 (조사자 : 예?) 5현집.국내 다섯 양반집을 말하는기라. 제일 첫째로 아는게 이후제라고 아나? (조사자 : 모르는데요.) (테이프 바뀜) 강릉 이후제. 거기를 첫째 양반이라 친다. 둘째는 말이지 충청도 송원선생 아나? (조사자 : 송시열 선생이요?) 송원 (조사자 : 송시열 선생님이요.) 어 송시, 송원 거기를 둘째집 치고 셋째집 어느걸 치는게이냐 성은 김씨 한양당어른을 셋째로 친다. 넷째집은 여길 친다. 정일두 아나? 정일두 모르지? (조사자 : 네.) 정일두가 넷째집 그다음 이 어른을 갔다가 다섯째집 그래 이 다섯어른을 갔다가 대선생이라친다.

〔 대합면 설화 12 〕 T. 4 앞

소야리, 1999. 4. 1., 3조 조사.
박병교, 남 · 81.

허씨 이야기

김해가믄 거기 허씨가 많이 산다. 김수로 왕이 말이지 옛날에 말이지 장가로 갔다가 어디로 갔냐하믄 자기 부인이 인도서 왔다 하거든. 인도에서 돈배를 타고 한국으로 온기라. 그래가지고 말이지 김수로깡 허씨로깡, 근데 부인이 허가라 허간데 그래 내우관계 된거라. 부부관계 됐는데. 그래 아들로 갔다 여덜을 둔기라 됐는데. 자기는 말이지 인도서 왔다 본기래 친정이 인도에 있지 한국에 없단말 아인가. 그러다 보니깨 자기 자손을 세울려코 근게 인자 두째 아들로 갔다가 요놈한테 말을 해가지고 나도 말이지 후손을 이어야해 돼지 않겠냐고. 후손을 이어야 되니 두째 아들로 갔다 내앞으로 해놓으라 해노라고. 그래 인제 자기 앞으로 한단건 해주지 김간데. 김가인데 자기 성으로 해야 돼거든. 그래 인제 두째 아들은 허가가 됐고 맏이는 김수로 왕의 맏이가 됐고. 이래가지고 형제간에 성이 갈렸다 말이지.

성이 갈려가지고 성이 허씨가 어무이한테 가한 말이 어무이 성을 따라서 지금 말하지만 성이 허씨가 됐고 인자 김수로왕 앞에 남어논 자식은 김가 인게로 김가가 됐고 그래 김가가 그래 됐어. 그래가지고 요새도 참 말이지. 허가와 김가와 대동 말을에서 같이 지낸다. 혼사도 안하고 그래 지내고. 그런 얘기가 있는데 그래 김해 김씨가 많고 허씨가 많고 우리 한국에는 김해 김씨가 젤 많다. 숫자가. 우리 옛날에 외정때 말하기로 촌놈 사이에 박가 아니믄 김가라 했거든.

이케 했는데 그래 예산에 허씨가 말이지 공부를 착실허게 했어. 그래 서울에 과거를 보러 떡 갔는데. 그래 과거를 보러 갔는데. 그러니께 자기네가 갈제 친구도 없이 올라갔는데 그래가서 보니께 친구가 생겼어. 그래 인자 과거 먹이는 사람, 세관집에다가 줨은 정했어. 주인을 정해 먹고 자고 이래. 그래 인자 날짜가 되도록 마치 기다리고 있는데 그래 인자 날짜가 떡 되서 시험을 보니 두사람 모두 낙방이라. 이제 올라와야 돼는데 옛날엔 차도 없고 돈있는 사람은 말로 타고 가지만도 돈없는 사람은 사람은 걸어서 가야 되는게 서울 천리로 갔다. 그러고 인자 옛날엔 부산천리 부산을 갔다가 동내로 했다. 동내 천리, 진주 천리 제주 천리 삼천리 강산이라 했거든. 그랬는데 그래 인자 두분이 친구가 되어가지고 세관집에다가 주인을 정해놓고 있어 보니 날짜가 떡 돼서 시험을 치니 둘이 모두 낙방이라. 그래가지고 내려 왔다 말이지. 내려 왔다 말이지. 그래 친구 갈려 부렀다.

갈려 부렀는데, 요샌 뭐 백리 천리로 하루 갔다 왔다 왔다 하지마는 그때는 뭐 천리라 하믄 몇날 몇일을 가야 돼는 기라. 그래 인자 서울 가가지고 친구가 생겼지. 요 갈때에는 자기 홀로 가는 기라. 그래가지고 자기 김해왔다 말이지. 고향에 떡 와서 보니 과거도 낙방 돼부렀지. 쪼깨 사는 재산을 갔다 몽땅 털어 가지고 과거 보러 간다고 가져 왔다 말이지. 가져 갔다. 보니께로 다 써부렀다 말이지. 다써불고 나니께로여기 오닌께로 농사 지어야 돼는데. 농사 거리가 있나. 이래가지고 김해 땅에서 몬살겠다는 기라. 천상 얻어먹어야 겠는데 얻어 먹을 판에는 객지에 가 얻어먹어야 돼지. 고향에서 얻어 먹으믄 일가들이고 친구들이고 욕을 하다고. 글로 저렇게 배워가지고 얻어먹는 다고. 그래 욕을 하니 그래 인자 부부간에 언행이 되기로 객리에 가자고 언행이 됐어. 그래 그때 인자 아들 첫아들로 머슴애를 아들로 낳어. 그래 인자 그 애를 업고 내우간에 남자는 옷가지 몇가지 몇개 쪼깨 싸고 부인은 애를 업어야 하는게로 머리에 이는 거야 좀 개야 이는 것이지만도 지는 거야 어야 때문에 몬 진단 마시. 그때 두 내우 분이 진주가 어덴둥 그땐 몰랐지. 그래가지고 간다고 가닌껜 진주둑대 있는데 거가서 더둠어 가며 그까지 간기라. 진주도 부산서 100리가 넘는다. 이래가는데 김해서 그래가서 보니께 쉬니께 쉬어가지고 쪼매 가는데. 아구, 그때 고개 바로 가믄 친구를 떡 만났다.

"아이구 허씨, 아무개 허씨 아인가?"
그래 떡 만나 가지구 서로 악수하고 그래가지고 그 친구가 허씨를 보니 어데 가는 도망짐 쌓아 나온 거시기라.

"그래 저기 어디 가는 행차인가?"
하니께,

"그래 어디 가는 행찬고?"
이레 물었다. 물었다고.

"아이고 자네한테 몬 할 말이 있나. 친구간에 자네도 과거 보러 가서 낙방되고 나도 낙방되고 청취불능? 텃밭 팔아서 올라갔더니만 과거에 낙방되부렀제 집에 오니 농사거리가 있나 이래가지고 고향이 가서 몬살 지경이 돼서 그래 부부간에 언행이 돼가지고 전주에 가는길이다."

"아, 그래."
그 사람은 잘 살던 모양이다. 부자다.

"그러면 내 집에 가자."
유학일꾼이 말이지. 그전에 선비를 유학일꾼이라 했다. 일을 못하니께로.

"유학일꾼이 모정리일을 어떻게 하겠노? 그래 나 따로 가자. 내가 가믄 내 따라 가믄 집도 줄끼고 토지도 줄끼고."

과연 따라가보니 부자라. 그래 한 천석은 해. 집도 기와집이고 그래가지고 부잣집인데. 그러고 뭐 식구가 말이지 그 집에서 먹고자고 해야되는 기라. 근데 허씨 이분은 글로 하다 본끼레 그 집 아들이 있는데. 글로 배워 주라 하고.

글로 갈치고. 부인은 우쩨되는게 아니라. 그집에 말이지 부자라 말이지. 빨래 같으거 기워야 돼거던. 떨어지면 기우고 새옷도 짓고 그분이 솜씨가 아주 좋아 그래가지고 그 집에 먹고 사는데. 허씨 이분은 아들로 글로 가르쳤는데 그래 참 자기 배운데로 가르쳤는데. 그러께 인제 이분이 성씨가 누군게 아니라 화씨라. 진주 화씨라. 근데 화씨 이분은 친구가 말이지 글로 배워주는데. 자기보다 나아 뵈는기라. 그런 선생 구할래도라 참 잘구했다. 애래 생각을 하고. 그래 글로 참 갈쳤는데. 그러구로 인자 한테로 잠을 못있거든. 부자로보니 집을 지어가지고 그래 살림을 대주는데. 조석은 자기 집에서 먹고. 그래 인자 식량도 그집에서 다 대주고 정실히 다 대는기라.

그런데 그집에 딸로 갔다가 있는데. 딸로 갔다가 딸이 말이지 누운병이라. 멀쩡한데 인물도 잘나고 있는데 천하추동 누워있는다. 밥도 누워서 먹고. 대변도 볼라 하믄 봐서 대변 보고. 근데 이 처녀가 18세가 됐어. 청혼할때가 됐어. 청혼하니 어디 누운병 거기보고 장게올 사람이 있나. 그래 있는데 허씨 아들은 거기서 낳아 갔거든. 그 처녀하고 나가 똑같다. 한동갑인데. 그 이놈도 재주가 있어. 천재다. 천잰데 저 집 아들보다 재주가 있어서. 그집 아들도 갈치고 자기 아들도 갈쳤는데. 그래 아이가 한 18세가 됐는데. 그래 장가를 들라 하니께 화씨집에서 청하는 기라. 친구 친구간이지만도 청하기가 대단히 어렵다 말이지.

"그래 왜그리 어렵나?"

"우리 집에 아무개 화씨가 나이가 지금 18세가됐 출가를 시켜야 하는데. 자네 아들로 갔다가 장개시킨다고 정실아비 내보랬다고. 그런데 자네 아들로 갔다가 내 사오로 삼았으면 싶다고. 그런데 자네 어떻노?"

그 참 난감한 말이다 이거지. 누워서 18년을 살았는데. 그 데려다 모 하겠노 이거지. 빙신 아인가. 빙신인데 오줌 소태도 받아내고. 그런데 이분이 허씨가 그 집으로 온 식구가 먹고 사는데 불평을 할라 해도 곤란시럽다 말이지. 불평을 하면 지 밥그릇이 떨어지고. 불평을 안하면 지가 잘 살게 돼는데. 그 문뎅이 데려다 우쩨부난 말이지. 누가 공임을 하노. 이래가지고 한숨을 쉬다가 그래인자,

"친구간이라도 내가 여기선 바른 말을 못한다. 나도 부부간이 있으니 처한

테 물어보고 의논해가지고 그래 시인하겠다."

그랬다 말이지.

"그러면 그래라."

그래 집에 갔다 말이지. 그래, 인자 자기부인한테,

"여보 들오세요. 인제 내 자기한테 할 말이 있으니 들어오세요."

"그래 무슨 얘기요."

"그런게 아니라. 우리 아무개 허씨를 내 장개를 들이라 하는 소문을 냈더니 화씨가 듣고 지그 딸캉 우리 아들깡 부부간을 맺자 이레 청이 들어오는데 이 일로 우쩨야 좋겠나?"

이렇게 묻거든? 그 여자가 통짜보자. (청중 웃음) 자기마 한 집에 만날 다 할 일 해주고 먹고 사는데 몰를일 있겠나. 그 문뎅이 데려다 우짤끼고 이라고. 그나저나 시인을 안하면 밥그릇 떨어진다. 당장 막 걸뱅이가 되는기라. 걸뱅이 가 돼는데. 혼사 할카고 시인을 할라믄 저 문뎅이를 데리고 와야 하는데 그게 젤 낭패고 시인을 안하자니 당장 낼 아침부터 굶어야 된다. 그러니 내우간에 신중히 생각해가지고 이러는게 옳라 저러는게 옳라 그래. 생각해가지고 암마 케도 남자 영향이 나서.

"여보 그 문뎅이캉 우리 아들캉 며느리를 안 삼으면 당장 낼 아침부터 입에 들어갈게 없다. 이러니 어떠케 하겠노.그일 어떻게 하겠노."

그거 또 낭패라. 자기 또 식구가 몇이 불었다 말이지. 혼살 안 할라 하니 당장 먹을게 없고. 혼살 할라 카니 문뎅이 데려다 무얼 하겠나. 이게 또 걱정이 고. 그러나 저러나 묵을것만 있음 다행이다.

"아들캉 부부간 맺자. 혼살하자."

아내도 가만히 생각해보니. 그 일이 맞다 싶으거든. 혼살 안하면 당장 묵을 게 없지만 서도 혼살 하믄 묵을게 있는기라. 그래서 혼살 하게 됐어. 그래 저짝 서 하게되니께 얼마나 좋노. 이래가지고 그래 인자 날을 떡 받아가지고. 그래 인자 옛날에는 구식으로 절로 하고 그랬거든. 그래 인자 신랑이 먼저 선다. 묵향재배하믄 절로 두 번 해야 된다. 절을 두배하고 나믄 신부를 찾는다. 신부 출. 글로 써가기고 부르거든. 신부출하믄 신부가 나와야 된다. 옛날엔 덮어가 지고 나오거든. 신부출 하니께 여자가 벌떡 일어나가지고. (청중 놀라 환호성)

전부 옷을 다 갈아 입고 옆에 사람 어쩔려 하니께.

"소용없다 해라. 내 걸어나간다."

그래 인자 걸어나가가지고. 걸어나가니께 그 숱한 사람 중에 박수가 다닥 다닥 했다. 얼매나 좋은 일인고 참 경사라 경사. 옆에서 경사라. 이래가지고 대사로 이렇게 마쳤는데. 마치고 나니께 신부가 말이지. 18년동안 누운 병인 가. 인물도 잘났고 누워서도 바느질도 하고 오만거 누워서 하는건 다 배운기 라. 잘하는데. 그래 가지고 시집을 떡 왔다 말이제. 그래 뭐 부잣집이다 말이지. 사오가 됐다이래 놓으면. 집을 떡 지어가지고 논을 갔다가 한 100마지기 줘서 살림을 내 줬는데. 딸내 집에서는 빙신을 줬으니 살림을 줘야 될거 아인가. 그렇게 허씨 아들이 복이 많아. 이 누운병이 한 탯줄에 아들을 칠형제를 낳은 거라. 칠형제를 놓고 나서 그 주인집에, 처가집에 처남하고 글로 같이 배웠는 데 지그 어른한테.

아이고 난데 없이 하루는 말이지. 합천 해인사 대사가 떡 온거라. 대사 중 이라 말이야 중이 선비. 선비고 상도 잘 보고 오만거 잘 하는 사람인데 상을 보더니 참 복 많은 사람이라. 누구 잔칫집에 왔나 봤나 이랬는데. 그 누운병이 18년동안에 부부를 만났는데. 이레 복 많은 사람을 만나 걸어나왔다 이래 말이 지. 걸어 나와 서로 절을 했다 말이지. 이 사람이 신랑이 복이 많아서 그랬다 그리 된기라. 그래 아들은 7형제를 한참을 낳는데. 지금 아들 8형제를 더 낳는 다. 아들 열다섯을 낳을 사람이다. 이 사람 사을 보니. 하씨 이 사람이 가만히 생각해 보니. 이 병신이 누운병이 아들 칠형제를 낳은 것도 많이 났는데. 인제 팔형제를 더 놓으면 어이 되나 말이지. 이거 먹여 살리는 것도 큰일이라 말이 지. 논 한 백마지기 된 것 그까짓것 가지고 아들 손자 열다섯이 더 낳으면 어떻 하나 아이고 나 이래가지고 안 되겠다. 칠형제 낳은 것도 많이 낳는데. 이제 팔형제를 더 낳으면 안되겠다. 아이고 나 객리를 가야겠다. 그래 마누라한테 얘기도 안하고 갑자기 자고나서 보따리 딱 싸고 나서 부인이,

"어디가세요?"

하니께.

"잠시 볼일이 있어 가니께 기달리지 마라라."

그리고서 햇수가 십년이 넘게 됐어. 그래가지고 허씨 이분은 어디를 간게

아니라 누가 오라케라 한 사람 있나. 기다리라 한 사람 있나. 이러나 먹고 살기 때문에 얻어 먹어가며 한거라. 어디 한 군데를 가니까. 기와집이 잘사는 집이 있는데. 그래 요새로 말하면 노크지. 노크를 했다 말이지. 그래 노크를 하니까 주인이 나온다 말이지.

"그래 길 가는 행인인데 천상 저기 어디 자고 가야 되겠습니다. 좀 재워주이소."

그래 들어오시라고. 그래 들어갔다 말이지. 그래 아주 부자다 만석꾼 집이다. 집은 훌륭하나 사람이 없어. 남자라고 그 주인하나 밖에 없어. 일하는 사람도 없고 그래. 그래 저녁을 떡 먹고 오니까. 먹고나서 주인도 살림은 있었지만서두 사람은 참 외로운 사람이라. 친구도 없고 일가도 없고. 놀러오는 사람도 없어. 놈의 얘기가 듣고 잡은데 딴 사람이 안 오면 자기가 가지도 못하고. 얘기를 몬 듣는 기라. 그날 저녁 역시 잘 된기라. 그 사람이 허씨 그 사람이 자게됐는데 놈의 얘기를 들어봐야 된다 말이지.

"자네 보아하니 옛날 선비인거 같은데 옛날얘기 아느거 있으면 한자리 해라."

"그래 그럼하지."

그래 자기 역사 얘기를 한거라 말이다. 자기 과거보러 가서 낙방된 얘기서 시작해서 애래해 나가는 얘기. 자기 장가간얘기 꺼정 전부 그 얘기다. 그 옛날 얘기다 그거라. 지 역사 얘기를 하는 거지.

"그래 하루는 마 아들을 칠형제를 몇 명인가 낳았는데. 합천 해인사 대사가 오더니 나 상을 보더니만 아들 팔형제를 더 낳는다 했어. 지금 칠형제도 많은데 팔형제를 더 낳으면 이 살림은 또 어떠케 하노. 그거 참 먹이고 입히고 해야 하는데. 그래서 내가 아들을 안 놓을려고. 아들 안놓기로. 나이가 많으면 한 사십이 되면 애들 안 놓거든. 애를 안 낳는다고. 그때까지 내가 객리를 좀 피해 다닐려구. 객리를 피해다니다가 나이가 좀 많으면 들어갈려구 이래 나왔다." 이랬다구. 이 사람은 역시,

"잘 됐다."

그러구. 이 사람은 상을 보니께로 아들이 없는 사람이다. 딸도 없고 아들도 없고. 돈이 많은 만석꾼이다 보니께로 젊은 여자를 또 얻는 거다. 아들 둘라꼬. 그래도 안 돼는 기다. 안되면 젊은 여자를 또 얻고. 돈이 있어논 께로 젊은

여자를 자꾸 얻는거다. 젊은 사람들이 어야를 많이 낳거든. 이놈이 할마이 말고 젊은 여자를 여덜을 얻었어. 몇해를 그러고 살아도 도저히 아들은 없어. 주인이 생각하기로 아들이 팔형제가 있다 하니께 옳지 이 사람을 즈그 할마니한테 재어 가지고 아들로 얻어야 되겠다. 간판이 들었어. 그래가지고 그 다음날 아침부터 대접을 잘 하는 기라. 착실하게 해가지고 잘먹여가지고. 젤 첫날 저녁에 큰 할머니는 나이가 많아서 애를 못 낳고 첩이 한 여덟이 한테 재우는 거다. 젤 첨 맞은 첩한테 재었다 말이다. 그 첩은 나이가 젊제. 그 영감은 나이가 많제. 젊은 사람하고 잔께 재미가 얼마나 있나. 깨가 쏟아진다 말이. (청중 웃음) 그래 떡 잠을 자고 나니. 인삼 녹용 먹은거 보다 마음이 더 쾌할하다. 그렇게 쾌할 할 수가 없어. 그래가지고 몇일 있다가 보약을 자꾸마 사다가 대접을 하는 기다. 밤마다 재워야 하니께. 첫날 저녁엔 맏이한테 자고. 모조리 여덟이 한테 다 자야 되는데. 대접을 잘해야 될꺼 아인고. 그래 밤마다 재우는 거다. 그 다음날엔 또 둘째 애한테 가니 모다 인물이 잘났어. 돈이 있어논께로 아주 인물이 잘난 사람만 거다 빼논 거다. 그래 여덟하고 다 잤어. 다 잤는데. 마지막 잔 난 저녁에 그 위에 일곱이 서방 좋은 그것만 알았지. 이 사람 주소도 안 물었어. 주소도 안 묻고. 마지막 잔난 그날 저녁에 여자가 정실히 일어나서 큰절을 딱 하고 나서 고향이 어디이며 성은 뭣이며 생일은 몇일날이고 나이는 몇 살인지 전부 묻는 기다. 물어가지고 적었단 말이여 여자가 글도 알다보니 적어가지고 그 주소도 이름도 성명도 다 적어가지고, 됐습니다. 그러나 여기 있으믄 자기 죽는다. 그날 저녁에 말론 안해지. 안 죽이면 지 자식이 안 되는 기다. 그날 저녁에 여덜째 자고 나서는 주인이 죽일려고 칼을 새파란걸 갈아가지고 딱 숨카났다고. 시간이 한 두시 세시에 되니까 마시 한 잠 들었다 싶어서 가니께. 이 여자가 큰절을 딱 하고 나서는,

"당신이 떠나시오 안 떠나면 오늘 저녁에 죽는다. 그러니 떠나시오."

여자말이 맞다 마시 그래 인자 이사람이 담박질을, 짐이고 무고 내버리고 갔다 마시. 여자가 돈이고 좀 준기라. 그래가지고 살았어. 그러구로 그 여덜이 여자가 애를 뱉는데. 열달이 되니께로 젤 처음 여자가 머슴애를 떡 놓는 거라. 둘째도 또 머슴애를 놓지. 셋째도 머슴애 놓지. 여덜이 전부다 머슴애를 논기라. 아들 팔형제를. 그러니께 큰 할매씨는 여덟이 팔형제를 키우다가 이놈 업

었다. 저놈 업었다. 좋아서 죽을 지경이내. 그래 살림있어논깨로 뭐 그래도 잘 키운게라. 여덜이를 갔다가 공부를 다 시켰어. 그래도 젤 맏이가 젤 나섰어. 그래 즈그 어무이한테 팔형제가 모여가지고 즈그 어무이 다 오라케 가지고 다 모였어. 참 그때 즈그 아부지가 아니지 가짜 즈그 아부지지 그때 즈그 아부지는 죽어버렸어. 큰 어머니 밖에 없어 즈그 큰어머니 있으나 마나. 여덜이 즈그 어머니 다 모셔 두고 큰 아들이 얘기하니까.

"어머니들 작은 어머니 큰 어머니 저희 얘기 들어보이소."

"그래 무슨 얘긴고?"

"우리 팔형제 모두 하루 셋이 틀이지 너도 나도 한동갑이오. 그러니 우리 부모를 찾아야 됩니다. 부모를 찾아야 돼니 애비없는 자식이 없습니다." 맨 끝에 할머니한테 같이 얘기 한거라.

"니가 이래 태어난거라."

전부 주소를 내뵀어.

"느그 팔형제가 전부 이래 태어났다. 하루 하루 틀리지 전부 달은 한달이라. 생일이. 그래서 느그 팔형제가 전부 그래 태어났다. 전부 허씨아들이다. 그러니 느그 아부지가 그날 저녁에 도망을 갔는데. 느그 아부지를 찾아야 되지. 느그 아부지를 못찾으면 자식없는 아들이 어딨노."

그래 그 애들이 나이가 열대여섯씩 먹었으니. 그래 사림은 만석꾼이제. 지그 아부지를 찾을려고 고향을 찾았다. 진주 다마골이라. 진주 다마골 성안에는 다마골 허씨가 살고 성밖에는 후처가 난 사람이 살고 8형제 낳어. 성안에는 전처가 난 칠형제가 거서 살고. 후처가 난 사람은 성이있으니께네 성밖에 팔형제가 집을 똑같이 지어가지고 살림있다는께. 살림 만석꾼인데 큰집이데 작은 집이다 집을 똑같이 지어가지고. 그래 그 고향을 오게 됐는데 그래 전처 큰할매가 여비도 주웠겠제. 불쌍한 사람 아인가. 허씨 아들이지. 지그 아들 아니단 말이다.

"그래 인자 내가 말이지 느그한테 공들인 거래야 케야 참 느그 업어 키운 공인데. 나도 말이지 자식도 없고 갈데도 없으니 느그한테 와서 느그 팔형제가 말이지. 나도 키우면서 내 신세도 욕봤다. 나도 데리고 가면 어떻겠나 물은 기다."

"아이고 어무니 데리고 가겠습니다."

그래 먹고 놀지는 않은다 말이지. 나이가 많아도 뭘 해도 하거든. 그래 인자 데리고 가서 나이가 많아 죽고. 전부 장사를 잘해줬어. 그래가지고 그 칠형제가 성밖에는 팔형제가 살고. 성안에는 전처 모시면서 칠형제가 살고 그래가지고 허씨가 잘됐다 말이지. 그런 얘기가 있다.

〔 대합면 설화 13 〕 T. 4 뒤

소야리, 1999. 4. 1., 3조 조사.
박병교, 남 · 81.

함경도 사람 이야기

함경도 사람인데 이북에 함경도 있거든. 항해도 사람인데 이 사람이 조실부모하고 아부지 어무이 일찍이 돌아가시고. 자기 혼자 밖에 없어. 그런데 그 때인자 촌에서 말이지. 그래 자기 부모가 다 돌아가시고 나서 사림이 있으면 농사라도 짓는다 하지만도 살림도 없지. 그래 인자 부모가 다 돌아가시고 나서 놈의집에서 밖에 살 도리가 없는 기라. 놈의 집을 떡 사는데 놈의 집을 1년 살고 나면 말이지 지어 입고 옷을 지가 지어 입어야 되거든. 지가 해입고 나니께 남는게 없어. 놈의 집을 십년을 넘게 살았는데 남는게 없어 그래서 이 사람이 놈의 집을 살아도 옷을 깨끗이 입고 참 머리에 기름도 바르고 이라던 사람인데 맨날 몸을 깨끗하게해 다니는 사람이다. 그래 하다 보니께 늘리는게 없다 말이지. 놈의 집을 십년을 떡 살았는데 남을게 있어야지. 놈의 집 살아가지고 되는게 아니다. 그때 나이가 한 서른이 됐는데 이 사람이 신체가 말이지 키가 열덜자나 되고 신체도 좋고. 수염이 구레수염이 훤하게 됐는데. 그래 인물도 잘났어.

"내가 놈의 집 살아가지고는 평생 내 살아도 장계를 못가겠다. 이러니 한국

은 서울이 말이지 젤 큰 도시고 사람이 나믄 서울로 보내고 말이 나믄 제주로
보내라 켔다. 옛날 부터 그런 소리가 있다. 서울로 가야 되겠다."

그래 서울로 내려와서 항해도 사람이 서울로 떡 내려와가지고 천지에 아는
사람이 있나. 서울에 일거리는 쌓여지만도 어디에 일거리가 있는가 그걸 모르
는 기라. 일장소가 어디에 있는고. 그걸 몰라서 그래 인자 노잣좀 가지고 온
것 가지고 다 써분기라. 아이고 서울 천지에 돌아댕겨 봐야 천지에 일할 데가
있나. 그런데 거 가도록 차비가 좀 남어. 열차 차비가 좀 남았는데. 그 이튿날
까지 써불믄 안되는 기라. 큰 부잣집을 찾아 갔어. 그 집에 아침에 요기하러
간기라.

"아이구 여기 아침 좀 주이소."
주인한테 요청을 했다 이말이여. 주인이 나와 보니께 키가 여덜자나 되는 사람
이 인물이 잘났제 그런데 신체 좋제. 불탁을 하는 기라.

"어데가도 일 천진데 말이지 이러고 천지에 일해 먹을게 쎘는데 몬준다.
가거라."

"그래 그런게 아닙니다. 제가 실기는 항해도 사는데 서울 벌이 좋다해서
여기 내려 왔더니 일거리가 어디에 있는노 그것도 몬찾겠고 아는 사람도 없고
일거리를 못찾으니 천상 차비만 덜렁 남았습니다. 이걸 쓰게 되면 고향에 몬갑
니다. 그래 오늘 얻어 먹으로 왔습니다."

"그래 그래도 안된다 이기라. 가거라 이놈아. 밥 몬준다. 가거라."
그래 갔다 말이여. 안준다 하는데 별도리 있는가 그래 나가가지고 딴집에
가서 요기를 했어. 요기를 하고 아침을 얻어 먹고, '에라이 이놈의 집에 불이나
나라.' 이런 마음이 드는 기다. 하도 쾌씸한게 그랬어. 그 집 담장을 빙 둘러봤
다. 둘러본게 부잣집이라 논게 집안에다 나무를 심거 났는데. 수양버들도 심구
고 많은 나무를 숨겄는데. 수양버들을 하나 숨거났느데 수양 버들 가지가 담장
밖으로 이레 흩어져 있는 거다. 그래 그 옆에 말이지 수채가 있는데 딴데는
들어갈데가 없고 담자을 가로 딱 막아났는데. 수채에 옷을 입고 들어가믄 옷을
배릴께고 옷을 벗어가지고 딱 묶어가지고 집어 던져불고 수채에 들어가가지
고 닦아불고 옷입은 되거든. 그래할라고 그래 인자 요리 들어가믄 되것다. 그
리 들어갈라고 맘을 먹었는데. 그래 인자 저녁 먹고 밤이나 나야 들어가는 기

다. 낮에는 못들어가고 저녁 한 12시 넘어서 들어갈라고 떡허니 갔다 말이 그 집 가서 이래 들어가니께내 안에서

"아이고 인자 오시는겨?"

이라거든?

"오야 인자온다."

이라켔다. 대답을 그리 했다구.

"이거 받으소."

이라거든?

"오야 내놓으라."

이랬다. 그래 키 크거든 보따리를 받는데 두 보따리가 넘어와. 받아 넘어왔다 마이다.

"그래 넌 어떻게 넘어올래."

"이 밧줄 줄라니께 나무에 메가지고 밧줄 던져가지고 나무에 좀 매주소."

이라거든.

"오냐 던져라."

그래 나무에 매주고 밧줄 타고 올라왔단 말이여. 남자가 받았다 그래가지고 인자 둘이 도망을 가기 시작했다. 부잣집 딸이라. 근데 그 딸이 우찌된게 아니라 지그집에 소사, 일보는 사람 말이지. 그사람하고 살려고 약속을 딱 했느데. 이 사람이 형이 일본에 있었어. 그 날 저녁에 마침 일본서 나온기라. 형제 간에 오랜만에 만나다본께래 술도 내놓고 니 묵어라 내 묵어라 하고 했았다고. 술이 깜박 취해가 시간 늦춰 부렀다 말이지. 시간 늦춰부라 몇 시에 딱 가보니 2시가 넘어 부렀는데 12시에 약속해놨는데. 차는 떠났는데 손들면 되나. 그래 가보니 큰일이라 그래 이 사람은 어예 된게 아니라 그 데려간 처녀가 걸음을 몬 걷는다 마야. 이 놈이 힘이 세기로 키가 장군이라. 이놈이 보따리 젊어지고 여자를 그 위에 얹힌거라 그래 젊어지고 한탄강에 떡 댔다 말이. 한탄강에 딱 되니 밤에 사공이 있나. 줄배라. 줄배. 줄로 배놓고 줄배를 타고 건너 간다 말이. 건너내려오고 보니 날이 부여 샌다 말이. 날이 새다 보니께로 저 약속한 사람이 아니라. 아이고 처자가 내 죽는다고 가 앉았다.

"아이고 내 팔자야. 내 팔자야."

대성 통곡을 하고 운다 말이지. 그래 봐야 소용 있나. 그 꺼정 왔는데 그리 여보 남자가 그런기다.

"여보 나도 대장군 남잔데 자기가 어떤 사람깡 약속을 했느가 몰라도 내보다 나은 사람 없을 끼요. 날캉 쳐다 보오."

이랬다 말이다. 쳐다보니께 인물도 크고 잘났어. 아이고 까짓 약속한거 던져뿌라. 그래가지고 인자 그 사람 고향에 간기라. 고향 떡 갔는데 고향에 가니께래 동네 사람들이 말이지 아무개씨가 서울 가가지고 장개들어가지고 왔단다. 온 동네 인들이 동네인들이 모여드는 기라. 그렇게 놈의 집 살아도 인심을 얻었어. 이 사람이. 인심을 얻어논께로 처녀를 업고 왔는데. 처녀가 머리가 아니 이래 따아 났는데. 이가 아주 미녀라. 며넌데 그 사람도 잘만났제. 처녀도 잘 만났제. 그래 처녀가 약속하길 자기집에 보물을 갖고 보따릴 쌌어. 비단하고 전부 다 쌓아가지고. 그래 두 보따릴 싸가지고 그래 인자 돈도 많이 가가오고 이랬다. 그래 인자 이 사람 처녀도 식을 안올렸제. 총각도 안올렸제. 식을 올려 줘야 되는데 동민들이 말이지. 그리 얘기를 하니께 반가버서 죽을라 하는 기라. 아이고 술 한동이 내고나. 내가 뭐 내고나 뭐내고나 이래가지고 온 동민이 전부 투자를 해가지고 잔치를 열었는데. 그래가지고 그 날 식을 올렸네. 식을 올려가지고 이래가지고 이날 온 동민이다 갈라먹고 뭐 돼지잡고 소잡고 이래가지고 잔치를 걸팡지게 했어. 그래가지고 그 날 잔치를 마치고 나서. 집도 그래 인심이 좋아 노니께 빈집도 나두면 아무집에나 거가 살면 된다. 그래 내 집 사주고나 이래가지고. 그 사람이 장계도 잘들고 참 서울 돈벌이하러 가가지고 큰 돈벌이 한거다. 이래가지고 여자가 돈을 많이 가 왔어. 보물도 많이 가가오고. 이거 가지고 토지 나온거 있으믄 사라이거다. 그래 토지도 많이 샀어. 집도 공짜 백이 사주는 사람 있제. 그래 농사를 짓제. 일도 잘 하던 사람인께. 농사도 잘 돼. 근데 그 동네갓에 우물이 있어. 동네 밖에 있어. 동네 저 짝에 우물이 있는데 옛날에는 동이를 부지기 이래 이고 다녔거든. 이고 댕겼어. 도시 사람들은 수도 있지만 요새도 촌은 이고 다니는 사람 있다. 그 때 당시에는 샘이 밖에, 온 일 동이 그 샘을 먹거든. 그래 먹는데 근데 이 처녀는 자고나 아침때가 됐는데 어마니가 까부러졌다. 옷싸는데 보는데 중요한거 다 가져갔어. 그래저 그래 저 후문애들은 말이지 그것로 묻는기다. 호시기 갔다고. 그리 소문을 내는 기라. 호시기 간지 알지 홀애비가 물어갔다고 그리 생각을 안했거든. 참 저 소사캉 눈이 마져가지고 갔으면 둘이 눈이 맞아서 갔는갑다 이래 인정을 하지 만도 소사가 안갔다 마씨. 소사가 안갔으니께 그래 인정도 못하고 호시기 갔다하고 이래 소문을 내 가지고. 그래 인자 참 호시기 간지 알았지. 그런데 그 집 아들이 말이지 왜정 시대에 일본가가지고 명치 대학을 다닌기라. 그러니께 부임해서 서울에서 항해도로 보낸기라. 그 사람은 가보니 우물가 보니께 즈그 여동생인가 싶은데 거기 올 리가 만무하다 말이다. 호시기 갔다고 했는데 즈그 어무니가 호시기갔다고 했느데 거기 올 리가 만무하다. 차차로 다가가 보니께로 아참 즈그 동생이라 그래 가가지고 에라 그래도 닮은 사람 있는가 싶어서 그래도 동생이란 소리 못하거든. 그래가지고 닮은 사람이 있는가 몰라도 아무개씨 아인가 하고 이름을 불렀다 말이지. 이름을 부르니께 처도 흘끗 처다본께 즈그 오빠라 그래 둘이 얼싸 안고,

"여기 오빠가 우얀일이고?"

이래.

"그래 어무이 아부이는 호시기 갔다하더니 니는 우얀일이고?"

이래.

"그래 어무이 아부이는 호시기 갔다 할께지. 내가 마음이 몬돼가지고 이 황해도 사람을 만냈다. 만냈는데 도망왔다. 그래 그러믄 그렇지 호시기 갈 리가 있나. 서울 장안에 호랭이가 어디로 들어온단말고."

그래가지고 그 사람이 처녀 돈 가지고 온거하고 토지를 샀는데 토지를 많이 샀어. 그래가지고 아들 딸 놓고 잘 사는 기라. 근데 그 처녀도 신랑이 인물은 나서 신체 좋지 잘살더라.

(얘기가 끝나고 호시기가 무슨 뜻이냐고 여쭈었더니 호랑이가 사람을 물어가는 것을 호시기 간다 하는 거라고 설명해 주셨다.)

〔 대합면 설화 14 〕 T. 4 뒤

소야리, 1999. 4. 1., 3조 조사.

박병교, 남 · 81.

장개, 번개골 이야기

영산리에 내려가자면 장개, 번개 벌골이 있어. 장개골, 번개 이래 골이 있는데. 장개벌 하는데 옛날에 성이 장씨가 살았어. 장씨가 살았는데 살림이 만석꾼이었어. 만석꾼이었느데 이 사람이 독하기가 엄청시리 독한데. 없는 사람은 도저히 도움이라곤 안주는 기라. 안주고 그래 합천 해인사 도사가 말이지 영산 고을에 말이지 장씨가 살림이 만석꾼인데 그렇게 독하게 한단다. 얼마나 독하게 하는고 하고 그집에 온거라. 그집에 와가지고 목탁 딱딱 치매 댁에 시주 왔시다. 이런개 그래 인자 목탁치며 여불로 했다 말이지. 염불을 하니깨로 주인이 내다본게 중이거든. 중인데 그때 마침 소마구를 쳤어.

"쌀이고 좁쌀이고 거 몬준다. 몬주고 대사 저 마굿간 거름이나 한 수저 찍어 줘라 이라거든. 중이고 무슨 필요 있노?"

아무 필요 없다 말이지. 그래 안 받고 나가 뿌렀다. 자기 며느리가 정지에서 처다본게 자기 시아버지 너무한다 말이지 대사한테. 그래 안 받고 갔다 말이지. 자기가 정지에서 쌀독이 있는데 쌀독에다 바가지에다 한 바가지 떠가지고. 옛날에 동아가 있어. 동아 높이가 이만치 하지. (할아버지께선 몸짓까지 해가며 설명해 주셨다) 거따 박아지에다 이만치 떠 가지고 물이러 가는채 하고 거기다 이고 갔다 말이지. 시아버지 봐도 모르는 기라. 안에 있으니 안뵈니께 알수가 있나. 그래 인자 대사가 저 밑에 있느데 뒤에 따라가가지고.

"대사님, 대사님"

이래 불렀다. 대사님이 돌아보니께 부녀가 동아를 이고 따라오거든. 따라오니께

"그래 뭣이오?"

이런게지.

"제가 쌀을 좀 갖고 왔는데. 대사님 받아가시오."

좀 있으라 이랬다. 섰다 섰은게. 동아를 내렸는데 쌀을 한 바가지 갖고 왔다.

"그래 대사님 가져 가이소."

"동아 거 놓고 살라하믄 내 따라 오고 죽으라 하믄 다시 돌아가고."
그랬다.

"그래 살고 잽소. 죽고 잽소?"

"살고 싶다"
이래.

"살고 잽음 내비리고 내 따라 오라."
이래.

"뒤에 돌아 보믄 안된다."
이기라.

"돌아 보믄 당장 몬산다"

이래. 그래 인자 따라 가는데 영산가면 창녕 거 넘어 다니는 길이 있는데. 요짝 넘어 가믄 의령이고 요짝 넘어가믄 창녕이고 그 언덕에 말이지 큰 바우가 있어. 바우가 하나 있는데. 그 언덕에 가서 말이지 자기 집이 어떻게 보고 잡은지 자기 집을 돌아봤다 여자가. 돌아보니께 소가되 분기라. 그 만석꾼 살림이 소가 되 부렀어. 푹 꺼져 부렀내. 운이 허 한게 그려 가지고 장작불이 됐어. 되고 나서 안돌아 봤으면 거 살긴데. 돌아봐분끼래 중따라 못가고. 그 여자는 미륵바우가 되 분께. 아직도 바우가 있어. (바위이름이 뭐냐고 조사자들이 여쭙자) 미루바위. 미루바위여. 그런 전설이 있어.

〔 대합면 설화 15 〕 T. 5 앞

소야리, 1999. 4. 2., 3조 조사.
박병교, 남 · 81.

창녕 조씨이야기

성받이가 황가, 조가, 백가 이래가지고 이 삼성이 말이지. 대성인데. 옛날에 근데 백가, 황가는 영 고라져뿌코. 지금 조가는 말이지 많이 산다. 조가 역시 얘기다. 조가 조씨네들 시조 할매가, 여기 사람은 황산이라 하는데 서울 사람은 화황산. 화황리가 되뿌고. 거기 몬대기에 가면 못이 있어 못이 있는데 그 못은 말이지. 처녀가 구경하러 갔어. 조씨 문중의 처녀가 구경하러 갔는데. 구경하러 가서 못에 앉아서 손을 씻으니께네. 물에는 고기가 다 있게 돼 있거든. 조개가 말이지 바다도 조개가 쪼그맨한게 있어. 조개가 있어. 그 못에 조개가 나오는 기라. 조개가 나오는데 그 후로 말이지 열달로 되니께 아들로 떡 나는 기라. 남자캉 도저히 접촉이 안 됐는데 그래 황산에서 몇일인가 묵고 왔어. 참 조개 이게 말이지 자기 몸에 접촉이 되니께 그 후로 열달이 되서 애를 딱 노니께로 머슴애을 낳단 말이여. 그래가시고 그 성을 갔다가 화황산 조씨라고 이제 그 사람 관을 갔다가 화황산이라 썼는데 창녕 조씨라고 이래 썼다. 그 사람 숫자가 아무리 잡아도 한 몇 100호 될거이지만 이래 사는데. 황가 백가는 백가는 다 망해불고. 황가는 좀 몇 집 있고. 조가가 젤 많이 차지해. 그 사람들 삼성이 망해불고 나니께 이 사람이 창녕 성썬데 그래 인제 대성이말이지 성할 노라 말이지. 성가 화가 노가 그래 인제 대성이라. 요시로 바서는.

주인이 나오더니 우딱 나 많은 사람이 서 있으니께니 내노라 말이지 내봐 말이여 앉아서 제사지 나머지는 못나온겨 그려 인자 두 여자도 나온기라 따라서 나오는데 그러 인자 둘이 인자 젊은 사람 옷을 잘입은 신선하나 섰는데 그래 대신 물었다고,

"왜 여기사는고?"

"예 알려드리지요 지가 이기는 대마도 성중에 섭니다. 숙부님 아무거시 올시다."

"응 그래 왜 왔는고 왜 왔노?"

말이지 두 여자가 말이지 그래 내 사라카라느라 말이지 내가 십년을 벌어서 내가 사라칼라 말이지 답장을 하드라 말이지 그래 답장을 했어요. 그런데 답장을 받고 십년동안 숯을 뽑아 가지고 알뜰히 해 가지고 그냥 돈을 많이 벌었어요 많이 벌어가지도 내일이 마 십년 마지막 가는 날인데 그래 언제 올라 왔어요. 그러나키레 여자가 생각이 난다. 말이지 아하 참 별일 답장할 일이 있는데 그러나 저러나 거기서 걸어 돌아서서 몬한다 말이지. 무반응이라 무반

응이다. 그래 대신이 가만히 들어보니께네 아이고 나는 죽을 때가 다 됐고 지 여자가 아이라도 말이지 얻을 수가 있겠는데 뭐 여 젊은 사람하나 살려야 되겠 다 싶어서어 그래 그러면 이거 답을 했나 이거 마누라한테 물었다고 묻는디 과연 답을 했대요 그리 내 생각에 어떤 마음이 저도 살 일은 하고 , 저를 살리 고 제를 얻어, 제를 저는 이애 저래도 몬가겠습니다. 그렇다고 말이지 이래 이러니까 그래 영감이 가만히 생각해보니 답장을 했으니 저 살마한테 가니 사는데 둘 다 그래 내 한테 있어봐야 나는 나와 자꾸 몬코 근데 니 아이라도 젊은 사람 얻을 수 있고 그러니 이 사람아 니가 약속을 했으니 약속을 지켜야 지 이래 그 사람한테 살러가래 영감이 가라코면 가지요 그래 영감이 가 날카니 끼네 말이지 돈을 줘야 하지 않는가 그애 가지고 그 사람 딱 가는데 그 애 이 사람이 인자 두 여자를 돕고 그 쪽으로 내려오는기라 내려오는디 그 줘 인자 그 주서 그저저 큰 여관이 여관이 하나 팔려고 내놨는데 그 중에서 최고 큰 게라 근데 그 여관을 살라칸니끼네 자기 돈가지고는 좀 모자르깄는데 돈을 얼마나 많이 줘야하는 기래 그래 부인한테 말이지 마 여보 큰 여관을 내놨는데 살라카니 돈이 조금 모자르깄는데 자기 쪼금 있어 이애 살라거든.

"사이소 돈 드리지요."

그래 자기 돈하고 부인돈 하고 보태가지고 그래요 여관을 샀는디 그 여관 을 파는 사람이 말이지 여관이 안돼가지고 파는데 여관이 안돼가지고 파는데 이 사람은 여관을 사가지고 여관을 보니께 장사가 잘 되는기라 손님이 밀고 들여 오는기 아니 가지고 돈을 많이 버는기라 그래 가지고 그 주서는 갑부가 되는기라 그래 가지고 그 사람이 내무장관 소 얻어가지고 얻어가지고 그래 인자 참 잘 부자가 돼가지고 잘 살았다.

〔 대합면 설화 16 〕 T. 5 뒤

소야리, 1999. 4. 1., 3조 조사.
김정순, 여 · 69.

호랑이 이야기

옛날에 호구 할마이가 살았는데 호랭이가 한마리 있었는데 옛날 할매가 인저 파 밭을 일궈놓고 팥밭을 매고 있는데 호랭이가 내려와 가지고 마,

"할매 할마이 와 잡아먹어야지."

키니께네 할마씨,

"아구 이눔의 호랭아 이 팥죽 쑨거 가지고 팥죽이나 한 죽 끓여 적고 잡아 먹으래."

그러고는 인저 농사를 지어 놓으께,

"할매 할마이 와 잡아먹어야지."

카니끼네,

"팥죽이나 끓여먹고 잡아먹어야지."

팥죽을 끓여놓고 할마씨가 이제마 전신을 부르는 기라예,

"이미는 있거라 지게는 창끝에 있거라."

그래 호랑이가 와가지고,

"할매, 할마이 잡아먹어야지."

"오냐 잡아먹으냐, 잡아먹어야지."

아이구 눈이 더 아프거든 그라키니끼네 지게가 서가 있고 오이 마다 놓고 지가 제단에 이래뿌라 호랑이 잡았네.

〔 대합면 설화 17 〕 T. 6 앞

도개리, 1999. 4. 1., 3조 조사.
김필선, 여 · 63.

답변잘하는 마누라

옛날에 장개를 갔더니 하도 마누라가 못나서, 키도 작고 못나서 신랑이

하는 말이,

"햄꼼해꼼 이화자야 네가 나를 안을 소냐."

"작고 작은 청개구리가 크고 큰 장별나무 모모히도 안는데, 너는 하나를 못안으리."

"햄끔햄끔 이화자야 네가 나를 지킬소냐 조그마는 나라 한가락 살살이도 지키난데, 너 하나를 못지키리."

"햄끔햄끔 이화자야 네가 나를 숨길소냐, 우리나라 임금님은 조선백성을 다 숨기는데 너하나를 못숨기리. 얼씨구 절씨구 좋구나 아니 놀지를 못하리라."

이에 마누라가 답변을 하니 신랑이 하도 이레 말을 잘해서 백년 부부를 맺었다 하더라. 하도 못나도, 마누라가 못나서 그래인자 그랬는키라. 마누라가 답변을 그렇게 잘해서 그래인자 아이구 이래갖고 안되겠다 그래서 장개를 갔는기라.

〔 대합면 설화 18 〕 T. 6 앞

도개리, 1999. 4. 1., 3조 조사.
김필선, 여 · 63.

구렁이 때문에 부자된 이야기

옛날에 참 어느 한 사람이 큰 아들이 구리만 보면 때려죽여버린다. (조사자 : 예? 구리여? 구렁이?) 구렁이를 때려쥐고 때려쥐고 하도 구렁이를 잘 때려죽여싸서 자 그때부터 어디 큰 산밑에 똑똑 수많은 구렁이가 누워가 있어. 누워가 있는데 어떤 친구가,

"뭐시야 뭐시야 네가 구렁이를 잘때려 죽이는 데 거 한번 가봐라. 거 큰 구렁이가 한 마리 누워가 있더라."

아이가안케네. 참 아침을 처묵고 산에 인자 가 본께 구렁이가 크게 누워가 있더라. 구렁이가 큰게 큰게 누워가 있더란다. 그래서 큰 쌀한통만한 돌멩이를 갖고 놔버렸단다. 구렁이가 자기 따라 막 물라고 오면서 그래 갖고 마 어디까정 참 막 따라오는 거로 따라왔다. 돌아가 버리고 집에 오고 그 이튿날 혼자 간기라. 또 던지면 한 오리나 따라오더란다. 그래사 3일째 가갖고는 또 던지게네 또 따라오고 발을 놓고 발을 놓고 이러더란다. 기어이 때려죽인기라.

때려 죽이고 그날 뒤 저녁에 어디선가 허연 산신령님이 할아버지가 꿈에 선몽을 하더란다.

"네가 뭐시라 한가지만 들어준다 특히 잘한다 해. 네가 참 그래 그 자리 파면은 옛날에 하도 뭐 좋은 보물단지가 있다."

카더란다. 그래 구리를 전부 화장을 해갖고 살아부리고, 그래 그 자리 판게네 마 하도 금덩어리고 뭐시고 부잣집재산이 다 묻어났더라. 그거를 지킬라고 구렁이가 누워가 있었는기라. 그래가고 그러다 그 사람들이 벼락부자가 되었는기라. 그 구렁이 때려죽이고. 구렁이 땜시. (조사자 : 그래서 큰 부자가 됐어요?) 큰 부자가 됐어. 금덩어리하고 파가지고 인자.

[대합면 설화 19] T. 6 앞

도개리, 1999. 4. 1., 3조 조사.
김필선, 여·63.

당대백석할 여자의 관상

참 나이먹도록 장가를 못갔어. 그래무로 장개를 가갖고 꼴딱(조그만) 각시를 하나 들여다 놨어. 쪼매난 각시를. 쪼매난 꼴딱각시를 말야.

들여다 놨는데, 맨날 꼬박꼬박 잠을 자버리고 하다 각시가 못나서 신랑이 인자 친정에 데리다 줘 벌라고 친정에 데려다 줄라고. 각시는 인자 축 쳐져

오고 신랑은 앞에 가고, 지나가던 행인이 하는 말이 저기 가는 뒤에 저 새댁이
는 당대백석은 하겠다 안카나. 그래 우야서 백석하는지. 저리 작아도 사람복도
많고 당대백석은 하겠다 이카더란다. 옛날에 백석한다 함은 아주 부자라고 생
각하거든 . 그래 어디 보자 이루 오너라 하면서 인자 마누라를 불렀는기라.
돌아가자 가자 그러면 가자. 돌아서면 또 팔짝팔짝 돌멩이 차면서 집으로 오더란
다. 집에 와가지고 전부 토지도 서로 줄라하고 토지도 서로 줄라하고 이런께네
그래 마누라는 집을 해서 팔고 참 당대 백석을 하더란다. 그래 키가 작고 못나고
이래도 나이 든께 자기 당대 백석은 그런께 한다고 그러더라.

〔 대합면 설화 20 〕 T. 6 앞

도개리, 1999. 4. 1., 3조 조사.
성모연, 여·62.

우렁이 각시 이야기

옛날에 노총각이 장개를 못가갖고 혼기는 넘고 하도 못살아서 그 고장에
사는 사람이 그래가서 산에 사는 사람이 풀을 다 뜯어가지고 밭을 일구는 기
라. 밭을 일면서 하는 말이 이 총각이,
"사리도 질고 강도 넓고 이 밭을 메서 누캉 먹고 살꺼?"
이래 총각이 노래를 불렀는기라. 총각이 노래를 딱 부르니께네 꼭 들에 천지
사람도 없는데
"누캉 먹고 살아 나캉 먹고 살지."
이카더란다. 천지 사람도 없는데 이칸다 싶어가구 또 혼자 노래를 불렀어. 누
캉 멀고 살고 노래를 부르니.
"누캉먹고 살아 나캉 먹고 살지."
고소리를 하니 자중자자우 가니께 논이 하나 있는데 물꼬가 탁 이레 돌이 하나

딱 덮여 있더라.

돌킨에서 그카거던. 돌을 가만히 들추니 요만한 우렁이가 하나 있는기라. (조사자 : 어. 우렁이요?) 그 우렁이를 주어다가. 인자 옛날에는 다라이 그 사구라 사구에다가 물을 딱 넣어 놓고 그래 밭을 매러갔다. 또 밭을 매고 온께네 인자 밥을 한상, 반찬까지 착 차려놨거든. 밥을 한상 탁 해갖고 덮어서 밥이 집이 모락모락 밥을 인자 딱 덮었다.

"이거 누가 이리 밥을 해놨노? 누가 왔나?"

하고 먹고 있었다. 먹고 인자 들어가서 또 밭을 메고 또 온께 또 저녁을 또 지었다. 또 먹고 또 자고 난께네 또 인자 들에 가서 온께네 또 점슴을 해놓고 또 들에 갔다오니 또 저녁을 해놓고. 인자 지켰는게라. '누가 이렇게 밥을 해놨노' 싶으니까. 들에가는 척하고 딱 문전에서 지킨께. 그 다라이 안에서 이쁜 색시가 하나 나오는기라 나와가지고 한복을 입고 이쁜 색시가 나와서 밥을 지을란케네 밥을 지을라고 자기가 재료를 다 가지고 밥을 딱 해놓고 또 그 다라이 안에 삭 들어갈려고 하니, 총각이 가서 잡았어.

"나캉 안살고 또 어디로 들어가나?"

하면서 그래 잡으려 한께네 그래,

"때가 있고 시가 있고 때가 있어서 안된다."

고 그래 들어가더란다. 때가 되면은 나와서 자기랑 살라고 그래 놔줬어. 어느달 어느날에 나와서 같이 살겠다 이케 기다리는 기라. 그래 갖고 그때 사람이 되갖고 나왔는데 어떻게 이뻐났던지 그 사람이 일하러 안가는기라. 이사람이 가서 사진을 하나 찍어서 그 사람을 줬는기라. 두 개를 찍어가꼬 갖다주니 이짝판 머리 하나 놔두고 저짝판 머리 하나 놔두고 그래 인자 밭을 매라카거든. 사진 볼라고 마 죽판살판 매가지고 인자 사진이 있거든 아 있구나.(일동 웃음) 그카니 또 인자 치다보고 또 이짝을 메다보니 있거든 아 있구나. 치다보고 이카니. 그래 인자 바람이 휙 불어 사진을 한 장 떠날라 가부렸어, 이바람이 어디로 갔나하면 저 서울고원에 지금은 청와대겠지 고을원에 날라간기라. 고원에 날라가. 고을원이 사진을 딱 보고 야 우리 한국에도 이렇게 미인이 있나. 이카면서 주워갖고 여봐라 느그 이 사람을 이사진을 확대시켜 갖고 여러 장을 주잤고 이 사진을 전부다가 하나씩 줘갖고 이 사람을 데려오라. 그래갖고 강제로 끌고와 버린기라. (조사자 : 강제로요?)

강제로 끌고와갖고 이 사람이 하도 이뻐논께네 나라의 임금이 데리고 사는 기라. 이 살마은 갑자기 그렇게 좋던 남편을 떠나오니 기가 차지도 않는기라. 그래 살다가 안되갖고 이 살마이 마 총하나 사라카더래. 새를 잡아 새총을 사가지고 그 새를 막 잡아가지고 새틸로 갖고 옷을 해입었는기라. 옷을 해입고 방방곡곡으로 마누라를 찾아간기라. 어디로 가버렸는지 그걸 모르겠는기라. 그래 인자 임금이 그 마누라를 데리고 산데니, 암만 살아봐야 이 사람이 임금 질도 않하는 기라. 그때부터 임금질도 않하고 대가살을 지어 사는데 울타리에 총을 놔갖고 새가 인제 그 집에 뚝 떨어졌어, 새잡으러 간다하니 그 집인게라. 그래 갖고 그기 왔는기라. 임금이 말을 에치고 있는기라. 이 사람이 생전 한번 안웃는 사람이 오늘은 웃는가 싶어서,

"자기가 우야서 웃느냐?"

"저 사람이 새옷을 이상한 옷을 입어서 내 그리 웃는다."

이카니 그래 그 사람이,

"아 그래 당신이 내 옷을 입고 나는 당신 옷을 입어보자."

그래 그 사람이 옷을 벗어줬는기라. 저 사람은 임금옷을 입고 떡 앉았는기라. 임금옷을 입고 떡 앉아가지고 그래 그 사람은 새잡은 옷을 입고 떡하고 이 사람은 임금옷을 입고 앉아서 그만 마 종을 부르는기라.

"여봐라 저놈 묶어 장치라."

그래가 인자 마 임금옷을 입으니 발이나 치나 마 쫄병들이 그래 갖고 마 그놈 묶어갖고 당장 없애라 한기라. 그래 인자 당장 쫄병들이 묶어가고 없애부린기라. 없애버리고 나니께네 마 이 사람이 임금이 되버린기라. 옛날 부부하고 만나가고 마 임금질 하면서 살더란다.(일동 웃음) 그리고 임금질하면 서 잘 사는기라. 임금은 마 너무 욕심을 부려갖고 마 죽어버리고. (조사자 : 이야기 잘 하시네요.)

〔 대합면 설화 21 〕 T. 6 앞

도개리 1999.4.1., 3조 조사.
김필선, 여 · 63.

할머니가 손주에게 하는 이야기

아들이 서울갔는기라. 서울가서 서울갔던 아들이 오는데 밤을 한되 사왔어. 밤을 한되사와갖고 그래 그 밤을 쥐가 들낙날락 다 묵어버리고 그 새앙주가.(조사자 : 새앙쥐요?) 다 먹어 두툴인가 남았거든. 그 두 개를 구석에다 넣어놓고 인자 껍데길랑 아바이 주고 속 껍데기는 엄마주고 알주머니는 니칸 나캉 갈라먹자. 할매가 손주한테 이러더라.

창녕군 남지읍

Ⅰ. 조사마을 개관

1. 남지읍(南地邑)

남지읍은 창녕군의 남부지역에 자리잡고 있다. 지리산에서 흘러오는 남강과 낙동강이 만나는 곳으로 강폭과 수심이 깊고 넓은 곳이다. 예로부터 낙동강 수로(水路)를 통한 강 상하류의 각종 산물의 유통으로 남지리의 옷개나루를 비롯한 용산리의 거룬강나루, 학계리의 도흥진, 월하리의 박진나루등 이름난 나루터가 많은 곳이다.

그러나 예로부터 홍수등의 수해를 많이 입었고, 모래가 많아 마을사람들 대부분의 생계수단인 농사에 어려움을 겪었다. 실제로 남지에는 "쌀보다 모래가 많다"고 하신 분도 계실정도로 바람과 모래가 많았다. 현재는 1970년대의 새마을 사업이후 비닐하우스 등의 시설재배의 확대가 이루어져 풍요로운 농촌의 모습을 보이고 있다.

남지읍은 창녕군에 속해있으면서도 창녕과는 다른 독자적인 부분이 많았다. 창녕일대의 경남지방사람들은 남지와 창녕을 구별해 부르고 있었으며 교통편 또한, 창녕과 남지가 구별되어 있었다. 그리고 5일장도 창녕의 읍이나 면 중에서 장이 가장 크게 선다고 하였다. 최근들어 대규모 아파트들이 들어서고 있으며, 도로가 넓고 문화시설도 많아 보였지만, 그 지역 약간을 제외하면 아직 농촌의 정겨움이나, 풍요로움을 그대로 지니고 있었다.

2. 남지읍 마을1 - 남지읍 마산리

남지읍 북쪽에 있는 마산리는 남지읍의 전신인 남곡면과 도사면이 합하기 전 도사면일 때 면사무소가 있었던 마을이다. 이 곳은 도산서원이 있었으므로 도산서원의 정자가 있다 혀여 마산이란 마을명에 亭을 붙혀 마산정으로도 불리워 왔다고 한다. 마산은 마을 뒤의 산이 말처럼 생겨서 생긴 이름이라는 유례가 있고, 말이 많이 있어 마산이라고 불리었다는 유례도 전한다.

마을의 한가운데는 약 400에서 500년 가량이 되었다는 정자나무가 있고, 마을회관과 노인정이 있다. 남지읍의 다른 곳과 마찬가지로 주로 농사와 하우스 재배를 하고 있으며, 다른 곳에 비해 비교적 집들이 운집해있다.

마산리 분들은 우리 조사단이 오기 전부터 조사단의 거취와 제보자 등의 문제로 미리 마을 회의를 하실 정도의 열의를 보여주셨으며, 조사당일에도 많은 어르신들이 노인정에 모여주시고 예기도 많이 해주셨다. 특히 아침에는 조원들을 두명씩 나누어 어르신 각자의 집에 초청을 해 주셨고, 떠날 때에는 동내 아주머니들께서 점심을 해다가 노인정으로 가져다주시기도 하셨다. 조사가 끝난 후에도 잠자리 등을 염려하시는 할머니 할아버지들, 그리고 이장님 모두에게서 옛 고향의 정취를 느낄 수 있었다.

3. 남지읍 마을2 - 남지읍 용산리

남지읍이 낙동강과 남강이 합류하는 곳이라 했지만, 실제로 이곳 남지읍 용산리가 바로 그곳이다. 용산리는 그 강을 끼고 길게 뻗쳐있다. 옛 문헌에 의하면 용산리의 옛지명은 바로 「가라」 였다고 한다. 즉 가람〉 가라〉 가야로 이어진다고 할 수 있다. 예전 육상 교통이 어렵고 길이 험하여 자연히 강을 이용하여 화물을 운송하였는데 이 곳의 강은 강을 이용하는 수상교통의 요충지로 가야시대 그 이전부터 취락이 형성되었다고 한다. 이 곳은 또한 군사의 요충지로서 가야의 명망이후 백제와 신라의 경계가 되는 곳이었고, 임란때는 곽재우장군의 의병군이 첫 승리를 거둔 곳 이기도하며, 6.25때 후퇴의 끝선도 이쯤이다.

이 마을은 용이 사는 마을이라하여 용산리라 불리었다고 한다. 경관이 수려하고, 역사가 깊어 조사할 자료가 많았다. 마을은 남지읍내와 가장 멀리 있었고, 이곳 마을 사람들 역시 농사와 하우스 재배를 하는 사람들이 많았다. 특히 이 곳에는 하우스가 많았는데, 아마도 농업용수를 댈 수 있는 강이 가까이 있어서가 아닐까하는 생각이 든다. 강 앞에는 절벽이 형성되어있으며, 마을 뒤로는 산이 병풍처럼 깔려있고, 또 마산시와 닿아 있어, 높은 곳에 이르면 시가지가 보이는 이색적인 경치를 만들어 내고 있는 마을이었다.

하지만 이 마을에는 주민이 그리 많지 않고 따라서 나이 많으신 어르신을 만나는 것도 쉬운 일이 아니었다. 그러나 다행히 이 마을에 풍양 조씨의 종가가 있었고, 마을 이장님의 소개로 할머니 사랑방에도 갈 수 있었다. 또한 마을의 내력이나 옛노래, 전설 등을 많이 알고 계신 할아버지 한 분과 거의 같이 생활을 했기 때문에 더 많은 자료를 얻을 수 있었다.

Ⅱ. 조사 기간 및 일정

1. 조사기간: 1999년 3월 31일 ~ 4월 2일

3월 31일 : 서울에서 오전 10시에 출발해 오후 3시 반경 창녕군에 도착했다. 5시 버스를 타고 남지읍으로 향했다. 30분쯤 후에 남지읍에 도착했는데, 차로 우리를 태워 가시기로 한 이장님이 사정이 생기셨다고 했다. 하는 수 없이 남지읍에서 필요한 물품을 몇 가지 구입한 후 걸어서 마산리까지 가기로 했다. 20분쯤 걸어서 마산리 노인회관에 도착했다. 이장님이 오셔서 우리의 숙박을 염려해 주셨다. 시간이 촉박했기에 서둘러 저녁식사를 하고 청소를 대충 한 후, 8시쯤부터 어르신들을 모시고 말씀을 들었다. 어르신들이 빨리 오시는 바람에 다과를 많이 준비하지 못했는데도 다들 고마워하시고 기특해 하셨다. 할아버지들이 많이 오셨고 할머니는 세 분 정도 오셨다. 한 시간 여를 별 성과 없이 있다가 할머니들이 할아버지 때문에 말씀을 안 하시는 것같아 따로 모시고 나가 채록을 하였더니 그제야 말씀을 하셨다. 나중에 신용갑 할아버지가 합류함으로써 사물놀이를 하는 등 분위기가 좋아졌다. 10시쯤 어르신들이, 피곤할 테니 쉬라면서 돌아가셨다. 자리를 정리하고, 채록이 미숙했으며 양도 많지 않음을 걱정하며 방도를 토의한 뒤 11시쯤 취침했다.

　4월 1일 : 마산리 노인분들이 고맙게도 아침식사를 대접해주시겠다고 오셨다. 조원들 두 명씩 한 집에 들어가서 실례를 무릅쓰고 맛있게 식사를 했다. 식사 후에도 마이크와 테잎을 가져가 조금 채록을 하고, 다시 노인회관에 모였다. 어제와는 달리 할머니들이 많이 오셔서 오전 중에 꽤 많은 양의 민요와 설화를 채록할 수 있었다. 점심식사까지 할머니들께서 준비해주시는 바람에 노인회관에서 모두 식사를 하고 짐을 정리했다. 모두의 환송을 받으며 이장님의 차에 타는데 김남두리 할머니의 군가 요청에 조사원 모두가 군가를 부르기도 했다. 오후 1시쯤 차를 타고 30분 정도 후 용산리에 도착했다. 용산리에 갔으나 노인분들이 회관 안에서 약주를 하시고 화투를 즐기고 계셔서 들어가지 못했다. 한참을 기다렸으나 이장님도 소식이 없었고 교수님들께서 오셔서 우리를 위로해 주셨다. 4시쯤, 이래서는 안되겠다 싶어 조원을 나눠 이장님 친척분의 소개로 조용직씨 댁을 직접 방문하여 채록했다. 5시가 되서야 노인분들이 식사하러 나가셨고 우리도 짐을 풀고 식사를 했다. 8시경에 노인회관 총무이신 오천만 할아버지가 오셔서 11시경까지 채록을 했다. 비가 오고 이장님의 홍보가 없었던지라 다른 분들은 별로 안 오셨다. 마산리와 달리 남녀 유별이 심해서 할머니들은 아예 노인회관 출입을 못하셨다. 하는 수 없이 다시 조원을 나누어 8시경에 할머니들을 따로 찾아뵙고 채록을 하였다. 채록 후 정리를 하고 열두 시가 넘어서야 잠을 잘 수 있었다.

4월 2일 : 아침 8시에 오천만 할아버지께서 과자를 한 아름 들고 오셨다. 아침식사를 대접하고 열시 반까지 정리하고 휴식을 취했다. 조원을 둘로 나눠서 11시쯤 한 조는 노인회관에서 오천만 할아버지의 말씀을 듣기로 하고 다른 조는 고추를 따러 하우스에 갔다. 전날 할머니들께서 내일 고추 따는 곳에 오면 정보가 있을 것이라 말씀하셨기 때문이다. 함께 더운 비닐하우스 안에서 땀흘려 고추를 따는데, 도중에 할머니들께서 민요를 하시는 바람에 정신이 없었다. 채록하랴 일하랴 바쁘다가, 점심시간에 채록을 하기로 부탁드렸다. 점심식사를 그 곳에서 함께 하고 3시까지 채록을 했다. 많은 민요를 채록할 수 있었다. 채록 후 고추까지 얻어가지고 회관으로 돌아왔다. 짐을 정리한 후 어르신들에 인사를 드리고 4시 반에 용산리를 떠났다. 동네분의 차를 타고 남지읍에 내려 남지장을 구경하다 마산리 부녀회장님을 그곳에서 뵙게 되었다. 반가움에 조원 한 명이 갖고 있던 식빵을 드렸다. 읍사무소에 마을에 대한 자료를 찾으러 갔다가 버스를 타고 창녕군에 도착했다. 6시에 사람들과 합류했다.

2. 제보자

〔 남지읍 제보자 1 〕

마산리, 신상식, 남 · 72.

이종림 할머니의 남편 되시는 분으로 굉장히 점잖으셨다. 조사자의 의도를 잘 이해하지 못하신 듯, 처음엔 역사적인 이야기만 해주셨다. 부인의 말을 듣고서야 조사자의 의도를 파악하시고 주로 전설을 이야기 하셨다.
설화 : 1.

〔 남지읍 제보자 2 〕

마산리, 김이곤, 남 · 44.

마산리의 이장님으로 그곳이 고향이셨다. 주로 마을 어른분들을 모셔오는 역할을 하셨으며 하나 하나 배려를 해주셔서 조사자들이 지내는데 불편함이 없었다. 식사 도중 갑자기 말씀을 꺼내셔서 조사자들을 당황케 하셨다.

설화 : 2.

〔 남지읍 제보자 3 〕

마산리, 김일현, 남 · 72.

태어나서부터 마산리에 살았으며 농업에 종사하셨다. 1남 5녀를 두셨다. 이야기를 따로 종이에 적어오기까지 하시며 차분하고 조용조용 말씀해 주셨다. 적극적인 태도를 보이셨으나 그다지 성과를 거둘 만한 이야기는 없었다. 전설 쪽 이야기를 많이 하셨고 나중에는 할 얘기가 없다며 미안해 하셨다.

설화 : 3.

〔 남지읍 제보자 4 〕

제보자에 대한 신상설명이 누락되었다.

설화 : 4.

〔 남지읍 제보자 5 〕

마산리, 이기옥, 여 · 70.

밭에서 만나 뵙고 도깨비 이야기 약속을 받아두었던 분인데, 다음날 회관에 오셨다. 이야기 하나를 하시더니 신이 나셔서 '또 해줄까' 하시며 계속 하셨다. 도깨비 이야기가 주를 이루었다. 그런데 말씀이 너무 빠르셨고 청중이 반응을 보이면 더욱 빨라지셨다. 당신의 이야기가 끝나고 다른 분에게 '무슨무슨 노래 해라' 하시며 조사자를 많이 도와주셨다.

　설화 : 5, 6, 7, 9, 11, 12.

〔 남지읍 제보자 6 〕

　마산리, 박석남, 여 · 83.

　마산리에서 채록한 민요 대부분을 불러주신 분이다. 16세에 마산리로 시집을 오셨다. 조사 첫날에 신이 나서 연속으로 노래를 불러 주시고 옆에서 부추기면 또 노래를 하시곤 했다. 고령에도 불구하고 발음도 좋으시고 사투리도 그다지 심하지 않았다. 조사자를 위해 천천히 말씀해 주시는 등 배려를 잊지 않으셨다. 이틀 동안, 모른다 모른다 하시면서도 많은 노래를 해주셨다.

　설화 : 8.

〔 남지읍 제보자 7 〕

　마산리, 김남두리, 여 · 61.

　45세때 마산리에 오신 분으로 전에 살던 김해의 이야기를 해주셨다. 여성스럽지 않고 박력이 넘치셨으며 정확한 발음으로 열성적인 이야기를 해주셨다. 중학교까지 나오셨고 어머니가 인도 분이라 하셨다. 그래서인지, 이국적인 외모에, 조선 여인상과는 거리가 먼, 그러나 아주 멋진 분이셨다.

　설화 : 10.

〔 남지읍 제보자 8 〕

　마산리, 최정순, 여 · 55.

김일용 씨의 부인으로 이튿날, 댁에 식사를 하러 가서야 뵈었다. 매우 얌전하시고 수줍음이 많으신데도 마산리 부녀회장을 맡고 계시다 하여 모두들 놀랬다. 이야기 면에서는 큰 도움을 얻지 못했지만 앞장서서 조사자들을 챙겨 주셨다.

설화 : 13, 14.

〔 남지읍 제보자 9 〕

용산리, 조용직, 남 · 82.

풍양 조씨 종가집의 종손으로 간송선생의 종손이 되시는 분이었다. 상당히 박식하시고 말씀도 잘하신다 듣고 찾아 뵈었는데 소개해주신 분이 조사자의 의도를 잘 모르셨던 것 같았다. 고등학교를 졸업하시고 교육계에 오래 계셨던 분이라 너무 역사적 사실에만 치중하여 말씀하셨다. 조사자들이 원하는 이야기는 저속한 것이라며 끝까지 안 해주셨다. 연세도 많으시고 마을에 오래 사셔서 많은 이야기를 아시는 듯 했으나 마을에 관한 전설만 이야기해 주셨다.

설화 : 15, 16.

〔 남지읍 제보자 10 〕

용산리, 오천만, 남 · 70.

이곳이 고향이시며 중학교를 중퇴하셨다고 했다. 소개받은 분들보다 오히려 많은 자료를 주셨다. 많은 이야기와 노래를 알고 계셨으며 그 근방에서 상여소리를 하는데 많은 돈을 받고 불려 다니실 정도로 재주가 좋으신 분이었다. 발음도 정확하시고 기억력도 완벽하며 청중의 호응도에 신경을 많이 쓰셨다. 오랜 시간을 구연하시느라 시간이 지나면서 발음이 조금씩 불분명해지기도 했다. 긴 설화, 민요, 수수께끼 등 끊임없이 말씀해 주셨다. 노인회관 총무를 맡고 계셨는데 겸손하시고 잔정이 많으신 분이었다.

설화 : 17, 18, 19, 20~23.

〔 남지읍 제보자 11 〕

용산리, 최을미, 여 · 66.

할머니 사랑방에서 윤순희 할머니와 더불어 유일하게 이야기를 하신 분이다. 사랑방 할머니들은 예전에는 아는게 많았는데 다 잊어 버리셨다고 아쉬워하셨는데,나중에 최을미 할머니가 오시자 구세주를 만난듯 기뻐하셨다. 기대를 많이 했으나, 최을미 할머니께서는 정확한 이야기가 아니면 하지 않으려 하셨다. 나중에 예전에 들었던 얘기라며 많이 하셨으나, 이미 알려진 바가 많았다.

설화 : 24.

〔 남지읍 제보자 12 〕

용산리, 정순애, 여 · 64.

걸걸한 목소리로 시종일관 약주를 하시며 노래와 이야기를 해주셨다. 8세때 용산리에 오셨다. 노래는 안하려 기피하시다가 녹음이 된다하니 하신다며 자청하기도 하였다. 청중의 반응이 좋은 이야기가 나오면 계속 신이 나서 하셨다. 그런데 너무 완벽을 기하려 하셔서 조금이라도 모르는 부분이 있으면 안하려 하셨다. 때문에 다른 분들이 하실 때에도 그런 건 하지마라, 거짓말이다, 모르면서 왜하느냐는 식의 말씀을 계속 하셨다. 적극적인 분이셨고 다른 분이 하실 때 많이 거드셨다.

설화 : 25, 26.

〔 남지읍 제보자 13 〕

용산리, 이복순, 여 · 53.

남지읍에서 태어나셨는데 비닐하우스 일 때문에 용산리에 계신다고 하셨다. 윤순이 할머니의 따님이시고 할머니들을 부추기는데 애쓰셨다. 다른 분들께 이러이러한 것도 해보시라며 가사를 조금씩 제시하셨다. 조사자들이 원하는 부분을 정확히 알고 계셔서 가려운 데를 긁어 주시는 듯한 느낌을 받았다. 다른 분들을 부추기기만 하시다가 나중엔 결국 노래와 이야기를 해주셨다. 많은 정보를 갖고 계신 듯 했으나 연세가 많으신 어른들 앞이라 그런지 잘 안 하셔서 몹시 아쉬웠다.

설화 : 27.

III. 설화

〔 남지읍 설화 1 〕 T. 1 앞

마산리, 1999 .3. 31., 4조 조사.
신상식, 남 · 72.

쟁피늪의 유래

앞에 요 길이 (손을 펴 보이며) 요만한데, 그 당시에는 진주에 법원이 있었거든 그래 무슨 소송관계가 있으마 진주에 갔다 말이지. 부산엔 법원이 없고 진주에 있었거든. 지금은 이 길 요만한데, 그당시에는 진주로 통하는 대로였다 이 말이여. (조사자 : 아 앞앞에 저 작은 길이요?) 웅. 그때 당시는 대로지. 그때. 여기 사람들이 당나귀로 말이 아니라 노새. 당나귀. 요새는 대마지만, 그 당시에는 제주도 조랑말보다 작지. 당나귀라꼬. 그래 당나귀를 타고 갔는데, 이 동내 도산면 소재지였재, 또 그 후로 말하자마, 사대주의 사상으로 반촌이라. 양반촌이란 말이지. 이래서 타지에 돈있고, 끝발센 사람도 말을타고 다녔고, 당나귀를 타고 마 하인을 부리고 등석에 말을 타고 갔다 하는 거이 마산리의 유래고, 요마을에 바로뒤에 쟁피늪이 있단말이지. 쟁피락카는 그기 인자, 지금도 파가 많이 있지. 그 피중에 왕피라카는 그 이름이 쟁피라. 요세도 논에 파가 있는데, 요세는 이삭이 작고, 지금은 이삭이 크지만, 그걸로 낄여(끓여) 먹으면 쌀보다 맛이 없고, 근데 수확량이 근데 그거는 수확량이 하루 종일 훑어봐야 두 줄을 못넘는 기라. 그 옛날에도 삼년 사년머리 농사지도 한해 물이 안들도 수해 피해를 안입고 수확을 한 일이 없었어요. 그래 사람이 죽을 지경이 되서 사람들이 요 옆에 쟁피늪에 피로 연명을 했따꼬. 그래서 쟁피늪이라.

〔 남지읍 설화 2 〕 T. 1 앞

마산리, 1999. 3. 31., 4조 조사.
김이곤, 남 · 44.

도깨비와 씨름한 이야기

* 마을의 특별한 전설에 관해 예기를 부탁 드렸으나 마산리만의 전설은 없으시다며 실제 있었던 기이한 일을 말씀 하시겠다면 이장님이 말문을 여셨다. *

마산리 저 남지가 2일 7일 장이기도 하고 흔히 또 장에서 인자 약주나 쪼끔 하고 오던 사람들이 요 마산리 경계, 남지하고 경계 그 앞에 인자 지나오면은 낮에도 인자 흔히 눈을 가라가지고(가려가지고) 귀신이 인제, 마산리하고 남지하고 경계지. 고서(거기서) 낮에도 인다, 뭐 자기눈엔 귀신도 아인데, 사람이 인자 본능심으로 오다가 또 자전거를 타고 오다가도 사람 끌고 당기네. 저-위에도 올라갔다가 또 약 한 10리 4킬로 이상 이리 갔다가 저리 갔다가 다섯번 왕복하는 경우도 있고, 또 흔히 또 걸어오다가도, 걸어오다가도 그 신이 한 번 홀끼면은(홀리면은) 자꾸 끌고 댕기는 기지. 지금까지도, 계속 끌고 댕기다가 사람이 인자 기진 맥진 하면, 그때사 놔주고, 그래 동내 사람이나 가족들이 알아가지고 동네까지 모시고 오는 경우도 있고, 그런기 지금까지도 일어나고 있거든요. (조사자 : 그게 지금도 일어나고 있단말입니까?) 예, 지금도 있답니다. (청중 : 그기는 내가 시껍을 했다.) (청중 웃음)

〔 남지읍 설화 3 〕 T. 1 앞

마산리, 1999. 3. 31., 4조 조사.
김일현, 남 · 72.

곽재우 장군의 지혜

* 조사자중 하나가 곽재우 장군의 예기를 넌지시 꺼내시자 그분의 예기를 이곳 저곳에서 하셨다. 김일현 할아버지께서 조용히 말씀하셨다. *

곽재우 장군 알재? (조사자 : 예 홍의장군 말씀이십니까?) 응. 홍의장군. 홍의장군이 성을 싸가지고 왜놈하고 싸윘는데, 돈천리 우랑리라 하는 데가있어. 이래가 인자 서로가 강을 상대로 쌈을 하는데, 우리 곽재우 장군의 병사는 숫자가 작고 저 왜놈의 숫자가 많거든. 그래 도저히 상대가 않되는기라. 그래 왜놈이 인자 강을 건너가지고 홍의장군 성을 포위로 했는기라. 그러니까 왜놈들이 (생각하기에) 곽재우 장군의 성안에는 물이 없다 이리 됐는기라. 물이 없으니, 우리가 며칠만 포위해가 있으면 죽는다 이리 생각한기라. 그래 곽재우가, 곽재우 장군이 있는 물에다가 뭐꼬 물은 좀 있거든. 거기다 쌀로 씻거가지고 그래 쌀로 씻그면 부옇거든. 이런 물을 말로 죽 세워놓고 말 위에다 죽 헤쳤다 이 말이라. 그기 인다 우리는 물이 쎘다(흔하다) 이 말이라. 그래갔고 왜놈들이, 아 저기도 물이 있다 해가지고 후퇴를 했다는 말이 있지.

〔 남지읍 설화 4 〕 T. 1 뒤

마산리, 1999. 3. 31., 4조 조사.
신상일, 남·72.

수해를 예견하는 도깨비불

우리 마산리 마을 뒤에는 마산리 공동묘지라꼬, 근방에서는 명지(名地)라
꼬 불리는 공동묘지가 있지. 있는데, 그 때문인지 모르지만도 비올 때나, 흐릴
때, 이슬비가 슬 올때가 도면 멀리서 보마 이런 불이 말이지 요 앞에 있다가
저 뒤에 있다가, 금방 앞에 있다가, 금방 저짝(저쪽)에 있다가 말이지. 흩쳤다
(사라졌다), 보있다(보였다) 이래 사커든. 저게 인제 인이라고 말이지 인불, 흔
히 요 학생들 알랑가 모르겠는데 대구 알제? 대구. 옛날에는 대구가 제일 흔했
지. 그럼 내장하고 낄여먹고, 말려놓거든. 말려 놓으마 사람도 죽으면 인불이
나는데, 내 생각에는 그 대구에서 불이 나오는가 싶어 한참 장마지마 획획하면
서 날라 댕깃다, 앉았다해. 그라모 장마지모 그 토깨비 앉은 자리 까지만 물이
든다. 그건 내가 알거든.

〔 남지읍 설화 5 〕 T. 2 앞

마산리, 1999. 4. 1., 4조 조사.
이기옥, 여·70.

토재비가 써준 묘자리

* 이기옥 할머니는 전날 잠깐 구경만 하고 가셨는데, 다음날 아침 인사를 드리니 아주 반
가워 하시며, 노인정에 직접 찾아오셔서 도깨비 이야기를 구연하셨다. 이기옥 할머니의 이야
기의 특징은 모두 전화위복과 후대의 번창이 그 내용이라는 것이었다. *

남자, 아들이. 할마이 아들이. 세상을 배린 할마이 아들이 즈그 어매가 죽어 가 있어도 초상을 질 수가 있나. 뭐시 없거든 아, 그런데 토깨비라는 것이 오더란다. 오더이만,

"아무것이야 아무것이야."

그러니까,

"와?"

"니, 누구어매 초상을 못 치니께내 판 죽만 두 되만 끊여주면 내 초상을 치 줄꾸마."

그러니께네 그래 일해주는 집에 가서 쌀 서너 되하고 팥 두 되하고 팥죽을 낄이가지고 소쿠리에 둥둥 숟가락을 뚝 갖다 나줬다. 아 이놈에 손들이 오더만 퍼뜩 묵어버리는 기라. 아 오데 가서 가 오는지 쇠를 하나 딱 만들어 주 오더니 아 고만 주 매고 가는기라.

"아, 니는 우리 따라 오지 말고 저어 문 밑으로 오더란다. 따라오면 큰일난다."

그래 문밑에 서 있으니까 토재비는 뷔도 않고 쇠만 둥둥둥 떠 가는 기라. 그란깨네 그래 즈 진주의 이가들 산소 재실인데 이가들 재실인데 그가 쇠를 눕혀 놨더만 그래 가만히 숨어 있으니까 이놈의 재실을 막히 뜯어 내삐는 기라. 아이고 그런 거 뜯는 거 보고 즈그도 사람들 모아 뭣이 떴는가 가보자 샀는 기라. 그래 가보니까 퍼뜩 산소를 썼부는 거라. 써가가 곳다가 요래 삼 올리는 돌구를 고거를 딱 멩갈아 가지고 복판에다가 딱 세아났는기라 세아나니까 이 돌구가 뱅뱅뱅 돌아가는기라. 그러니까 이 주사 이런 사람들이 올라와 가지고 이거를 뺄라 그라믄 걸리 가지고 막 넘어져 죽어 뿌고 그걸 뺄라니까 걸 리가 죽어삐고 막 사이에 서넛죽고 나니까 막 못 빼더란다. 그래 가지고 이 총각은 토재비덕으로 명산에 묘를 써 가지고 고 장개가 아들을 났는데 정승 났더란다.

[남지읍 설화 6] T. 2 앞

마산리, 1999. 4. 1., 4조 조사.
이기욱, 여 · 70.

도깨비가 케일 무서워하는 것

아, 옛날에 살 만한 집에 처녀가 하나 있는데 밤중되마 아주 예쁜 총각이
오는기라 처녀도 그 총각을 놔줄 수가 없고 이래 같고 자꾸 자고 가고, 자고
가고 즈 그매가 보니까 아 철색이 지거든 그래,

"아, 니가 와그러노 아프나?"

그러니까,

"아무데도 아픈데가 없는데 엄마 밤중되만 아 그래 참 총각이 하나 온다."

"그래? 오늘 저녁에도 오거들랑 뭣이 무습나 물어봐라 그리고 니는 뭣이
무습노 그라거든 니는 돈이 제일 무섭다"

카카거든? 그런데 이 총각이 오거든 그러니까 저끼리 오만 애기를 다하다가,

"당신은 뭣이 제일 무섭딩교?"

"아 우리는 당나귀 피 그기 제일 무섭고 얼개미 참빗 그기 무섭다."

카 카다란다. 그래 처녀를 보고,

"니는 뭣이 무습노?"

이래 묻거든?

"아, 나는 마 돈 그거 엽전 실실 살이 나는게 마 구린데 기겁을 하대."

그러고 나니까 요번 내일 저녁에는 마 말 그거 당나귀피 그걸로 온 시내 도로
를 적셔놓고 얼개미 동네꺼 다 거다다 다 꼽아낫고 있다. 있으니께 못 들어오
거든 못 들어온깨네,

"에레이 지가 날 쥑이라 카나 내가 질 쥑일라카나."

마 돈을 엄청시리 갖다 놨는기라 지북히 그래가 다음 걸로 그러니까 이
집에서 돈을 놔 두면 토재비가 돈을 가 갈끼라 그러니까 막히 논을 사버리는기
라. 그 돈을 갖고 논을 마 비싸게 사는기라 돈은 이 앞에 도는 기고 배나 더 주는데
전 부다 팔아삐는기라. 그래 떡 사놓고 나니 이 놈의 집구석에 오니 돈이 하나도
안 비야 토재비가 오 본께 없슨게로 가만히 와 보니 땅을 샀부거든.

"이리기 이놈의 손 우리가 치아야지."

구석에다 말뚝을 박고 여이사 여이사 이래 땡기봐야 어떤 놈이 끔짝이나

하나. 그래 막 못 뛰아가더란다. 그래 가지고 저거는 부자가 되서 살더란다.

〔 남지읍 설화 7 〕 T. 2 앞

마산리, 1999. 4. 1., 4조 조사.
이기옥, 여 · 70.

토재비 할머니

옛날에 인자 저그 아버지가 세상을 떠나면설랑,

"야야, 날로 갖다 묻어도 여사로 갖다 묻지 말고 느그 삼촌한테 딱 물어보고 삼촌이 묻어라 컬제 묻어래이."

하거든 그래,

"예."

그래 딱 언제 할게 커든,

"여기 한번 묻어봐라."

장을 봐다 요래다 딱 멘들어 놔면 오서 보고 안주 날라 묵어뿌거든 묵고 가뿌리는기라 똑 장만하면 묵우뿌 가뿌리는기라 똑 언제 할꼬 그러믄 또 술이나 한되받고 장을 쪼깨 봐다 놔봐라 또 이라카거든? 또 딱 시키는대로 해놓고 고로케 해놓고 날라 묵우뿌고 갔뿌리는기라. 그래갖고 난중에는 아무것도 벌이가 있나 옛날에 없는 사람이 이래 난께네 숟가락 옛날에는 귀할제 숟가락, 먹던 숟가락도 사고 그랬거든 그래나니까 숟가락이고 뭐시고 밥그릇이고 막 히 주다 팔아뿌리고 그래 장을 딱 봐다 났다. 봐다나니께 그래 인자 즈그 삼촌이 묵고 나더이만,

"그라믄 탁주나 한되 하고 저 신주를 엎고 저해가 가자, 지고 가자."

하거든?

지고서 둘이서 꼴짝꼴짝 전데로 간다. 밤중이나 되니께 그 골짝에 되이는

기라 . 그래 되있는데 그래 저그 삼촌하고 둘이서 파고 거기다 딱 묻어놨고,

　"니느 여기 자고 온나."

이라카거든. 그 얼매나 무섭노? 깊은 산중에. 그래 저그 삼촌은 집에 가뿌고 그래 지혼자,

　"남산군 호랑이야 날 물고 가거라."

하고 저그 아버지 산소 묏등에 퍽 엎어져가이고 있다. 퍽 엎어져갔고 있으니께 네 이놈의 토재비 놈들이 오더이만,

　"아, 뭐시요 요기 묘를 써놨다. 파내뿌라!"

이래 삿거든 . 어떤 놈이, 늙은 토재비가 가만히 처다보더이만,

　"그므므 저그 뭐뭐 저그 삼촌이 참 파이다. 이 전부 숟갈가 몽뎅이까지 다 팔아가지고 지 다 쳐 먹어삐고 인제 잇다 여기 산소를 써 줬네 그런께네 놔 뚜라, 놔 뚜라. 아무데 정승이 여기 올 자린데. 놔 뚜고 아무데 거 판사자리고 정승을 써주자."

　그라고 가뿌더란다. 그 소리 듣고 오라고 가 뿌든 모양이지. 풍수도 참 용하던 모양이지 그래 고 소리 듣자 마자 상주도 내려 오뿌고, 참으로 고기에 묘를 써서 그란지 그 집에도 역시 막 삼정승이 나가지고 북적북적 하단다.

〔 남지읍 설화 8 〕 T. 2 앞

마산리, 1999. 4. 1., 4조 조사.
박석남, 여 · 83.

묘 쓴 이야기

　* 박석남 할머니는 고령에도 불구하고 옛 이야기를 많이 알고 계셨다. 그러나 수줍음이 많으서
많이 채록을 하지 못하였으나, 이기옥 할머니에 의해 분위기가 무르익자 말씀을 하셨다. *

　어떤 사람이 저그 아버지가 아들 삼형제를 낳아가지고 서울에 공부하러

보냈는데 저그 아버지가 죽을제가 되서,

"인자 내가 죽을 긴데 뫼터를 하나 봐 두고 죽어야 되겠다."

즈그 아버지도 풍수던 갑다. 그래 뫼터를 떡 보러 가서 한 자리 봐놓고 그래 인자 저그 아버지가 죽으쁘는기라. 죽으쁘는데, 그래 그 아들네들이 서이를 불러 니라논께네 아버지, 죽기 전에 즈그 아버지로 아버지가 아들을 불러가지고,

"그래 니 아무데 풍수한테 내 묏자리 거슥 해논데 갈챠 라믄 갈챠줄끼다 거다가 나를 묻어라."

그래 즈그 아버지가 인자 죽으쁘끄든 그래 인자 그 뜩 뫼터를 묻으라카는 자리 거기에 인자 갖다 묻을라꼬 거슥하는데 어떤 사램이 그 풍수가,

"거 다가 뫼를 씨면 느그 삼형제가 150일 되면 느그 삼형제가 다 죽는다. 그 씨지 말라."

이라카거든 그래 그으다가 저그 아버지가 거짓말을 안 했을 긴데 와 지만 그렇다카노 그래 싫어서 인자 즈그 아버지 시키는 데로 마, 저 사람이 안 만 그래 싸도 이 뫼터가 그 탐이 나서 저래인께네 내가 마, 우리가 마 써야 되겠다 그래 인자 거다가 뫼를 썼는데 50일 되니까 큰 아들이 죽어쁘거든 또 100일 되니까 둘째 아들 이 죽어 뿌는 기라 그래 셋재 아들 이거는 가만 생각해보니까,

"풍수말이 옳는데 내가 50일만 있으면 나도 죽을 차례구나 에, 빌어먹을거 세상 귀경이나 하고 팔고 강산 귀경이나 하고 죽어야지."

그래 나서서 돌아댕기다가 그래 돌아댕기니까 50 일이 다 됐는가봐. 그래 한 집에 들어가니께네 들어가서, 오둑막집인데 불이 빤해서 그래,

"주인 있소?"

한께네 할매가 한분 나오는데 그래 있다하거든 그래,

"오늘밤 이 집에 쉬어갑시다."

그카니까,

"자고가라"

그래 그 집에 들어가서 자는데 이 할매가 하는 말이 저 너머에 아무데 집 부잣집 딸이 내일 시집을 갈긴데 오늘 저녁에 내가 많이 장만해 주야 되는데 그래 나는 거가 자서 안 올긴데 자고 가라 그 카거든. 그래 아가씨가 저그 집에

서 가만 생각해 보니까네 할매가 암만 기다려도 안 온다 싶어서 길이 뭐 꼬부랑 길이 뭐 두 갈래가 있던가. 아가씨는 이 집으로 오고 할매는 저 길로 가고 갔는데, 근데 아가씨가 와서 주인을 찾았는데 주인은 없고 총각이 하나 나와서 쳐 영접을 하거든. 그래 어째된 사연인고 하니까 사실은 할매가 일한다고 갔다. 그래그 그 처녀가 거기서 잤뿟는기라 할매는 가서 많이 해 놓겠지. 그래 새벽날인 된께네 총각이 죽으뿌끄든, 죽으뿐는데 이 처녀가 가만히 생각을 해 본께네 총각이 죽우뺏다 하는 건, 총각이 장난도 하고 그랬나봐, 그래 죽웃는데 그래 저그 집에 가서 오늘 장개 올 사람 못 오거라 하라 커고 그 내가 밤에 그래서 그 짓을 저질러 놓고 왔는데 그 사람 장례를 해주야 된다. 그래 인자 저그 친정서,

"장례를 함시 그래 아무 소리도 하지말고 오늘 오는 사람 아무소리도 하지말고 니가 결혼식만 하면 된다."

"아이 그럴수가 없다."

그 주소를 딱 적어가지고 인자 흰등을 타고 시갓집으로 갔거든 가이께네 아이고, 두 동서하고 시아마이 자기 아들이 살아오는 줄 알고 막 마중 나왔는데 아들이 아니고 며느리라카고 처녀가 한 명 오거든.

"아이고, 이 일을 우짜노."

모두 그래 들어다 보고 울고. 그래 총각은 그래 장례를 하고 온다 하거든 그러그로 열달로 있으니께네 아들을 하나 논께네 아들은 하나라서 큰 동시가 아듬고 가고 또 하나 논께네 둘째 동시가 아듬고 가고 세 번째 난 것은 지 차지라. 그래가지고 저그 아버지가 생각하니 저그 아들은 공부를 시켜봐도 아무것도 될 게 없고 그래 거따가 뫼를 쓰만 삼정승 육판서가 나온다고 그래 뫼를 써 낳는기라 그래 아들 서이를 세 동서가 나눠서 길렀는데 삼정승하고 손자가 둘쓱 나서 육판서가 나오더란다.

〔 남지읍 설화 9 〕T. 2 앞

마산리, 1999. 4. 1., 4조 조사.

이기옥, 여 · 70.

막내가 묘 쓴 이야기

요 사람도 저그 아버지가 아들 삼형젠데, 저그 형제간이 서인데 저그 아버지가 세상을 버렸는데 저그 삼촌이 아주 참 풍수가 용한기라. 그래 용한데 인자 저그 아버지가 세상을 배리니까,

"딴 데는 절대로 가지말고 느그 삼촌한테 잡아돌라고 해래이."

이카더란다. 저그 삼촌 따라가면 얄구해친데를 이리 가지고 쑤시뿐께네 뭐시 물기가 휘떡 뒤비지삐고 물구덩이 못한다 한께네 뭐 쑤시니께 뒤비지삐고 또 저 차갈이 휙휙 날라가는 만득에 가서,

"요 어노?"

이런께네,

"암만 그렇지만 아버지를 갈다가 요따 갖다 모시겠습니까?"

이께네,

"그래."

지게짝찌로 그걸로 하이까 휙휙 날라 가뿌이는기라. 자리는 다 좋은 자리라. 다 좋은 자린데,

"마 아이고, 삼촌 가입시다. 집에 가입시다."

시킨대로 안한다고 저그 삼촌 성이나 달나뿌고 그래 셈형제이서 막내이가 저그 아버지 두를 싹 끊어뿌리는 기라. 싹 끌러 갖고,

"삼촌, 삼촌!"

이런께네 대답도 안하더란다. 그래,

"삼촌 아버지 두를 끌러다 왔습니더."

"어이꾸!"

벌떡 일라더란다. 그래 갖고 참 즈그 끄지 둘이서만 말고 산소를 써뺏든 모양이지. 아무도 모르게 그래 저짝에는 저그 아버지 두를 끊어 갔부린께네 어데 소설이라고 알아도 말로 못하는 거라 늠이 부끄러워서 두도 없는 초상

쳐 뿌리고. 그래 이 총각이 인자 가다 가다 오데 갈데가 없으니까 집에 가면 맞아 죽을끼고, 골짝으로 기 들어간다. 기 드간께네 참 그 골짜도 불이 빤해서 드간께네 처녀가 하나 있는기라. 그래 그 처녀가 하나 있는데 좀 자고 가자 이란께네 좀 자고 가라 크더란다. 그래 고 처녀 하나 하고 고 쪼매난 학생이 있고 둘이 더란다. 그래 자고 가라 카던란다. 그래 이 학생이 이게 뭐르큰게냐 면 즈그 끼리 얘기 하고 놀다가 나가면서 이러커거든,

"좌형은 여기 주무시고 가이소."

이라 샀거든 그게 나가면서. 그래 이상하다 싶어서 그래 이 자고 나서 내일 아침 요 너머 넘어 가거들랑 저게 벼아집이 자소롬하게 있는데 새미까 가서러, 새미까 가서러 반자를 빼주면서 반자 실로 매가 반자 사라고 매라 카더란다. 그래 매라커고 편지를 한 장 써 주라 카네 그래 편지 고것하고 요래 주더란다. 자고 난게 다부 아무것도 없고 듬바구에 떡 누어가 있는데 편지 그거하고 반지 하나 남아 있더란다. 구신이던 모양이지 그래가 참 디기 그 편지 그거를 되게 급하거들랑 펴보더란다. 그래 참 고 가가지고 반자 사라 산게네 참 이 죽은 처녀 집이라 그 집이 종이 나와 물을 이고 나오다가 암만 봐도 저그 집에 애 처녀 반지 갖거든 . 즈그 집에 가서 구루칸게네 막 종들이 뛰어 나와 잡아가거 든. 잡아가는데,

"이 반지 어디 있드노?"

그래 오다가 사마엿소하고 말을 안 듣는기라. 말로 안 듣고 득슥에다가 마 마 마 마 말아가고 치라 카는기라 . 그래 마 이 사람이 어무제제 편지를 휘떡 던지 주뿌그든 그래 뜯어본게 저그 딸 글씨라. 그래 글을 쓴게 참 마 이사 람을 가지고 구박하지 말고 참 소녀 본 듯이 그레 하고 어쩍하게나 서책을 많이 줘가 공부를 시키라 구거든. 그래 참마 그거를 듣고 인자 저그 아들같이 공부를 시키는 거라 아들이 공부를 시키는데 그래 인자 에! 요기 인자 별당에 서 공부를 하고 있으만 학생 고 쪼그마난 머스마 하나 하고 그 처녀하고 그 둘이가 똑 오는기라. 오믄 밥을 갈라먹고 가는기라. 그래 밥을 자꾸 많이 도라 샀거든 총각이 밥을 많이 도라. 그래 진지 밥을 하는 사람이 가만히 문꼬리로 망을 본께네 아 저그 집에 그 총각하고 아씨하고 모두와서 밤을 먹거든. '아, 이상하다 이상하다.' 싶어서 저그 주인한테 고러해뿐기라. 고레해나께네 그래

주인이

"아이고 나도 한 번 보고로 해도라, 해도라."

그레 총각한테 해 쌌게네.

"어무이, 이거이 까딱하면은 큰납니더이. 보고러는 하지만은 절대 붙들지 마라."

이카거든. 그레 마 오늘 지녁에 감기가 들었다하고 이불을 푸욱 덮어 씨고 그 주인여자는 뒤아에 앉아가 숨어가 있고,

"아이고 좌형 옷지녁에 인내가 나는데, 인내가 나는데"

이래 쌌더란다.

"그래 인내는 마 내가 감기가 들어서 춥어서 이래가 있다."

그레 갖고 저거 둘이가 이야기를 하고 쌌는걸 본께네 이 할므이가 환장을 하겠는기라. 고마 쫓아나와서 딱 붙들었쁘이 딱 달라뿌리는 기라. 그래 이 총각이 대통이라 앓고 마 아파서 죽는기라. 그래가 참 좋은 약도 씨고 마 이래가지고 조푸리도 하고 이래갖고 얼매나 있은게 왔더라 하데, 그래 총각이 쪼깨 난게 그래,

"좌형, 그래 큰일 난다 안그라대요 욕 봤지요?"

그랜게네 내일은 인자 우리 갈길로 간다 이라더란다. 저승을 가는께네 보고싶거들랑 어무이들랑 옷을 한 벌 짓고 목욕하고 저그 집 아무데 절에 있어라 카더란다. 그래 참 있으니까네 그래 저그 아들, 딸 만나러 간다느데 오죽 잘해주나 그래 해주고 고개 딱 앉자 있은께네 이 총각이 인제 저그 아버지가 부가 갖다 묻어두고 명산에 묻어둔 표가 나던 모양이지 저그 아버지가 막 말로 타고 가는기라. 그래 니 아무것이 아이가 하거든, '예' 하거든.

"아부지가 어찌 말로 타고 갑니꺼?"

"어, 나도 말로 타고 니도 내 뒤에 올라 앉거라"

이래 하거든. 그래 뒤에 떡 올라 앉자뺏다. 떡 올라 앉아쁘게 고래 저승을 가뿐디 이 사람은 고서 죽었뿌지 그란께 (청중 : 아이고 죽었뿌다 그자?) 이자 저승 갔을 적엔 죽었겠지. 그래 인자 이 사람이 저리 댕기는데 저그 아버지 따라 댕긴는데 고래 본께네 뭐시 야시 같은게 있어서러.

"아버지 저거는 와 저렇습니까?"

아, 저그 엄마는 야시가 되있더란다.

"엄마는 와 저렇습니까?"

하니까,

"야시 같은 년이 그렇지 머 될꺼 있나."

그래,

"형은 와 저래 되있노?"

물어 본 깨네 개가되어 있더란다.

"개 같은 놈들 부모 시킨대로 안 하는 거이 뭐 딴게 될게 있나."

마 영감이 그 카거든 그래 인자 그 꽃밭이 되 전시 꽃길 다시 붉은 꽃, 흰 꽃, 노란꽃 다 꺽어주는기라. 요 가 가서러 처음에 붉은 것은 오데 얹고, 오데 얹고 요래 세 개 쓱 사람을 죽었을 때 세 개 쓱 얹으란다. 고래 그 꽃은 꺽어 갖고 고래 참 갖다 얹으니까 다 살나뿐기라. 처녀도 살고, 쪼개난 학생도 살고, 그래 갖고 지는 정승이 마 되고, 저그 아버지 묘를 잘 써가지고 (청중 : 지도 살고?) 하모 지도 살았지, 저그 살릴라고 저그 아배가 인자 그래 인자 막내를 그기 저그 아버지 한테는 아들이라 시킨대로 했으니께네. 그래 갖고 잘산다고, 옛날에는 모두 거짓말인가 참 말인가 모르지 다 했다.

〔 남지읍 설화 10 〕 T. 2 뒤

마산리, 1999. 4. 1., 4조 조사.
김남두리, 여·61.

김수로왕의 부인 컨설

* 김남두리 할머니는 늘 씩씩한 말투로 예기 하셨는데, 조사자들이 예기좀 해 달라고 조르자 "예기? 그래 하지." 하시며 흔쾌히 응하셨다. 하지만 조사자들의 식사를 준비해야 한다고 더 이상은 말씀을 하시지 않아 아쉬움이 많았다. *

김해 가면은 이자부터 이야기 나온다. (청중 : 까자(과자) 먹고.) 옛날에 김수로왕이 태어난 곳이고 거기는 가락국이기 때문에 아주 전설이 아주 참 깊은 곳이지. 그런데 내기 듣기로는 김해 가면은 가운데 시장 안에 가면은 큰 포교당이이라고 있어요. 연못에 크게 있는데 가운데 절이 있거든 왜 절이 섯노 하면은 아주 몇 만년 전에 김수로 왕때 그 우리, 나도 김해 김씨지만은 우리 어무이는 원래 인도 사람이거든 그 성씨가 허씨고 김해 김씨는 참 우리 웃대 할아버지 김해 김씨고 그래 두 분이 인자는 김해 가면은 전설이 유명한 전설 이 얽혀있어. 돌배로 인자 인도서 타고 와가지고 시녀 한 분을 데려와가 그래 김해에서는 이 사람이 왕이 되고 공주라 카대 인도네시아 공주. 인자 왕이,

"부친이, '이 배를 타고 니 끝꺼지 가가 만내는 사람이 있을 것이다. 고 사람 이 니 인물이 될 사람, 인연이 될 사람이다' 그래서 시녀를 두 어명 태워 가갓고 그래 오는 것이다."

김해라는 가락국이라. 그래 김해 김씨와 김도 허씨와 만내가 인연을 맺어 가 그래 자손이, 김해 김씨가 유별나게 자손이 많거든, 제일 한국에서 많다 김해 김씨가.

그 그래 그 김해 김씨의 후손이 한 몇 백년 되었겠지 내려오다 보니까. 그래 그 김해 김씨 후손되는 사람이 아들을 따악 삼형제를 낳았다 하거든. 그 래서 인자는 아들을 맏이가 삼형제를 낳았는데 그러다 보니 그 사람이 어디 뭐, 뭐꼬 무슨 부사요 지금 말하면 김해 경찰서장이겠지 인자 그 지방의 고을 원 이고 이래 지냈는데 삼형제를 낳았는데 삼형제 끝에 사람이 아들이 없는 기라. 둘은 아들을 김해 김씨로 자손을 많이 퍼쟀는데 아들 삼형제 중에 제일 막내이가 아들이 하나도 없어 딸도 업고. 그러니까 또 재가로 말하자면 씨앗을 본단 말이지. 지금으로 말하자면 첩이라고 하겠지. 또보고 또보고 서이를 보고 자식을 못 놓는기라. 그래 넷 째 첩을 얻어갓고 아들 낳는기 아들 하나를 낳았 는데, 그 사람이 그 놓자 마자 얼굴도 보기전에 유복자라고 할 수 있겠지. 놓은 달에 말하자면 그 부친이 세상을 떠 뿌렸단 말이지, 떴으니까 아들하나 놓고 죽었기 때문에 그 부친 제사가 오면은 그 첩의 자식이기 때문에 본처에 얼릉거 리기도 못한단 말이지 원래. 그러기 때문에 그 첩이 아들로 낳았기 때문에 유 복자지. 근데 우에 인자 그 본처들을 그 자식을 미워한단 말이야.

아, 본처가 아니라, 그러니까 미워하니까 살다가 살다가 보니까 아이가 원

에 맺혔어 자기 아버지 얼굴도 못 보고 넷 째 첩이 아들을 낳았기 때문에 제일 본처가 아주 아이를 우짜면 죽일랑가 싶어 가지고 궁리가 첩 서이가 뭉쳐가지고 궁리가 첩 서이는 딸만 놓고 넷 째 첩이 아들을 낳았기 때문에 궁리가 어짜면 저거를 죽일랑고 싶어가지고 고마 짜는기 그기라 기름 짜듯이 말이지. 기회만 있으면 이 아들을 죽일라 하거든 그래 이 아들은 미리 신동이 될라 하는지 눈치를 챘어 우리 큰 어머이들이 기회만 있으면 나를 죽이라하는데 어짜면 내가 살수가 있나 싶어 갖고. 이 아이가 그 때 천자문 다 때가 아이가 너무 유명해서 자기 어머이가 옛날에 한석봉이 처럼 말이지 너무 아들이 키울 때 보면은 유명한 아는 알 수가 있잖아. 그래서 참 별나게 생각해 가지고 우에 큰 어머이들이 우리 아들을 죽이겠다싶어 갖고 그래 이 집 명예로 김해 김씨 명예를 걸어야 할 꺼 아닌가베 자손이 거기서 끊어지기 때문에 자기 형님을 낳았지만 셋째 아들이 인자 막내이기 때문에 말이지. 그래 연구 끝에 아들을 절로 보냈다 말이지. 그러다 보니까 아이를 보내놓고 가만히 첩이 연구를 하니까네 첩들이 서이가 인자는 그 아이를 죽일라고 절로 올라갔다. 밤에 인자 까만 보따릴 덮어 쓰고 해가지고 올라 갔는데 그러다 보니까 아이를 죽일라 하니까 이 아이가 너무 신동이니까 일로 오면 절로 굴뚝으로 내빼고 전설이 있어 그 가믄은. 그래 가지고 우쩼노 하면은 이 아이가 인자는 난중에 깨달았다 보니까 공부를 많이 했지 한문을 해가지고.

그 김해 그 가면은 옛날 고을원이 됐어 고을원이 되어 갖고 있는데 떡 되어 가지고 있으니 그 인자 자기 어머이, 큰 어머이 되는 사람이지 얼마나 괄세를 했든지 그 사람들이 인자는 전부 딸만 낳았는데 인제는 웃대 자기 큰 아바이 둘은 아들을 낳았고 아들 서이가 있는데 고 서이중에 우에 딸만 놓고 요기 인자 막내이겠지 유복잔데 얼마나 공부를 뼈저리게 했던지 떡 이레 인자 참 김해 고을에 어사가, 어사가 아니라 고을원이지. 고을원이 되갖고 이레 탁 나오이 그래 이자 불러보이 자기 큰 어머이 인자 그래 턱 고을원이 되다 보니 고을원이라 하면 니야 내야 전부 업드려 있을 거 아난가베 그래 자기 큰 어머이가 그 때 쪽박을 치고 나오더란다. 딸이 소용없다 하는 말이 거서하는 이야기지. 그래 가지고 이 아들이 참 뭐꼬이 이거 큰 갓을 쓰고 말러 타고 철커덕 철커덕 타고 김해인자 그 고을에 사또 원 같으면 지금 경찰 지방 서장이란

말이지 대가리 아닌가베. 아무놈도 부러울게 없는기라 그 보믄 최고 높은 놈인
데 그래 그 사람이 김해 김씨가 한 천 오백년 전에 그런 사람이 살았다 갔는데
그 자기 부모를 김해 김씨 왕릉에 가면은 김수로 왕이 턱 누워있네. 김해 가면
은 왕릉에 가면은 김수로 왕이라고 있고 허수로왕 자기 웃대 할머이는 저 쪽에
있고 왕능에 가보면 큰 동산만 하네 김해가보믄. 그래 그 전설이 웰로 카믄
그 사람이 성공을 해가지고 그래 김해 김씨는 부자고 김해는 부습럽게 살고
또 부자가 많고 옛날에 김해 함박산에 올라가면 조개 껍데기가 많거든 굴 껍데
기. 거가 바다였는데 지금은 바다가 육지가 되고 거 가면 전설이 너무 많아
(조사자 : 아시는 것 더 해주세요.) 아이고 나는 그 뿐이라. (조사자 : 아, 많이
아신다면서요.)

   아 그것이 왜 포교당이 있나하면 지금도 김해에 가면 그 옆의 시장 안에
가면 가운데 이레이레 참 어데 참 그거는 자연적으로 된 건데 포교당이라는
절이거든. 가야가면 전부 이레 못이고 그 여름에 가면 말이지 연꽃이 만 발
한기라. 마 삥둘러 돌다리가 요래 있는데 포교당이 가운데 절이 있어 김해 가
면은 다리를 건너가면은 지금도 고개 가면은 고대로 보존되어 있지. 그기 진짜
는 누가 팠노 하면은 그거로 그 셋째 저 뭐꼬 아들에서 나왔다 카는거 아들
(조사자 : 고을원이요?) 응 , 그 그 원님이 하도 우에 딸만 낳아갔고 첩들이
서이가 그 이자 괄세를 공부를 하면서 울음으로 손바닥으로 파가지고 그걸로
그걸 맨들었다는 그게 전설감. 고기 그자 지금도 가보라꼬 거기 있다고 . 김해
포교당만 찾아가면은 전설이 고대로 남아있는데 고 옆에 가면은 쪼매난 절이
있거든 포교당이 고거는 옛날에 예식장 없을때는 다리 요래 건너 가운데는
물이고 그자 요래 가운데 물위로 돌다리를 낳았어. 신랑 신부 딱 지나가게끔
고 안에 가면 똥그랗게 포교당 절이 있어. 그러고 스님이 사는데는 요 쪽에
따로 있고 고 김해 김씨 유명하다 하는기 고 전설 고 뿐인데 또 김해 가면은
저게 함박산 여게는 영산이지만 만장대 산이라고 있어 그 꼭대기에 수백년가
도 안죽 안 변한다는 지금도 김해 부산을 지나가도 오다보면 그 딱 올라가면
지금 김해 시내가 바꼇거든 제일 높은 산 처다보면 소나무 꼭대기라고 있어.
오며가며 딱 비이 고거는 옛날에 가락구이라 노래도 있지 . 학생들은 모를 것
이야 가락국이 원래는 김해라. 그래 김해 김씨에 얽힌 전설이 그래 그 아이

그자 그거를 위해 손을 파가지고 얼매나 우에 큰어머이 되는 사람들이 괄세를 했으면 책을 들고 댕기면서 한 손을 보고 한 손으로 그자 파가지고 도라가면서 파갖고 그래 전설서에 얽힌 눈물어린 그것이 가가 그래가 아주 높은 사람이 되고 거서 그 가운데에 카면서 눈물어린 연꽃이 피었다는 지금도 연꽃을 숭그 넣고 있어 지금도 피고 있어.

〔 남지읍 설화 11 〕 T. 3 앞

마산리, 1999. 4. 1., 4조 조사.
이기옥, 여 · 70.

현명하게 쓴 묘자리

옛날 사람 모두 배가 고프고 몬사는기라. 몬살아가지고 저거 아버지가 세상을 떠나면서,

"야야 나가 죽거들랑 저 등너머 아무데 내 친구한테 내 자리 잡아도라고 그래 써두래이."

"예."

인자 이랬더니 윤혀를 하고 시상을 떠났는데, 날마다 지불랑 떡 입고 그 집 문 앞에 엎드려가지고, 일나라 소리를 하나, 가라 소리를 하나. 해지믄 어두우믄 오고 또 날 새면 또 가고 만날 댕기다가 여름인데 여름에 마 가물어 갖고 비드깽이 그 놈이 마 물 아래로 드가고 와그르르하니 죽고 안에는 살아가 있거든. 그르믄 마 방갓을 벗어갖고 오따다 마 아래 넣고 남는거는 마 그 도지래비도 쌓고 이래가 저 강물에 갖다 던져뿟다. 그래가 가보고 가 이래 일나커거든 풍수가,

"일나봐라."

일난께, 저 사람이 만 명을 적선해야 되는데 잘 사는 사람도 만민적석이

어려분데 지도 못 묵고 사니 적선하기 어려버가 내가 말로 안해준다 만민적선
도 더 했는기라. 그래 일난라 이카드라. 그래 일난게,

"참 내 시킨대로 해라."

이카더라. 그래 그 사람도 인자 그거가 잡아주는 대로 가서 인자 산소를 떡
씌고,

"너거 이거 씌고 나마 마 너네 부자되고 마 난중에는 느그 끝이 나발같이
불어질끼다. 이래 마 아버지 여 모시마 그래 자네가 자네도 밥도 몬먹고 살아
그래 만민적선을 해야 자리가 나서는데 거 내가 자리가 없는데 우찌 그래 일나
라 드가라 소리를 하겠노 근데 니가 만민적선을 했노?"

묻거든. 그래,

"그렇다."

하니께네,

"하 그러면 그렇지 마 너는 인자 앞으로 살 걱정하지 마고 마 잘 돼 나간다
인자 배도 작게 곯아도 될끼다."

이카더란다 그리 가 인자 벼슬자도 나고 정승도 나고 판사도 나고 그래 잘
살더란다. 간단하지? (웃음)

[남지읍 설화 12] T. 3 앞

마산리, 1999. 4. 1., 4조 조사.
이기옥, 여 · 70.

총각과 홍정승의 딸

과부가 서이가 되가 내려오는기라. 아들 하나 나 나면 딱 열 다섯 달만에
죽는 기라. 그런끼네 또 고고 인자 제일 어려서 장가간다하면 또 죽어뿌고 자
꾸 하나마 달려 내오는기라. 그래 한 사람이 인자 내년이면 열 다섯 살이 되는

데 나도 죽을낀데. 이래가 있으믄 안된다 하니에 그 총각이,

"어무이 내가 꼬득밥을 좀 많이 찌고 돈하고 좀 많이 주이소."

이카거든.

"그래 우짤래?"

이카니까,

"나도 여 있으믄 그믐날 되면 죽어뿔만 어무이가 어짤랍니까? 마 죽든가 살든가 몸부림이나 한 번 치일랍니도. 구경이나 한 번 하고 올랍니도."

"그래라 그래마."

이래 해주니께 짊어지고 가이께네 간다고 간다고 지양없이 댕기니께 허연 노인이 말로 타고 가다가 아아를 보고 혀를 끌끄미 시러 차고 가거든. 거 마 이게 아주 쫓아 가가지고 무슨 헬 말이 없느냐고 물으니까,

"아무할 말 없다. 근까(그러니까) 가거라."

하도 아가 마 아이고 그래 싸니께네 가도, 가도 몬하고 그러니께,

"그래 너는 올 섣달 그믐날 되믄 니가 죽을낀데 한가지 방법이 있는데 어려 버서 몬한다."

이카거든?

"그래 우찌하면 되겠습니꼬?"

이런데,

"저 홍정승 딸로 만나야 너는 산다."

이카거든 그래 참 마 오데 있는교? 했더니 오데 있대.

그래 그 근도 가가 호불 할마이 사는 집에 주인을 떠억 정해나코 그래 자 만날 야글 할 듯 하다가 이야기를 안하고 그 호부랑 할마씨가 하는 말이 그래 말을 할이 있거든 말로 해라 이카니께,

"그래 참 우리 집에 옛날 역사가 그리그래 내려왔고 인지는 내가 죽는다 마 앞길로 막아뿐께네 홍정승 딸로 만나야 산다고 하는데 만나올 수 있습니 껴?"

이카니께,

"하이고 내가 생각해보믄 내가 맞아죽어도 이제 늙었으니까 마 나는 죽어 도 안 게안나 게안고 마 니는 살아야 안되겠나."

이카거든. 그래 참 마 그 처녀한테 마 가서 이기 그 집이 종이라 그 홍정승 집 종이 늙어난게 살림을 내나뿌린기야 내난끼네 그래 처녀한테 가 갖고 내 마 지길라(죽일라) 카면 지기요 살리라 카만 살리고 그래 이카면서 그라라고 이카면서 그래 그 얘길 하네끼네 그래 그럼 그 총각을 웃을 복을 좋은걸 가 해 입혀가지고 그 옛날에 총각을 머리에 따코 댕긴께 그 머리를 따고 댕긴께 아 몸떼이 이 정승 딸이라. 카고 돌아오라 이카거든 그래마 총각이 좋아 얼굴 이 총각도 인물이 참 잘났어 이래논께 참 모 옷을 그래 해 입혀서 머리에 땋아 갖고 그래가 데꼬 드가 홍정승 딸이라고 그카니 드카라 이라거든. 그래 드가니 끼네 이 할마이는 놔와뿔고 총각이 버껄에 떠떠이 서가 있으네 서책 읽는 소리 만 마 철렁철렁 나 쌌고 내다도 안보내 그래 얼매나 있다가 지가 드간끼네,

"그래 올 줄 알았다."

이카거든 그래 갔다 마 디비디면은 밍지를 한 필 내 주는기라. 내 준게,

"요거를 가지고 우리 저기 있는거 따지미돌로 딸 밀빵을 해가 젊어지라."

이러거든. 딱 젊어지고 어째 가겠나 날라가겠나 걸어가니,

"별당 나가 덤을 하나 넘어가라. 덤을 하나 넘어가믄 고게 묏이 있으끼라."

이카더란다. 인자 고골 딱 젊어지면은 돌아서면 불이 밝을끼라 이라카데. 그래 마 밝거들랑고골 갖다 닙펴노코 찬장에 딱 숨어가 보라카거든. 그래 이 사람이 참 마 돌맹이가 우찌 무거운지 그걸 젊어지고 돌아간기라 그 이거 젊어 지고 돈께네 하 어찌 무겁던지,

"아이고 내가 죽으면 죽었지 살만 몬하겠다!"

그래 마 탁 놔뿟다 하 (웃음) 근께네 그래 마 끈을 갖고 그래 가라 카거든. 그래 갔다. 가니께 참마 시퍼런 이를 악마 물고 있고 남자 이래 마 뻗어지가있 는데 엄치 무서분지 마 눈을 지그시 마마 깜고 실뭉치 갖고 젊어진께 똑 다듬 이돌 고 무게만한기라. 그래가지고 인자 뒤를 돌아본께 불이 빨간 집이 하나 있거든 마 그 집에 드갔다 드가 닙혀갖고 마 부를 석장 썼드라 카드라. 그래 그거를 갖다 머리에 하나 붙이고 배에 하나 붙이고 발에 하나 붙이고 마 그래 마 찬장에 올라갔다. 올라가 딱 숨어 앉아가본께 한 밤중 된께네 아유 마 어떤 여자가 마 머리를 풀고 마 이래가 쫓아들어와.

"예따 이놈이 조선팔자 다 돌아당겨도 이제 여서 꼬파라져가있다!"

이리 이카거든 그래 또 남애가 하마 칼로 지고 들어오더니마 배로 갖다 썩 비리가지고 마 막 간을 내가 이리 떤지고 저리 떤지고 이래 떤져놓고 마 가뿌리는기라. 이제 이 집구석은 마 중 마았다 이카거든 그래 고때 9댄기라 9대. 그래 마 마았다 이카고 가부린는데 그래 이제 그 질을 일러가 그 처녀한데 가이께네 참 장하다 카드란다 난 남편을 구해도 이런 사람 구할라꼬, 그래가 그 사람이 살아가지고 그래 혼인해 가지고 그 사람은 마 처녀가 하늘 사람이라 그 사람이 그래가지고 참 저거집에 데려가니까네 얼매나 좋노 처녀가 들어선 께 즈 집에 벼슬자리 나지.

그래 이 역사가 우찌됐노 즈그 할매한테 물은끼네 웃대 할매가 무슨소릴 한 긴가 모른기라 그래 인자 즈그집에 종을 이제, 종이라 카드라 뭣이 뭐 저거 집에 밑에 있는 사람인데 마 거 종이 아니고 그 집에서 마 며느리가 카든가 머 이런 사람이 신랑이 가베하러 가고 난 뒤 인자 마 군서방질을 했던 모양이 지 그리 해난끼네 고마 마 하나는 마 목을 찔러 직이고 하나는 마 목에다가 술을 마 담아갖고 졸라죽이고 이래갖고 그것이 물에다가 짝 떤져뿌린기라. 이 놈이 떤져나니 둥둥 떠갖고 까라앉질 않애 까라앉지 안해 꾸르 그 못을 메아뿌 린기라 그래 혼은 있다카거든 그래 그런 악한일로 해노니 그때 그 못을 판께네 또 머리가 질어갖고 손톱이 이만치 질어갖고 마 한도 쏟도 안하고 마 악칠들이 그래 잘해 그래 인자 그거루 탁 잡아 파내가 명산 잡아 딱 써주고 나니까. 아 옛날 살림살이 딱 다 맞지그래.

[남지읍 설화 13] T. 3 앞

마산리, 1999. 4. 1., 4조 조사.
최정순, 여·55.

귀신에 홀린 아저씨

* 식사를 준비하고 계신 동안 연신 들여다보시며 관심을 보이시다가 끝내 2가지 얘기를

구연 하셨다. *

하루 점심먹고 인제 남지에 볼일이 있어 놀러가가주고 우리 아저씨 그전에
는 집에 안붙어가 있어. 인자 마 들에 일 안하면 남지에 나가뿔고, 저녁만 잡숫
고나면 남지에 나가뿔고 이래 그랬는기라, 그랬는데. (조사자 웃음) 거 누가
있자 있는가 하믄, 우리 큰 신우 거 있었그든. (조사자 : 아, 그래요?) 큰 신우가
있응께 우리 인제 신우의 남편이 인제 얼추 동배인기라. 나이 세 살 더묵었는
가 우리 아저씨 보담. 녀 묵고 이랑께, 참 고집에 가 놀고 이래 그래, 하룻저녁
엔 점때 나가가주고 마 맨날 댕겨도 고자리고 또 이짜그 가서 이짜그로 오믄
또 고서 정신을 차려서 보믄 또 집이 아이고 집에 오는길이 아이고 또 여짜그
로 가믄 또 거 돌아서 가믄 또 저짜그 가믄 또 집에오는 길이 아닌기라. 그런께
고 거기서 자꾸 뱅뱅 돌았지. 여갔다 요리갔다, 요리갔다 자꾸 이래 돌아댕기
는기라. 그러믄서 갔다가 인제 아는 사람을 만내 가지고 그래, 이,
    "일용이네 여 뭐하나?"
    한께나 정신을 차려가 인자 집을 찾아올수가 있어. 그랬는데, 그 사람을
몬 만네고 거하믄 우리들 보믄 마 아이구, 저사람들 뭐 하러 저래 자꾸 댕기나
이렇하고 (조사자 웃음) 그냥 지내치고 만다 아니가. 그러니께 아는 사람은
말을 안하그든 말을 안하고 자꾸만 자기 혼자 자꾸만 댕기는 기지. 그래가꼬
그래 사람을 만내가주고 그 집에 찾아왔다 하믄서,
    "앗따, 내 오늘 시껍했다"
이랑께나,
    "왜?"
그렁께,
    "그래 집을 못찾아와, 아이고! 맞다, 이 구신을 만냈구나."
    이키 했그던. 그래 갖고 그기 한사람 두사람도 아니라 당핸 사람이. (조사
자 : 어휴, 무서운 동네야. 웃음)

〔 남지읍 설화 14 〕 T. 3 앞

마산리, 1999. 4. 1., 4조 조사.
최정순, 여 · 55.

머리 없는 귀신

요기인자 요서 마 살면서 홍포동 앞에 나가믄 고 인자 뒤에 오는데 우리는 이자 앞에 두사람이 나가고 인자 한사람은 뒤에서 같이 가자고 막 부르드래 불러서 부르는데 여여 우는 없고 아래만 비는기라. 아래만 비고 이래 걸어오는 거는 이 다리가 있응께 거 하는데 우로는 아비지. 사람 대가리가 없응께나. 그래가꼬 또 가도 또 같이 가자고 고함을 질러서, 여자라 여자 음성은 여자 음성이라. 근데 뭐 가 보이 뒤돌아 보이 사람이 있어야지. 그때서야 구신인줄 알고 막 겁이나서 쫓아갔지. 가가주고 동네 인제 거 들어가니께 고때는 또 따라오지도 않하지. 고까지 가서는. 그래 인제 사람을 찾아 가 집에 올라 한께능 혼자는 거 온께능 참 겁이 나드라구. 고자리 꼭 고 얼마안되거든 동네서 얼마 안되거든 고기 요 아래 홍포동 요 들어오마 술창고 있제? (조사자 : 예. 예.) 고기라 고기, 고 뒤에라. (조사자 : 거기, 바로 거기서요?) 어 고기, 고기라. 그래 가꼬 그랬드마는 올제는 거 올제는 남자들과 같이 옹께, 뭐 그거는 없지. 여자 들이 인제 강께는 그라는 거라. 그이 여자 구신이라, 그기. (조사자 : 여자가 왜 여자를 쫓아다니지-남자를 쫓아다녀야지. 웃음)

[남지읍 설화 15] T. 2 뒤

용산리, 1999. 4. 1., 4조 조사.
조용직, 남 · 82.

곽재우장군 이야기

요게 낙동강하고 남강하고 합수지점에 말이지. 여개서 옛날 임진왜난때 그때는 곽재우 그때는 곽마우당이지 곽마우당이 전투를 할 때에 낙동강이 그때는 현재보다가는 물이 많았지. 여 왜병이 처 들어 온거를 자 선전을 하기로 강에다가 다리를 놨다, 이래가지고 쇠다리로 인자 놓아가지고 말이지 쇠다리로 놓아가지고 양쪽에 줄로 땡겨놓고선 그래 건너오도록 하라. 그래 왜병들이 건너오다가 양 쪽으로 줄을 탁 나아뿌거든 그러니까 안 빠질수가 없거든 (청중 : 그래 빠지 죽는다.) 그래 전술적이지, 전술적으로 곽재우씨가 아주 무관으로써 머리가 타, 전투방법이 탁월하다 이런 말도 있지. (조사자 : 곽재우 장군 거슥이 그 비석이 서가 있지.) 의령에 서가 있어 (조사자 : 낙동강하고 남강하고.) 면 소재지에 곽마우당 사적비가 있지 .

〔 납지읍 설화 16 〕 T. 5 앞

용산리, 1999. 4. 1., 4조 조사.
조용직, 남 · 82.

호랑이의 은혜를 입은 조여선생

옛날에 단종시대에 말이지, 단종이 요세 그 '왕과 비'라 카는 기 드라마에 안나오나? 그지? 거게도 고건 아직까지 않나오더마는 보믄 단종이 결국은 인자, 수양군에 밀리서 결국 사후에, 젊은 나이로서 세상을 이별로 해가지고, 강원ㄷ 열월, 월포리라 카는 데가 잇구마는 그게 인자, 인자 그 때, 거기서 우리 아주저, 조여선생이, 조여선생이라면 함안 조가의 으뜸이지 말하자믄. 요세보면 생육신이거든. 그게 사육신이 있고, 생육신이 잇거든. 그 인저 영월에 가보며는 위패를 모셔놓고 있는데, 그때에 단종이 돌아가셨는데, 배도 없을 때고, 그때 호랑이가 난데없이 한 마리 날라와서 호랑이 등에 엎혀가지고 강을 건넜다 하는 그런 예기를 들었지.

〔 남지읍 설화 17 〕 T. 5 앞

용산리, 1999. 4. 1., 4조 조사.
오천만, 남 · 70.

고려장의 폐지와 지혜로운 어머니

 * 하루동안 아무런 성과가 없어 고민하던 중에 오천만 할아버지가 잠자리가 불편하지 않
느냐며 찾아 오셨다. 이런 저런 예기중에 할아버지는 "그래 어쩐 일로 왔는고?" 하시며 물
어 오셨다. 조사자의 의도를 말씀 드리자 "그건 내가 잘 알지." 하시며 긴 시간을 구연 하
셨다. 상당히 긴 예기에도 시종을 지키시며, 재미있게 구연 하셨다. *

　옛날에는 (중국에는) 천자가 있었고, 우리 한국에는 왕이 있었는데, 지금
이 왕비가 나오잖아. 우리도 여 왕비를 거슥 할라커마(왕비를 책봉하려고 하
면) 외국에서 말이지, 중국에서 그 천자의 거슥으를 (허락을) 얻어야 자기가
인자 왕비가 되거든. 그런 식으로 인자, 옛날에는 중국이 인자 큰집이고, 한국
은 작은 집이다 이기라. 그래 옛날에 천자가 와서 한국에 인재가 있나 없나
우리 인제 그때는 조선 아닌가 지금은 한국이지만, 조선 나라에ᅢ 인재가 있나
없나 이걸 보기 위해서 네모난 상자를 딱 여가지고, 구슬을 였어. 구슬, 동그란
구슬을 여가지고, 그 구슬을 인자 그 말이지 이 뭣을 였나 하믄 말이지, 구슬에
무얼 였나 하면 말이지, 이 구멍이 말이지 쪽바로 떨띠쁘쓰믄 (뚫어져 있으면)
뭣이든지 구멍에 끼기가 쉽는데, 이 구멍이 올라갔나 내려갔다 요리되가 있는
기라. 요래 돼가 있는데, 우리 한국에서 그걸 딱 받아가지고, 설명을 읽어보고,
그거를 참 꺼내보니까 마냥 참 그대로 구멍이 요리되가 있거든(아래위로 지그
재그로) 그래 도저히 알 수가 없다 이기라.
　그래 그 당시에 언제고 하며는 인간 70 고려장이라고 고려장 할 때라. 그래
나만 사람(나이 많은 사람)을 (청중 : 고려장이 아니고 고려회지.) 그래, 원래는
고려회라 했지마는 우리, 일반인이 쓸때는 고려장이라고 하는데, 고려장이 왜
고려장이냐 하므는 70이 넘어가면은 말이지, 나만 사람이 똥칠하고, 요세 같으

믄 치매니, 노망이지, 지기도 인제 오줌을 누도 모르고, 대변은 봐도 모르고, 밥은 무도 문긴가 안 문긴가 모르고 자기 아들로 자기 아들인지 그석도 모르고, 이런 정신은 인자, 나만 사람은 그 당시데 인자 전부다 고려장을 했단 말이야. 그 인자 법이 그래가 있는기라. 그래 딱 인자 아들이, 그 아들 소잔데, 그 어마시로 말이지 70이 됐느데, 고려장은 딱 하게 됐는데, 천상 엎고 가기는 가야 되는데, 산을 업고 가야 도는데 할 수 없어서 인자 법이 있어서, 법이 무서워서 엎고 갔어. 없고 가는데, 한군데 올라가는데, 요세도 산이 짓었지마는(깊었지만은) 옛날에는 산이 웅장하거든 그래 인자 자기 어마니가 엎히서 솔 메가지를 똑똑 빨라는 기라. 솔 인자 순을 갔다 인자 끊는기라. 그래 아들이 히득 치다 보니께 어마니가 그걸 꺽고 있거든. 그래,

"어무이 그걸 왜 꺽습니까?"
이래 물은깨, 글씨,

"니가 이 깊은 산 중에 들어 오문 질을 못 찾아간다 이기라. 그래 난중에 집에 갈죽에 요걸 뿐질른걸 말이지, 요걸 보고 집에 찾아가믄 집은 찾아가기 쉽다 이러거든."

그래 가만, 생각하니까 어머니를 갔다가 두고 올 수가 없다 이 말이라. 그래 다만 집에 엎고 집에 와 뿐는기라. 집으로 와가지고, 마루 밑에다가 굴로 팠는기라. 밤으로. 긍게 낮으론 못 파고, 밤르로 인자 파가지고 구 위에다 층계(덮개)를 덮어가지고, 그 안에 인제 공간을 맨들어 가지고, 거다 인제 침실을 맨들어 가지고, 자기 어머니를 거 모시놓고, 항시로 인자 밥을 갔다가 넘 모르게 멀리 장(늘) 식사를 시키는기라. 그래 다른 사람은 모르지 인자, 지만 알고 인자 자기 어마시하고 둘이빼이 모르는 기라.

그래 인제 그 문제가 턱 나왔는데, 그 정승들이 육판서들이 전부 모여 가지고, 그 인제 물은께 알 수가 없는기라. 낄 재주가 없는기라. 그래 요세 같으마 이 광고지. 방을 붙인기라. 양 사방에 각 고을에다 방을 붙였는데, 이걸 말이지 끼는 사람이 있으면 상금은 준다고 말이지. 이 방을 떡 붙여 놨는데, 그래 이 애는 낮 놓고 기역자도 몰라. 뭐 어릴적부터 조신하고 어머니 모시고 살았잉께. 공부를 안혔잉께. 공부를 안했는기라. 그래 인제, 선비들이 우 서가 있는데 물은기라. 무엇은 보고 있느냐고 말이지. 구래 죽 예기를 해주그던. 그래 자기

귀가 있응께 듣거든. 그래 그 길로 듣고 집으로 왔어. 그래 와 가지고 자기 오마니 한테 밥은 갔다 주면서, 어머니 요번에 내가 시내 나갔다 보니께, 어떤 학자들 선비들이 전부 보고 있는데, 내가 물응께네, 그래 외국에 말이지 중국 네 천자가 그 말이지 한국에 인재가 있나 없나 보기 위해서 이 구멍에 실을 끼워보내라 이랬는데 그 구멍이 쪽바로(똑바로) 안도 있고, 올라갔다 내려갔다 올라갔다 내려갔다 이리 되가 있드라. 그래 그걸 몬 끼서 방을 붙여 놨다. 그 만약에 아는 사람은 상금을 준다. 이런 말이지 방이 있더라 (했단 말이지) 그래 자기 모친이 아주 쉽다카거든.

"그래 우찌 해야 그걸끼냐?"
하거든.

"개미 하느를 잡아가지고 뒷 달구지(뒷다리)에 실을 걸면 구멍을 찾아 갈 수 있다."

이거지. (청중 : 올커니!) 그래 가만히 생각하니 이치에 딱 맞거든, 자기 낫 놓고 기억자도 모르는 사람이라도. 그래가지고 요세 같으면 읍장이나 군에다 연락을 해가지고 중앙까지 올라간기지. 그래 이 사람이 가서 상금을 탔어.

그리고 한 3년 정도 지나니까 중국에서 상자가 또 하나 내려온기라. 아 그 때는 참 상자가 내려온게 아니라 말로 두 마리를 딱 보냈어. 그래 말로 두 마리를 같은 말로 보냈는데, 거기다 공문으로 써 보낸 것이 어떤 것을 서 보냈냐 하므는 어든 것이 어미고, 어든 것이 새까냐. 그 표시를 해라 이기라. 그래서 인자 그것도 인자 한국에 딱 나왔는데, 대신들이 어든게 어미고, 어든게 새끼인지 모르겠거든. 그래가지고 그것도 몰라서 또 방을 붙이는 기라. 그래 이 사람이 또 나간다고 나간기 또 그리 되가지고, 사람들에게 물응께 또 그런 말을 하거든 그래 이거 틀림없이 어무이한테 예기하면 알끼다 싶어서 집으로 쫓아온기라 와가지고 인자 자기 어무이 한테 와가지고 그래 그런 예기를 쭉한께 그 아주 쉽다카거든.

"그래 말은 콩을 좋아한다, 콩을 좋아하기 때문에, 콩을 갖다가 두군데다 담지말고 한군데다 담아라."

이기라. 콩을 삶아가지고, 메주콩 있제? 콩을 삶아 한군데 담아 놓으면 먼저 묵는 놈이 새기다 이기라. 그래 왜 먼저 묵는 놈이 새끼냐 이 말이라. 언제든지 부모가 자식을 사랑한다 이기라. 언제든지 부모가 자식을 사랑하기 때문에, 자식 먼저 먹도록 놔둔다 이기라. 그래가 인자 말에게 실험을 했어. 한놈이 먼저 묵거든 그래 표시를 해가지고, 요놈이 새씨고, 요놈이 어미고 표시를 해 가지고 보내니까 맞거든. 그래 가지고 그때사 인자 왕이 그 사람을 불리 올린 기라. 두 번이나 맞찾잉께네. 이거는 틀림없이 뭣이 뒤에서 아는 사람이 있다. 뭐 뒤에 뭐 참, 쉽게 말하자면 머리가 천재 같은 사람이 있다. 그래 그 사람을 불러 올린기라. 그래 거짓말 하면 인자 왕 앞에는 거짓말 하면 안 도거든. 그래 죽을 죄를 지었다고 말이지. 살려 달라고. 자기 고백을 전부다 해삔기라. 고백 을 행께네 그래 그러믄 그렇지 하믄서, 그래 그 때부터 그때 왕이 인조 땐가? 뭐 하여튼 그 때부터 고려회로 폐지시킨가라. (조사자 : 예.) 응. 나만은 사람이 있어야 된다. 오랜 경험있는 사람이 있어야 상식도 있는 사람이 있어야 되지. 전부다 젊은 사람이 있어야 될일이 아니다. 그런 예가 있던 그런 역설(역사)이 있지. 게 인자 말하자면 전설인데, 그런 게 있었어.

〔 남지읍 설화 18 〕 T. 6 앞

용산리, 1999. 4. 1., 4조 조사.
오천만, 남 · 70.

나이어린 원님

* 오천만 할아버지의 구연 솜씨에 놀란 조사자들은 계속 예기를 부탁 드렸다. 할아버님의
살아오신 예기와 함께, 조사자들에게 이런 저런 예기를 물으시며 때가 되면 구연을 하셨
다. 조사자들은 박수를 치며 재미있어 했다. *

고을 원이 그래 그래 그 나무랬거든 소위 명색이 마을원이 말이지 부임되 어 와가지고 아이들하고 같이 팽이 돌리면 되는냐. 그 원도 12살 먹은 애들이 란 말이야. 그래 인자 그렇게 꾸중을 하고 갔거든. 그리고난디 12살 먹은 자기 가 자기집에 오 디만 어머니한테 팥죽 한그릇 하고 쓰지 못하는 빗자리 몽땅한

거 전부 다 뭉개지고 다 떨어진거 요거를 갖다가 하나 구해주라 그러거든. 그
래 요거를 가지고 싸가지고 팥죽을 식캐가지고 고을 저 밀양원을 갖다 준기라.
그 밑에 사령을 시켜 갖다 준기라 그 내용을 보니깨네 자기가 열어보니깨네
팥죽 한 그릇하고 쓰지 못하는 몽당 빗자루 하나가 들어 있는기라. 그래 이기
무슨 뜻으로 보냈는가 그거를 모르는기라. 그리고 난께네 그거를 몰라서 그거
를 물으러 떡 오는기라. 당신을 말이지 당신 할 일만 해라 넘의 꺼 간섭을 하지
마라 이거라. 그래 죽은 옛날 속담에는 식은 죽 먹고 넘의 말 하기 좋다 이러거
든. 식은 죽은 먹기가 빠르거든 퍼뜩 먹거든 그러니께네 이 빗자루 몽댕이는
쓰지도 못하니께네 쓸때가 없는 이야기는 하지를 마라 이 이야기라, 니 일만
하라 이기라. 그래 창녕 고을원이, 12살먹은 원이 그렇게 그루카더라 이기라.
그리고 나서 밀양 고을원이 가만히 생각해보니까 말하는 거이 언청었거든. 그
래 내가 저거를 꼽사이 멕여야 쉽어서 그래 한 번 떡 와가지고 간섭을 하거든.
그린니께네 창녕고울원이 하는 말이 밑에 사령을 시켜가지고 저, 가을 쯤 됐던
모양이지 바깥에 나가가지고 밭에 가가지고 수수깨를 하나 수수깡 있잖아 그
거를 한나 잘라가 오라 캤는기라. 그래 사령 키보다 크 거든. 그래 보통 수수깡
이 여섯자 일곱자 안 되나 말이야. 그래 그놈을 하나 잘라 오라 해서 덕, 그래
이 밀양고을 원을 보고,
   "이 수수깡이를 갖다가 니 몸에 한번 안 뿔러지고 부수지 않고 몸에 넣어보라."
   하거든. 그게 크나 목에 들어가나 않들어 가거든 안 뿔라고는 자기몸에
들어갈 때가 없는기라. 그래 이거느느 무슨 뜻으로 하는 말인가 하면은 일년에
단년에 말이지 큰 수수깡도 니 품안에는 니 손아귀에는 못 넣는데 내가 열두살
이 12년이나 자라난 나를 갖다가 니 품안에 넣을라면 되나 이기라. 그런 말을
하더란다. 그러니께네 밀양원이 말이지 하도 기가 막혀서 말로 못하더란다.
그만치 똑똑하다 이기라 또 그런 전설이 있지.

〔 남지읍 설화 19 〕 T. 6 앞

용산리, 1999. 4. 1., 4조 조사.

오천만, 남·70.

족케비 상소

앞 이야기에 이어 구연 하셨다.

한 사람이 이렇게 동짓달 추울때면 요새는 느그들 모를 꺼야 촌에 내려가만 개똥망태라는게 있어. 여 뭐,강아지들 똥눈거 주어가지고 보리밭에 구두모에 넣어가지고 보리밭에 후라 가지고 넣고 이라는. 이놈의 할 시절인데 그 영감이 말이야 아침 새벽 일찍 할 때 나가가지고 땅도 어수선 할 때 나와가지고 그것도 일찍 안 나오면 많이 못 줍거든. 그래 가지고 개똥망태를 들고 가니께 짚똥속에서 족제비 한 마리가 나왔어. 그래 이리 노인이 그 족제빌 갖다가 잡을라고 아침일찍 몰아 댕긴기라. 잡지도 못하고 깨똥도 한, 말이지 한 개도 줍지도 못하고 이제 그 족제비도 잡지도 못하고 그러니께네 이웃집에서 세파드 개가 한 마리 오가지고 족제비 그거를 발로 딱 짚어서 모다 가지고 자기가 팍물어, 인자 개가 잡았다 이기라. 그래 그주인이 봤어, 개 주인이 봤어. 그런데 그 족제빌 자기가 가져갈라고 하는 기라. 그러이 인자. 개똥줍는 노인네가 하눈 말이,

"이 아침에 내가 일찍 일어나 이 족제비를 내가 몰았는데 내가 가져가야된다."
그 개주인은,

"우리 개가 잡았으니게네 내가 가져가야 된다."
이래 서로 완강하게 시비가 나거든 이래 있다가 할 수 없어서 우리 이래가 될게 아이라 판사한테 가 가지고 해결을 지아자. 재판을 하러 간기라. 그래 재판을 떡 가니가 판사가 하는 말이 이 당신들 어떻개 해서 왔냐 하니까. 노인이,

"나는 아침 일찍 일어나서 새벽에 개똥 우러 나왔는데 이 놈의 족제비가 나와서 내가 아침내 개똥도 줍지도 못하고 족제빌 말이지 몰아다 댕긴게 이, 사람의 개가 오가지고 몰아가지고 잡았다. 그래 자기는 자기 개가 잡았다하고 나는 내가 몰았은게 내가 가져가야겠다고 그놈을 신간하고 있다."

하거든. 그래 고개를 끄떡끄덕 하더니 한 삼일 후에 오라 그러거든. 그래
보냈부거든 그리고는 그 인자 그 순간에는 무슨일이 벌어졌는가 하면은 그러
니께네 고을 인자 요새 같으면 군수 뭐 보통 뭐 해봐야 보통 생각하잖아 옛날
에는 고을 원이 행차한다 크몬 양쪽에 천지 나팔을 불고 행사를 할라 카믄
그 무시로 타고 댕기는 거 가마라 하나 사인 그거를 타고 가는데, 그런데 그
타고온다는 거를 알고도 어느 마을에 열 두 살 먹는 애 들이 한 십여명 모여있
어 그래가지고 제일 고 중에 작은 애가 대장질을 할라고 하는기라.

"느그 오늘 말이지 내말 안 들으면 내 한테 맞는다 그러니까 내말을 들어
달라."

"그 뭐냐?"

"오늘 고을원이 이 길로 행차한다. 그러니께네 고을 원을 행차하는 걸 마중
을 가는데 그 길을 뺏기면 안된다."

"그런게 만약에 우리가 안 비켜주면 우리가 맞아 죽나?"

"그거는 내가 책임진다."

그래 열두살 먹은 쬐까난 고놈이 사인을 고거를 나무를 가지고 가짜배기
를 멘들어가지고 지가 타고 열두살 먹은놈인 인자 간기라 , 타고 가니까 인자
고을원이 오거든 그래,

"여봐라 길을 비켜라!"

고함을 지르거든 고을 원 저쪽에서 사령들이, 이쪽에도 같이 고함을 지르
는 기라 길을 비켜라고 고함을 그래 가만히 보니까 고을원이 타고 있다 보니께
네 저 애들이 말이지 장난도 아니고 저 뭐 사연이 있어가 싶어서 고을원이
내려가지고 비켜가지고 갔다이기라. 그 애들 열두살 먹는 그 애는 안 내리고
그래 인자 즈그들이 이겼다고 인자 좋아서 말이지 이제 고함지르며 가는데
시골 고을원이 사령한테 시켜가지고 그 저 한 애가 이름이 뭐며 누구집 아들이
며 어떤 동네 살며 정보를 물은기라, 그래 적어가가지고 그러니께네 그날 저녁
재판날이라 재판날에 그애를 갖다가 호출한기라 올라 오라 한기라. 그래 이자
재판소 판사가 오라칸께네 떡 갖다 말이지. 간께네 열 두 살 먹은 쪼그만 놈이
그래 판사 앞에 인사를 하고 저를 말이지 무슨 이유로 저를 말이지 찾느냐,

"니 죄를 니가 진 죄를 모르겠냐?"

이러니께네.

"예, 알겠습니다."

"저 어저께 고을 원님이 행차하시는데 제가 길을 갖다 가 방해했습니다."
이러거든?

"음 알긴 알구나. 그러면 말이지 오늘의 일을 갖다가 니가 방해핸 죄로
말이지 오늘 일을 하는거 갖다가 나를 갖다가 말이지 도와 주겠냐 하겠냐?"

"네 보겠습니다."

그러면 일을 보되 그 고을 원자리에 말이지 비키 달라 이기라. 그러면 자기
가 앉아서 고을 원을 행사를 보겠다 이 기라, 그고을 원이 하도 얼이 쩍어서,

"좋다, 해라."
쪼금 있으니께,

"상소왔습니다!"
이러거든. 그래,

"무슨 상소냐?"

"쪽제비 상소가 왔다."
이러거든. 그래 어떻게 어떻게 해서 쪽제비를 잡고 어떻게 어떻게 했냐. 고대
로 쭈욱 얘기를 하니께네 그 이 나 많은 노인이 아침내 몰안 사람이 말이지
그 짐승만 늘어가지고 잡지를 못하고 이 개가 몰아 잡았다. 그러니까 주인은
개를 가져갈라 그러고 사람은 말이지 그 저 뭐꼬 개똥줍는 노인은 내가 가지
갈라카고 내가 모닸고 그래 우리 신간해서 재판하러 왔다 그러거든 그래 무릎
을 턱치면서,

"그거 어렵지 않다 그러거든 그래 첫째 우리 사람은 그 쪽제비를 잡을 적에
는 그 털로 보고 잡는다 이기라. 족제빌 털을 보기 위해서 짐승을 잡는기고
개는 말이지 털도 필요없다. 고기를 보고 잡는다 이기라 그럼 족제비는 말이지
개는 고기를 주고 털은 영감을 가져가라."

해결을 딱 지아 주뿌리는 기라, 그 틀림없는 말이거든. 그런깨 고을 원이
무릎을 턱치면서 그러면 그렇지 그래 열 두 살 먹는 놈이 고만치 머리가 영리
하더란다. 그런 낭설도 있지. 족제비 상소라고.

〔 남지읍 설화 20 〕 T. 7 앞 · 뒤

용산리, 1999. 4. 1., 4조 조사.
오천만, 남 · 70.

활 잘쏘는 새만이 이야기

* 앞 이야기에 이어 살아오신 이야기와 함께 들려주신 이야기 이다. 조사자들은 장시간 말
씀에 피곤하실 것이라고 걱정을 했는데, 할아버지는 오히려 조사자들을 걱정 하시며 "이제
자야 안 되나?" 하시며 이야기를 그만 하려 하셨다. 조사자들은 피곤하지 않다며 계속 이
야기를 청했다. 그러자 할아버지께서는 상당히 긴 이야기를 해주셨다. *

옛날에 모자간이 살았는데 어머니 아들 이 아들을 갖다 나 놓고 그 이름을
몬짓는기라. 우찌 해야 좋을 것인고 그러구로 이 애가 몇 살을 묵었나면 일곱
살을 묵었어. 일곱 살 묵던 까지는 애 이름을 몬진기라.

그래서 이 애가 할 짓이 있어 뭐 농사짓고 일곱 살인데. 옛날에 엿장수
그기거든 그 아는 이거를 묵고살고 아니면 품팔이를 해와서 그걸고 묵고 살고
이래 지내다가 애가 일곱 살 묵은 애가 뭐를 만드냐면 활을 요만한 대나무를
갖다가 요래 활을 맨들었어. 활로 맨들어가지고 그 인자 수수깡 있잖아 수수
깡, 여 말은 수수께라 하는데 서울말로 수수깡이지. (잠시 딴 얘기) 그래가 이
가 인자 수수깡을 이만큼 그 끝에다 철사를 꽂아가 말이지 그래 만들어 가지고
활을 쐈다. 어드로 대니나 하면 대밭으로 댕겨 대밭에 새가 있거든 새를 보고
쏘았는기라. 아 우쩨 쏘았는지 쏘아면 새가 틀림없이 죽어뿌러. 그 잡히면 꼭
직여뿌러. 그래가지고 그 인자 새를 잡아다니니까 새가 없을적에는 그 동네에
서 인자 말하기를 어른들이,
    "올게는 어째 새가 없노?"
이러는기라 그래 누가 있다가,
    "거 암모씨 집에 누가 거 떡장사 아들 안있니꺼 그런기라. 개가 하루종일
새를 잡아 없습니다."

그래,

"그 아가 새를 잘 잡아 그 놈을 데꾸 오라."

켔거든. 그래 그 데려가가지고 그기 가서,

"저 왔습니도."

이런께,

"너 이름이 뭐꼬?"

"이름이 없니도."

"그래? 이름이 없어? 그래 내 이름하나 지어주께."

하도 새로 많이 잡으니 이름을 새마니로 진기다. (조사자 : 새마니요?) 어 새마니, 그래. 그래 그대부터 새마니고마. 누가 불러도 새마니 부르고 그래. 그래도 학자가 지 놔 놨으니 그거고 세월이 흐르고 흘러서 하여튼 마 활은 참말로 잘 쏴. 쐈다카면 죽는기라.

그래 그러고는 그래 인제 나가 열 다섯 묵엇으믄 아무 직이 없는기라. 할 짓이 없고 그래 인자 그리고 열 다섯 묵은 그 해 봄에 이 새마니가 봄에 활량들, 활 잘 쏘는 사람들 활량들이 하루 대회가 있는기라. 그래 인자 그 소문을 듣고 갔다 간기라. 가 가지고 그래 그 활량들 전부 노인들만 오지 어른들만 오는데 아아 하나 와 있거든.

"그래 니 모하러 왔노?"

하니 활을 메고 있거든 그래,

"오늘 활 대회 있다케서 활 대회 하러 왔습니다."

"그래. 그럼 니 내하고 활 시합을 한 번 해 볼까?"

"그 상은 뭐 줍니꼬?"

"글쎄 상은 마 내 알아서 주믄 안되겠나."

"그러이소."

그래 자 이래 활량 저 활쏘는데 가면 그기 있잖아 그 도안이 있잖아. 거 도안이 복판에 새까맣게 있잖아 그래 이제 거를 이제 맞쳤는데 그 활량은 거 참 활 잘 쏘는 사람인기라. 활을 다 쐈는데 이마 이 놈은 그 옆에 서 있는기라. 그 활량 활 쐈는데 그 옆에. 그래 그 활량은 다 쏘고 나면 인제 애가 쏴야 되는데 원칙은. 그 애 선배가 쏘는데 지도 같이 따라 쏘는기라. 그래 인자 선배

그 활량 쏜거는 그 흡집 복판에 꽉 꼬쳐삐기라. 참말로 명중이라. 이마 화살은 어딨노 근방을 찾아도 화살이 없어. 그래 인제 거 가가지고 활량들이 쏴가지고 근방을 보니께네,

"그 화살이 꽂혀삐게 내 화살이 틀림없제?"

근께,

"네 틀림없습니도."

"그래, 니 화살은 어디있노 니 화살은 어디있노?"

한께 그 사람 화살으 끝에 딱 꽂힌기라. (조사자 : 하아.) 그래 거 활량이 말이지 놀랜기라. 야 활 잘 쏜구나. 거 화살 이거 흑점 이거는 크잖아. 큰거 보고 쏴지만도 요거는 화살의 끝이 암만 굵어봐야 손가락보다 잘거든. 요 끝에 다 꽂아 놨으니 말이지 기이라는거야. 그 화살 끝에 꼰삐니까 말이제 그래 했거든. 그래 니 앞으로 큰 놈 되겠다. 활 잘 쏜다고.

"그럼 할아버이 상금을 주이소."

활량이 얼굴은 한 번 따악 쳐다보더니,

"그래 이 상 줄 사람은 따로 있다 이기야. 따로 있으니께 지끔 집으로 가지 말고 바로 북쪽으로 니 발길 놓는대로 하여튼 가라. 무조건 가믄 상금 줄 사람이 기다리고 있다 이기야."

이 아가 인제 즈그 집으로 안가고 북쪽으로 내뺀다. 그런기 요즘으로 말하믄 경상도쯤 되는기제. 서울에 북쪽으로 가라카믄. 그래 가다가 중간에 가다가 보니께 아무 해는 다 되가는데 아무 상 줄 사람이 없거든. 기가 딱 차는기라. 그 이상하다 싶어서 그러고로 자 이 애가 가만히 생각을 해 보니 아무리 생각 해봐도 집으로 가까. 음 상금 줄 사람도 없는데 우찌 가나 싶어 그러고서 탁 가니께 어느 못이 있는기라 그 옛날 같으믄 별당이라. 정승집에서 딸내미를 키우는. 집이 요래 있으믄 말아지 곁에는 전부 대밭이라. 대밭이고 요 안에 집이 맨들어져있다. 줄배, 배가 있잖아 그거 줄을 땡기가 건니가고 건니오고 줄을 땡기가. 그래 이 놈이 가만 보내 해가 이제 캄캄하고 어두스레한데 대를 하나 큰 거를 하나 휙 후아쌌거든, 그래 지 앞으로 땡겨쌌거든. 그래 땡겨가지고. 그 사람 사람이 말이지 이 사람이 그 위에 짬뿌를 하면 대가 뿟뿟이 서거든, 그래 지 몸이 무거우니까. 그래 이제 강을 건넌 가는기라. 대로 가지고 건너

가는기라. 그래 이 애가 가만 보니 그래 하거든. 에라 나도 그래뿌자 이 놈도 이제 마 대를 지 힘에 맞는대로 하나 휘 그래 띠두만 이노마가 어디로 가노 어디로 가노 하면은 그 별당에 말이지 문을 열고 방으로 들어가버렸다. 그 방에 이제 촛불이, 요새 같으면 촛불이지만 옛날에는 그기 이자 호롱불이자? 그래 인자 이 불을 가 일키는데 그래 문구멍에 구뭉을 딱 뚤버가지고 문구멍으로 딱 쳐다 보니께네 아직 참 처녀가 하나 앉아가 있고 그기 정승의 딸이라. 아직 귀한 몸이지. 정승딸 있고 이자 이 집 넘어간 놈은 큰 장수라 장수. 이 놈이 넘어가 있고 둘이 딱 이란데 그러게 이제 술상을 딱 이래, 미리 온다고 약속이 돼가지고 술상을 딱 이래 갖다 놓고 돼지고기를 단무지를 마 따~ 갖다놓고 기래가거든. 그래 이놈이 이제 가마히, 저 어찌해야, 저 놈이 나쁜 놈인데 틀림없이 나쁜 놈인줄을 알은기야. 저 놈을 잡아야 되는데 잡을 궁리를 머리를 쓰는기재. 그래가 저 금봐 보니께네 옛날에 가면 마 웃끼 같은거 말리는 덕숙 있잖아 망석 같은게. 여는 덕석이라 카는데 덕석으로 그거 하나있는거를 찾아가지고 대들보에다 인자 달은기라. 이제 새끼를 해가지고 달아놓고 지가 인자고 사람 말하자믄 그 처녀하고 인자 요기 딱 앉은 자리 요게다 이제 요래 딱 앉은거든. 저거 상대편에다 활을 쏴가거든 거 처녀 끝 요 우에 팍 쏘아뿌린기라. 쏴놓고 그 활 쏘아잡힌기 끊은기라. 그 끊으마 틀림없이 풍 소리가 날긴데 (문이)얇으니께네 풍 소리 나거든. 풍소리는 그때는 풍소리나자 이마 문을 열고, '실례합니다' 하고 들어가는기라. 거 왜그래나믄 지가 인자 그화살이 따로 없다 이기라. 그 마 인자 고놈이 머리를 쓴기라. 그 붑시로 화살이 꼽히가 있거든 꼽히가 있다 이거야. 지는 얼마나 빠르것나 이거야. 화살이 빠른거 그거 말도 몬하는기거든. 그래,

"하유 실례했습니다."
이 말이 이 좋은 좌석에 이 화살이 이리 날아 왔다 이기라. 화살 따라와보니 이리 날아왔다 이기라. 그 빼본게 처녀 머리 우에 딱 꼽혀가 있다 이거야.

"거 죄송합니다."

그래 장소가 딱 잡거든. 그래 거기 딱 줬으니께네 니가 뭔가 좀 내놔봐라 그래 드갔는기라. 그래 술을 한 잔 떡 주거든 그래 마 그 술로 말이지 나고 생전 처음 묵는기라. 술을 인제 한 잔 마싰다. 그래가지고 나디만 돼지고기를

칼로 마 썩 비디만 칼 갖다 푹 꽂아가지고 입에다가 대여 주거든, 그래마 설마
지들이 날 죽이겠나 싶어 무작정 입을 딱 벌려뺏다. 여기 느라 그래 좋다 받아
묵고 그 술잔을 딱 권하거든. 그래 이 놈이 하는 말이 뭐라이가 그 새마이가
그래 나도 손님한테 술잔을 받았응께 나도 술 한 반 권하겠다 그기야. 아 좋지
그런다. 그래 인제 쩍 고마 하는데 술로 인제 딱 준다 주가이께 이것도 뜨,
아 맛있다. 돼지고기에 칼로 푹 꽂았다 칼로 주거든. 그래 저 놈이 장수가 볼
때에는 쪼매하니까 말이지 아주 대담하거든 그 화살 다루었다카는 지 생각도
생각 나는기라. 그 사람이 화살 쐈다는건 말이 안되거든. 그리 하여튼 하는거
보이께네 대담하게 하그던. 그래기 이놈이 칼로 꼽을 그거를 이제 연구를 하는
기라. 저치는 말이지 몸에는 비늘이, 비늘 지늘있지 그 고기와 비늘 있지, 칼로
쓱 긁으믄 비늘이 나오지 않나. 그 전부 비늘이라. 그런께 숨을 쉴 때 비늘이
들쑥거리고 또 나오고 말이지 덮이고 다끼고 열리고 마 이러거든. 그래여 여
물로 마시면서 여 고개를 제긴께 이 이기 이제 들리거든 들리니께 이제 고
순간을 타가지고 칼로 탁 뺏는기라. 이제 탁 꽂아뿌렀는기라. 그래 이 놈이,

　"아!"

카면서,

　"속았다!"

　카믄서 뒤로 자빠지는기라. 속았다 이기라. 새마니한테 속아가 죽은기라.
그래 이놈이 가마 생각해보니까 이놈이 사람을 죽여났으니 말이지 이 큰일
났거든 그래가 여 아가씨라는 사람이 옛날에는 처녀라카다. 서울말로 뭐라카
나 색시라카나? 그래 미안하게 됐다고마, 그래 이 처녀는 말이지 그기때매 원
수가 아이라 그기 죽어난께 속이 시원하다 이말이라. 그기 마 괴롭혀, 자꾸
괴롭혀싸서 그래 뭐 자꾸 비밀하고 비밀하고 몸이 약하다 카다가 뭐라 카다가
자꾸 비밀하다 하다 뭐 고날 뭐 마지막 비밀할 도리가 없는기라 그러자 그놈이
죽었다 말이야. 새마니땜에 사람이 산기라 죽은게. 새마니가 갈라카니께 미안
하다고 마 갈라카니께 딱 잡으로 못가고라.

　"그 당신이 말이지 날 살린 은인이니끼네 하여튼 주소 성명이나 알키주고
가라."

니기야.

"이 주소성명 뭐 알아야 뭐 갈켜주지."

그래 이노마가 이 사람이 말하기로 자기 살아나온 이야기, 역사로 얘길 죽 전부다 해줏다. 그리 자기집 고향에 어머니, 고향이 동네가 어떤 동네고 거도 모르고 지 하나 이름 새마니란 거배게 모른다 이기야, 거 새마니란 이름만 그저 갈켜준기라 하도 모르고. 그래 그럼 뭐 새가 읍 그렇게 잘 잡으니께네 여 새가 대밭에 새가 많으니께 잡아와서 꾸어갖고 묵으믄 맛이 있다꼬 그래 이 놈이 가 마 백발백중이라 못가부르는기라 이기. 거 게 가 들어가부리면 자기 죽을까 싶어가지고. 그래가 이 절대로 염려 말라꼬 이런 사람이 죽었으니께 도통 우리 사람은 못들어온다 이기라. 그러니 이런 장수들 들어오니께 걱정하지 마라 이 말이지. 언제 한 번 다시 우리가 만날 날이 있을거라고, 그 뒤로 또 그 이튿날 휙 날라뿌린기라.

그러구로 인자 딱 서울로 가는기라. 가가노니 왜 개코놈의 상금 줄 사람도 없고 자꾸 가는기라. 가니께네 한 군데 가니께네 아 지 고개를 넘어가야 되는데 땀이 나고 (테잎교환)그래 이 사람이 이 참 가만히 생각하기에 이거 다시 내려가야되겠나 이거 서울 올라가봐야 문디 상금 줄 사람도 없고 뭐 이런거마 자꾸 눈에 걸치싸코. 아이타 내 이까지 온 김에다시 내리가는건 그 후로 하고 마 끝까지 한 번 가 보자 싶어서 그래 이 애가 참 막 일나설란게 지 우에 쳐다본께 구름이 꾸트르미하게 구름이 하나 거 구름도 희한하게 생긴기라 도르베베 하게 요 깍이지고 이놈이 움직인께 구름도 같이 가고, 또 지가 선께 구름도 가마히 서가있고 딱 지 머리 우에 따악 이래. 거 새마이 가마히 보니 참 이상하다 그래 활을 마 씩 쏘아뿌린기라. 한 참 뒤에 지한테 탁 노인기라 화살이. 그래 딱 보이 피가 묻어 있더라 야 이 하여튼 이 수름에 저 사람이 있다 이기야. 피가 묻히 나오니 그 사람이 안있나 이기야. 거 이상하데이 이거는 그래서 이 화살은 지가 꽂고 그때부터 이 구름이 자꾸 가니께 그래 이제 지를 따라가는기야. 구름이 따라. 또 지가 선께 구름도 서뻐리는기라, 안가는기라. 아 저게 나를 갖다 상금 줄라꼬 오라고 저게 용인하나 싶어서 자꾸 따라간기라 뭐 어데든지 마 그래 가보이께 백두산에 기어올라 뿌린기라. 어데로 가문 마 북쪽으로 자꾸 북쪽으로 가니께 백더산 저 정상에 까지 올라가 뿌린게, 햐 이 바우 위에 있는데 또 구름이 말이지 툭 멈추드만 큰 바우가 이제 씨이 비끼두만 뭐 고 속으로 쏙 들어가 뿌리는기라. 그 구름이 그리 가보니께 구멍이 하나 뿔끄머가지고 말이야 마 다끼뿌리고 말이야. 그리 이놈이 다부자마자 싹 다끼뿌리는데 어 사람 뭐 그 구름이 뭐 사람인가 뭐인가 아잉가 알 수가 있어야지. 알긴 알아야 되는데 그래 지가 가마 가마 생각해보니, '이게 이상하다 이 내가 모 홀치있나 기신한테 쓰껴서 이까지 왔나. 아이다 내가 할수 없다고 고향에 내려가야 되겠다.' 그래 다부내려오는기라 인자.

그래 인자 어스른 서울이라 서울 그 장안 안을 이제 천천히 내려오니께네 사람도 많이 살고 집도 많이 있고 그런끼네 거마 싸 하여튼 뭐 사람들이 떠드는 소리가 뭐 그래 가만히 들어보니 그런께 왕 딸 그래 공주지, 공주님을 뭐시 홀까가뿐께 공주님을 데려가뿐기라. 데려갔는데 이 공주를 찾아주는 사람은 사위를 삼는다 이러고 방에 크게 붙여났거든. 그래 이제는 야 글도 모르고 하니까는 물은께 그렇다카드라. 그래 인제 이것이 이 말이지 왕자의 딸 공주님을 훔쳐간 놈이 없다 이기라 지 생각에는. 도둑놈은 몬훔쳐간다 이기라. 그 날고 기는 놈이라 그리한다 인제 이래 생각하고 고마 무조건 마 마 요새 같으면 청와대지 뭐 지 드가는기라. 그래가 이제 보초선 놈이 문을 탁 다다뿌린다. 몬들어가구로. 그지 같은 놈이 드갈라 카니께 니 마 어데데 들어갈끼고 그런게 하여튼 공주님을 찾아 왕한테 알켜준다카드라. 그럼 니 공주님 있는데 아나 그런께 안다 그러거든 안다 그런께 이 골치가 아프거든. 그래 이 왕한테 그 사실을 알키네 그 들이보내라 이래.

"그래 너 어디소 왔노?"

그러니 그 동네 이름도 모르는기라.

"뭐 아무데나 돌미다 왔습니도."

"그러 우째 니가 이 우리 공주님을 말이지 공주를 훔쳐간 사람을 우째 니가 아노?"

그래,

"이 보통사람 가지곤 몬훔쳐간다 이기라 그런게 하여튼 장수 아닌 다음에는 아주 뛰고 날고 뛰는 놈 아니믄 몬하는기를 내가 그거를 봐는 사람이 있다."

키거든? 그 잡아들, 찾아올 수 있다 딱 날짜를 그 정해, 정해달라카거든, 그래 날짜를 우째 주나 하니 석달 열흘 딱 백일. 백일을 딱 인자 백일동안에

인자 찾아오믄 사위로 삼겠다 이 약속이 딱 됐다. 그래 이놈이 인자 뭐란게라 왕한테,

"저 요건, 조건이 있습니더."

"그래 조건이 뭐고?"

그래 부탁을, '장수 열 명하고 석달 묵을 양슥하고 다 이자 다 찬발 다 밧줄 말이지 이거로 백발 말이지 찬발하고 이걸 가져가야지 이걸 장수 아니면 무거워서 못가간다' 이기라. 그래,

"가져가라."

하고 이 장수부를 말이 또 이 장수 열 명을 갖다가 내 명령에 움직이도록 해주라고 왕명에 말이지 이 사람 말하는거는 마 왕명이다 그래가 고대로 움직이라 요런 인자 조건부를 딱 한기라 인자 이 놈이 그땐 일자무식하니 말이지 새만잡던 이놈이 그래가지고 인제 지금같으면 인제 고담이야긴데 말 그대로 한기거던 근게 그 장수가 인자 따라 보냈단말이다. 떠억 가가지고 끝까지 가는 기라 기니 바우가 그대로 있거든, 그래 장수를 보고 내리라 그래 달겨들거든 그래 이 바우를 갖다가 므내라 카거든 한 서너놈이 굴리라 칸께 꼼짝도 않는거든, 그래 마 여나미다 하네 잘 무리나거든, 그래 이제 이 찬발 가지고 오라카네 찬발을 내려부거든, 그 백발 가진게 다 내라부린기라 엄청시리 깊으거든. 백발을 다 내랐는디 조금만 남은기라 밑바닥. 그래 이 소나무 저 이만한 소나무에 탁 칭칭 매놓고,

"이 밧줄을 타고 내가 내려갈끼니께네 석달 열흘 딱 지내거들랑 뭐 가고 다시 올리든가 안들리든가 너거 뭐 고향에 가고 석달 열흘 안쪽에는 이 밧줄이 느그 항상 밤을이고 낮우고 니 치키야된다 밧줄이 뭐 흔들 이 신호라 이런끼네 신호하거들랑 무조건 달아올리라."

이래 댄기라. 그래놓고 새마니는 내려가는기라.

떠 고만 내려가보니끼네 굴 밑이 충충하고 컴컴할줄 알고 내려가보니끼네 환하고 보기 여 뭐 살림살이하는기네 또 뭐 나랏일이 한가지라 그러게 이 사람은 없지 이제 집도 없고 전부 짐승뿐이고 그러문 지 눈에비는 토끼에 배고프믄 쏴가 토끼놈 쏴갖고 잡아가 묵고 그기 지 식사라. 인자 밥은 없고 그러구로 자꾸 드간다 어데로. 길 따라 가니끼네 걸어간께 근게 이제 말하자믄 개울가

이제 말이지 저 뭐꼬 샘터 샘이 여 샘이란게 샘터 우물 인제 고인 샘이. '이거 이걸 본게 사람이 사는가 보다 이 부근에 사람이 산가보다' 거거 이제 저 샘터 옆에 보니께네 나무가 참 잘생겼어 그래 그 우에 인제 딱 올라가 났는데 참 앉기도 좋고 고고에 딱 앉아있는기라. 앉아가지고 기다리고 있어 사람이 물기러 올끼라 이 샘이 있기에 뭔놈의 힘으로 해놨다 하는게 사람이 있기 때문에 해놨데 고고만 생각하고 가만 있는데 한참한참 곧 저물때가 되니께 아주 새파란 참 아가씨 요새 같으면 이 아가씨가 이제 참 달덩이 같은 사람이 말이지 그리 임금딸인게 얼마나 이게 말이지 잘났겠노 그러게 그 공주 거 그 거, .그래 마 이제 새마니가 생각한거 틀림없는기라 구름이 훔쳐간기라. 그래가지고 이 사람이 인자 한동이 물로 퍼가지고 집에 갈려카니 일나려한게 그 여 속잎 잎파리가 한 움큼 떨어져가 있거든. 독에다 떤져 뿃거든, 그래 거기 솔잎파리가 떤져가 있거든 지 풀때에는 아무것도 없었는데 이상하다 싶어서 물러부어 새로 한 가득 퍼가지고 또 일나칸께 또 솔잎파리 한 움큼, 거 이상하다 싶으거든 그 사람으로선 들어올 사람이 없거던 구름 아니면은 못들어온다 이기라. 그 공주가 생각하기는 사람으로선 들어올수가 없거든. 그리 자기 훔쳐간 사람은 아주 마 거는 뭐 아주 영혼이고 사람도 아이고 마 거는 사람이라고 가정해도 장수 말이지 마 거는 마 말할 것도 없는 사람이고 그런 사람 아니면 들어올 수 없는데 이상하다 이 솔잎파리. 그래 마 딱 떤져뿔고 이제 세 번째로 물을 드가지고 뜨 일어난께 또 솔잎파리가 떤져가 있거든 그래 쳐다보니 요만한 솔나무 우에 쪼매난 사람이 떡 앉아있거든, 저게 사람가 대관절 뭔가 싶은가 그래 그때는 이노마가 퍼뜩 뛰내가 아 공주님 참 여까지 마 오셔가지고 수고 많다고 인사해뿌고 절로 꼭 절하고. 저게 날러갔다 공준줄 어찌알며 이상하거든, 그 와의 명령을 받아가지고 모시러 왔다. 못나간다 이기야. 지금 우리가 이야기하는것도 아마 다 알고 그 사람은 여서 뭐 백, 천리길도 마 호나히 알고 있는데 그래가 인자 이 사람이,

"공주님 가입시더!"
이제 안된다카거든 몬간다카거든 가면 둘이 다 죽는다 이기라 그르니 갈 수 없으니끼네 어 달리 생각으로,

"그래 그러면 당신 니 집이 어디있노?"

근게 데려가고 새마니가 공주 따라 가는기라, 간게 그 집이 떡 있는데 거이만한 집 뒤에 어데 숨어가 있고 살림살이, 살림을 살고 있는기라, 그래 떡 누우서 숨어 있은께 밖에 있던 문이 닫끼있다가 열리있다가 이래쌋커든. 그마치 사람이 아니라 그래 이게 공주는 빗질하며 놀렀지. 괜찮거든 거 말론 하재 얘는. 그래 이제 같이 이야기도 하고 그러면은 그러구로 사흘을 떡 지내, 이놈아 인자 배가 고파서 인자 마 댕기는 마 하여튼 토끼만 지눈에 띄이믄 마 백발백중이라 잡아가지고 거기서 마 끄실러 묵고 거는 마 짐승은 마 꽉 찼는데 집이 없어 그래 사람도 없고 그러구로 '아 이거 안되겠다 공주한테 물어봐야지. 하여튼 저 사람이 이놈이 지한테 하나 무서븐게 있을끼다. 다 지금 특기 하나씩 다 있을낀게 공주 나오면 물어보고 무서운걸 함 알아가지고 내가 그거로 이용을 하야 되겠다.' 싶어 그래 하루는 딱 이제 공주가 나오니께 공주님한테 물었어. 그래 하여튼 그 사람이 구름타고 댕기는 사람이 자기도 세상에 무서움은 없지만은 한 가지는 있다 이기라. 자기가 제일 무서분게 한가지 있으니께 함 물어보라. 그 떠 하루종일 물어봤어. 거 싱긋이 웃으며 구름타고 온 놈이 거 또 거 안에 방안에 드가믄 사람이라. 거 떠 앉아 싱긋이 웃으면서 고갤 끄떡,

"그래 무서운게 한가지 있지."

"그래 뭐냐?"

이래 물은께 다른것도 아무것도 무서운 것이 세상에 사람도 안무섭고 짐승도 안무섭고 아무것도 무서운게 없다 이기야 그러나 한 가지 있다 이기야. 그래 뭐냐 물으니, 노루 그 말이 뱃구멍 있잖아 요것이 제일 무섭데. 응 노루 뱃구멍이 제일 무섭데.

"그래 그 뱃구멍이 우찌해서 그리 무섭노?"

하니 그 말이지,

"그 보마 보마 안보면 되잖느냐?"

물은께,

"그 뱃구멍 그걸로 갖다가 칼로 갖다 오려가지고 내 뱃구멍에 갖다대면 난 재가 돼뿌리는기라. 없어져뿟는기라. 그러니끼니 이게 젤 무섭다 이기라."

그래 그렇게 해 놓고서는 그 사람이 하는 말이 음 싱긋이 웃으면서,

"그래 그 사람 이거 그 안 낸 사람이 사람이 하나 여 들어왔지?"

하거든. 뭐 거짓말을 할 순 없는기라. 할 수 뭐 바른대로 이야기 안하믄 안되는기라. 그래 고개를 끄덕이며 왔다고 음 그 사람이 에 공주를 모시러 왔다 이기라. 뭐 거까지 알기로 근께 다 알고 있는기라. 다 알고 있는기라. 방안에 누 가지고도 배껕에 누워서 일나는 일까지도 다 알고 있는기라.

"그래 이게 그래 왜 이사람을 여까지 들어오도록 그 이제 머리가 있나 없나 이 지혜가 있나 없나 이가 그 내 아들갖다 내 후계자로 삼을이가 있나 없나 그걸 갖다가 알기 위해서 그 사람을 갖다가 내가 청했는기라. 지가 부른 부른 지가 그 사람을 용인한기라. 지가 데꾸온기라. 그때 그 만치 머리가 있으니 이까지 왔응께 내 생각과 같다 이기라. 하 고만하면 앞으로 인자 내 후계자가 된다 나는 인자 이 멀지 않아서 말이지 죽을 몸이고 그 후계자를 하나 나 놓고 내가 죽어야 된다."

그는 이제 마 안심하고 앉아 있는기라. 그래 할 수 있나 데꾸오라 카니까 할 수 없이 데꾸와서 턱 인사하고 머릴 툭툭 두드리면서,

"너 올 줄 알았다 이기라. 그래 아무 고래 아낮아 니가 쉴적에 내 구름이 말이지 니 우에 머리 우에 아주 높이 떠가 있지 그래. 니가 활을 쏜게 화살에 피가 묻어있지 않았나. 고기 내가 다리에 맞은기라. 그래 니를 갖다 내가 여까지 오도록 맨들었는데 그리 머리를 써가지고 그 니가 보통사람하고 틀린다 이기라. 그런께 우리 나라에 고런 일을 할 수 있다. 그런께 니를 초청했다."

이기라. 그래 인제 거서부터 인자 마 날짜를 따져본께 지가 드간 날부터 인자 사흘밖에 안남은기라. 마 인제 한 사나흘 지내면 나가도 몬하는기고 그래서 이 사람이 가만 생각해보니께,

"이 안되겠다 이 빨리 나가야겠다. 그래 거 인자 굴 밖에 있는 사람한테 이 삼일뒤에 나간다고 왕하고 약속을 했는데 삼일밖에 안남았으니께 거 내일은 나가야겠다."

이래.

"음 그렇지 나가야 되지 음. 급히 할 것 없다."

이러거든.

"그래 니 활 가지고 노루 저 마당에 나와가지고 저 노루 한 마리 달려가거든 그 쐈기는 백발백중이거든? 잡아 잡아오니께 노루 뱃구멍을 칼로 도려내.

그 칼은 이제 버리고 그 노루 뱃구멍을 갖다가 내 배꼽에다 대. 됐어."

재, 재 됐거든 아무것도 없어. 사라졌지. 그래서 한 가운데 공주하고 새마니하고 둘 뿐인기라. 그래가 인자 인자 나온다.

여 이제 집을 나온게 공주도 좋아서 지 부모를 만나고 세상사람 사는데를 나올 수도 있고 좋아가지고 오는데 이 새마니 걱정인기라. 이 찬바가 말이 둘이 한꺼번에 타면은 이 찬바가 끊기게 되가 있어. 이 힘이 약해가지고. 한 사람씩 한사람, 이 한 사람 돌아올리고 나면 또 한사람 타고 이래. 그래 가만히 생각해보니 내가 죽어도 공주는 살려야 된다 틀림없이 저애 장수들이 공주를 갖다 먼저 올려주면은 저마들이 찬바 끌고 올려가지고 가삐린다 이기야. 나를 안살려 준다는 거는 지가 아는기라. 지가 먼저 올라가뿌믄 짐승들땜에 공주가 죽는기라. 할 도리가 없는기라. 그래서 공주를 살리고 나는 마 죽든가 살든가 마 뒤에 놨두고 공주를 보내야 사람을 살리겠다 싶어서 그래 공주를 줄에 올렸더니 저마가 보더니 인자 마 참 누가 참 누가 고기 딱 이기 누가 걸려있는기라. 막 달아올리는기라. 본께 공주가 올라온다. 공주가 올라오기 전에는 저노마들 생각이 좀 틀렸었는데 공주가 올라오니까 저 생각이 바뀐기라. 그래 거 장수들 중에서도 오야붕이 있거든. 거 이제 그래 이 장수가 인제 공주한테 결혼할라고 지가 잡고 지가 찾아왔다고 인자 내려가 그 놈아 저마는 죽어뿔고 이제 지가 잡아왔다고 이래인자 변명하고왕한테 인자 거짓말하고 그래 하고 가뿌린다. 참 새마니 생각하고 틀림없는기라. 마 거 찬 찬발만 내가 가뿔고 없는기라. 이 걱정이 꽉 되거든. 가불면 우째 올라갈 도리가 없는기라.

이 가만 생각해본께 아 난데없이 말이지 자기 구름타고 그방 딱 나타나거든. (조사자 : 네?) 구름에서 사라진 사람이 구름타고 댕긴 그 사람이 나타나는 기라. 지 눈에. 그래 걱정하지 말고 어깰 툭툭 치며 걱정하지 말라고. 그 아무것도 없었는데 찬바가 자기 눈에 떡 들어오는기라. 그래 이게 구름타고 요 놈이 지 손에 비비 감더니 휙 다 떤저버리는기라. 그래 배껕에 구멍에 탁 나와서는 솔나무에 탁 걸쳐삐는기라. 그래 이 타고 올라가라. 거 타고 올라가고 찬바는 내리라. 하 인제 살았지 거서. 아 그리고는 금시 엄서져 버리는기라. 그럼 사람도 것도 없어지고 마 찬바 내라뿌고 가뿟다.

그래 가서 서울로 떡 가니께네 말이 얄궂은 말이 들리거던. 새마니는 죽었고 뭐이 지 놈이 쪼마하니 지까짓 놈이 뭐 장수도 못살리는디 지가 뭘 살려. 그래 이 인자 그런 소문이 내일 인자 그 장수하고 결혼식이라 그런게네 인자 신, 각 신하들 백관들 육조 마 마 판서 뭐 이런 사람들 전부 다 옛날의 그 삼정 육판서 보다 다 이래 요새 같으믄 마 대통령이고 요 뭐 국회의원이고 이런 직업들이 그 전에는 삼정승 육판서다. 근게 이제 영의정 좌의정 우의정 고이 삼정승이고 그 육판서는 빙조판서 이조판서 말이제 뭐 공조판서 이런 지 판서 들이 육판서,이 여섯 개고 육판서이거든 그래 육판서고 그래, 이것들이 마 삑 뜰에 마 모여가 있고 마 결혼식하는데 사람이 모이믄 거 세상사람들은 몬드가 고 물론 인자 높은 사람만 인제 그런데 날이 새면 결혼식을 하다는 이 말씀을 들었다 말이야. 그래가지고 그 그 부근을 보니께 버들나무가 막 확 아름드리 버드나무가 거 올라갔다. 이 새마니가 기어올라 가 가지고 그 가지에다 그 버 들나무가지에다 지 몸을 이자 근신하고 가지를 뽈라가 지 몸은 은신한기라. 갈라 난 이자 눈에 안보이고 그것이 이자 다 시간 날때마다 사람들 옷을 다리 고 그러구로 인자 참자. 인자 시간이 되자뿌자 요새 같으면 뭐 신랑 입장 뭐 신부 입장 하듯이 그때엔 그게 다 홀라 분아냐? 어? 그래 신랑이 이제 떠억 사모관대 씌고 말이쟤 떡 신랑 입장하거든. 또 신부는 안나오고. 하튼 새마니 가 활을 딱 쏜기라. 쏜게 사모관대 획 기 나가뿐기라. 사모관대가 날라뿌린기 라. 그 해뿐기라. 겁나게나 이 놈의 자슥 왕의 사우될 사람을 갖다 사모관대를 날라주니께 큰 혼란이 일어댔겠나. 막 알궂었거든. 뭐 여러 저거 막 와삭이 된. 그래 또 인자 누가 그런고 뭐 알게 뭐야. 그래가지고 인자 마 고시고시한지 시간만 가고 또 새마니 이 놈이 또 또 쏴가지고 사모관대 또 날라뿌린기야. 그러게 결국 그 공주가 사모관대 인자 두 번이나 날라갔다는 것을 알거든. 얘 기를 길어진께 안듣나 이제, 사람이 와삭와삭한게 방에 있으믄 다 듣긴다 이말 이야. 그래 그때는 인자 공주가 뜩 지나 어 대마루 응 대주청에 턱 나아가 새마 니가 여 나왔다카는걸 알았거든 그땐, 이 보통사람이 생각으론 새마니가 온 줄 알았거든 새마니, 저 새마니가 안나왔으믄 저 사모관대가 날라갈 사람이 없다 이기라. 그래 딴 사람은 그 인정을 못하는기라. 거 거 공주만 인정을 하는 기라. 그리고 그 자기 아버지한테 마 전부 마 바르지 이야기를 해부렀다. 그래 뭐 대번에 체포되었다, 체포됐대끼는 그래.

새마니는 그걸 찾아 이거는 그 뒤로 내려와 뿌렀응게 사람이 무시무시한게 내려왔는기라. 내랴와가지고 저 거지들 있는데 인자 그 옛날에는 거지들 많거든 그 밥 얻어묵는 거러지 말이지. 이야 하이튼 가는 거지는 거지대로 모이고 신하들은 신하대로 모이고 일반 사람들은 일반 사람대로 모이고 지들끼리 딱 모이거든. 그 그지를. 찾은께 있이야지. 그리 보기에 그 거지판에 같이 끼어 있거든. 쪼매한 사람이 옷도 난잡하게 입고 모습이 말이지 응 키가 얼매나 크고 활을 미고 있고 그라고 말이지옷이 난잡하고 더 말이지 그런 애가 말이지 활을 메고 있다. 그런 사람을 찾아오라 이기야. 그 자기, 자기를 새마니 이놈이 틀림없이 이놈이 찾아오겠다 싶어서, 그리 왕한테 드가서,

"그래 느 이름이 새마니가?"

"예 맞습니더."

어 새마니가 저 인자 왕한테 고백을 했거든.

"그래 너 참 하여튼 대단하다."

기야.

"음 그러믄 저 장군이 거짓 말로 해가지고 공주와 결혼하라고 거짓말 한 저 사람을 살려야 되겠나 죽여야 되겠나?"

이리거든. 그래 그 공주는 내한테 맽겨달라고 (말을 고치며) 그 장수는 말이지 나한테 맽겨주믄 좋겠다 이러거든. 죽이도 내가 죽이고 살리도 내가 살리고거 내한테 일임을 해달라고. 아 왕한테 그러거든.

"아 좋다."

그러거든. 니 맘대로 하라 이기야. 그래 요새같아 벽이 있지 벽면에 딱 지아놓고 그래 바로 그 사람 인자 인자 지는 죽었다 싶으거든. 아무리 해도 죽거든. 그래가지고 인자 이놈이 활을 하나 척 빼가지고 쏠라고, 이노마 아 안그래도 벌벌벌 떨리는데 요 귀를 갖다 팍 뚫버뿌린기라. 귀를 뚫버가지고 요 벽에 탁 꽂아뿌렀다. 또 하나 또 삐이가지고 요쪽 귀, 두 개 다 쏘아뿌렀다. 다 꽂아 죽진 않했거든. 인자 살아가 있거든. 그래가지고 인자 고마한테 그 새마니가 가가지고 화살을 데가지고 화살을 지 활집에 넣고 그래 너를 본디 죽이고는 싶은데 이 장수 하나 키알라카믄 지끔 몇 십 년이 걸리는지 모른다 이기라. 이 직이는 것은 내 순, 순간에 직일 수 있는데 앞으로 나를 충심으로 해라 인자

마 새마니한테 쩔쩔매는기라. 마 왕보다 더 무서운기라. 그래 인자 왕이 가만 본께, '야 저놈 대단한 놈이구나.' 저놈 지기 참 장수하나 만들라카먼 참 그 여러 몇 십 년이 걸릴지 모르거던. 그런 사람을 갖다 직으믄 아깝다 이기라. 그런께 행실을 고쳐가지고 옳은 사람을 만들어야 된다 이기라. 이제 이만해도 이제 정신 했다 이기야.

그런게 왕이 이자 비실을 턱 주는데 이마,

"니가 요구하는대로 주꼬마."

이기라. 근게 요게 왕자 사우가 될 놈이가 고마 기는 저 싫다 그러고 이 천한 몸이 말이지 공주님하고 맞지 않는다 이기라.

"그래 공주님은 그래 마 공주님다운 사람을 구해서 결혼식을 해주소. 나는 천한 사라이고 이름도 없고, 아 저 이름이야 새마니로 원래 막 참 동네에서 그 선배가 지이 줬지만 동네도 모르고 나는 모른다."

이기라. 그래 나는 공주님하고 안맞다 이기라. 그래 맞은 사람 결혼해주고 나는 내대로 팔도에 돌아다니며, 그 옛날에는 이 한 나라가 팔도라. 우린 지금 십 삼도가, 십 사도가? 옛날에는 함경도, 피앙도, 함경도, 가운도, 경기도, 저 저 전라도, 경상도, 제주도 이래 이게 팔도빽이 없거든, 그래 인자 이 팔도에 댕기믄서 어 나쁜놈 나쁜놈 행세하는거 마 고친다 이기라. 그 놈은 인자 그는 내가 말이지 인자 다 해줄텐끼네 공주님은 마 일란 한 분. 공주가 저 사람 떠나 믄 안된다 이기라. 저 사람 사람은 마 학실히 된기라. 저거는 영혼도 아이고 기신도 아이고 요건 머 머리가 천재된기라. 그런게 이제 그 구멍에서 그 굴에 뱃줄을 내건다던지뱃달을 갖고, 뱃질 아이가 뱃질을 내려서 굴에서 나왔으며 아 그 구름타고 사람이 있으믄 그도 모르고 활을 쐈으며 따로 왔으며 이 공주 를 말야 찾아 여까지 왔으며 그 보통머리 아이라 이기다. 그건 공부한 다음보 다 더 낫다 이기야. 이런 사람들 저 그만치 머리가 좋다 이기라. 글 모르는거는 비아주믄 된다 이기야. 저거 아부지 한테 절대로 저 사람 아니믄 결혼 않겠다 이기야.

아 이거 클났거든. 이 새마니가 그래 더 없이 저게 바로 상금이야. 상금 바로 거서 있는기라. 상금이 북쪽으로 가믄 상금 준가는 그기 있지 상금이라. 지가 생각하기엔 상금이라. 아 요기 내 상금이라 알아냈거든. 그때부터 그라믄 내가 상금을 이만치 받았기 때문에 앞으로 내가 요 나라에 큰 발전을 위하여 이거슬 쓴다. 그질로 이제 또 어디로 가아 조선팔도 요새 같으믄 옛날에 암행 어사 있재? 그재? 이게 그자 암행어사 출도요 안그러나. 이런 인자 그런 일을 이자 왕의 명령을 받고 왕한테 결혼식은 내가 이 팔도를 말이야 다니믄서 나쁜 사람을 말이야 한시가 바쁘다 이기다. 고치야 되니께네 고치놓고 결혼식은 차 후에 하믄된다이기야. 아 금 좋다 그렇게 해라. 그 공주도 말이지 그때 공주하 고 약속을 핸기라. 언제든지 말이지 팔도를 말이지 한 번 둘러보고 나서 결혼 식을 하겠다 마. 그렇게 해놓고 이놈이 춘천 이 강원도 지방을 휘 휘 나간기라.

참 깊은 산골짜기 이제 떡 가니끼네 뭐 어도 어딘지 모르 휘나가고 휘 치니 께 북쪽은 이제 서울가노 지천이고 이제 거 가는건 처음인데 가니께네 해가 이제 그스무리하니 산 중간에 뜨이 몬하나. 산 등대 넘어야 이 동네가 없고 그리 쪼께메 가이께 하 이제 쪼매난 오두막살이 인제 안하나 불이 **빤**해 이제 어두스레하게 불이 **빤**해.

"그 주인장 계십니까?"

그리끼네,

"으 누고?"

이러거든.

"그 질까는 행인인데 질이 어두워갖고 집도 없고 이래 쫌 하루저녁 자고 갈 수 없나."

"오 우에 요 가마 자고갈데 있다."

이커든. 조끔만 더 가믄 와 집이 있다 이기야. 그래 이 참 그 소릴 듣고 갔다. 가니께네 참 기왔집이 있는기라. 그 집이 한 몇 채 있고, 그 동네라. 한 동네 그래 지 동네는 동넨데 집은 불을 하나**빼**께 없는기라. 한 집, 한 집 **빼**께 없어. 그래 이 문을 뚜두리며 대문 뚜두리며 그러게 나오는게 이 처녀 하나 나오거든. 한 분이 떡 나오거든. 요새는 아가씨, 한 분이 나오는데 그래 보이께 네 뭐 화살을 하나 매고 있거든.

"그래 어째 왔습니꺼?"

그 요 요 오니께네 물으니께네,

"요 우에 가믄 잘데 있다 이래 그래서 자러왔다."

고 말이지
　"안된다 빨리 가라."
　카거든. 여 있으믄 죽는다 카거든. 그 인지 그 왜 죽느냐믄 그 요 밑에 있는
그 사람이 보통사람이 아니데 이기야. 장수다 이기야. 그 우리 집하고 원수가
돼 가지고 우리 집이 여 전부 대소관만 사는데 전부 다 죽었다 이기야. 그 사람
이 다 죽였다 이기라. 다 죽였으니께 내가 죽을끼 내가 자살해가 죽을 수도
있는데 저 원수를 갚을라 그래 안죽고 있다 이기야. 그래 원수를 엇디이 갚을
까 그게 이 주야로 걱정이 된기라. 그래 그 걱정하지 말라 이러거든. 그 장수가,
　"음 알았다. 그르만 당신이 그 사람 원수를 갚을라그러믄 내 시키는 대로
해야 된다고. 금 어찌해야 되겠습니꺼?"
　"그 당신집에 띠 녹두 알지? 녹두. 녹두, 녹두. 죽 쓰묵는 녹두 말이지. 새파
란거 말이야. 그 녹두가 있느냐?"
　이거야. 있다 그러거든. 그 이 부자집에 말이지 녹두가 없겠냐 있다 그러거
든. 그걸 갖다가 둘이 갖다가 둘이 이런 조삐이와 맷돌이 까는거 있잖아. 옛날
에 이 새마니가 처녀하고 둘이서 밤새도록 거 저 맷, 그 가는기라 그래 인자
얼매나 까나면 그리끼네 물그릇을 따져서 백 그릇을, 거 그리 까라가지고 거
백그릇 될끼다. 그래 그래. 거 암만 생각해도 이상하거든. 그 녹두 백그릇 까께
가지고 어째 원수를 갚겠냐 싶으거든. 그래놓고 나서는 그때가 어느 때고 하면
은 추울 때라. 동지 섯달 추울 땐데 얼음이 얼 때라. 얼음이 저 영하 한 마,
가운도께 영하 마 십 밑도 올라가는 이쯤인데 그거 꽝꽝 얼고있고 아주 물에
그 물 그제에 거다 물을 길러다 채아났거든. 물 채매 그 물이 차가지고 그 얼음
을 깨가지고 인자 약속을 하는기라 처녀한테.
　"당신집에 말이지 그 사람하고 내하고 둘이서 이 지붕을 띠 넘을끼라. 그리
면은 내가 이쪽에 내 넘어 오거들랑 찬물 한 그릇 도 그러거들랑 그 녹디
민물로 날로 주고, 그 사람은 찬물 달라 카거든 찬물 바로 주라 이기라. 그래,
그래 안하믄 만약에 그 사람이 찬물 도라는데 녹디이민 물로 바까 주믄은 사다
뿌는기라, 탈이 나뿌는기라. 그라믄 내 당신도 죽고 나도 죽는다."
　이기라. 그른께네 고고를 명심해 가지고다가 내가 찬물 도, 사람은 알게
아이가 이기라. 사람은 알끼이끼네 내가 도라커고, 새마니 내가 도라커거들랑

녹디이 민물로 주고 저 사람, 녹디이 민물 도라카믄 저 사람 알아채기 때문에
녹디이 민물 도라고 찬물 도라칸다 이기라. 그럼 알아듣기로 녹디이 민물 주야
된다 이기라. 그래 알아듣고 저 사람은 찬물 도라 카거든 찬물 주라. 그르 바까
뿔믄 안된다 이기라. 아 그러겠다, 약속을 하겠다. 그래 날이 묘하니 새께,

"뭐 집에 있나?"

하고 대문을 뚜드리고 들어오서든.

"엇 저녁에 가 뭐 쪼만한 놈 하나 왔재?"

카거든.

"그래 왔다."

뭐 거짓말 할 수는 없는기라. 아 그래 왔다케야지 그래 왔다고. 음 그래. 그때
이자 새마니도 나오면서,

"그래 당신이 말이지 그래 뭔 한뗌에 그래. 내가 얘기를 대충 들었는데
그 당신이 나쁜사람 아니냐."

이 놈이 이 쪼까안 놈이 마 어디이 말이지 씨소리를 하나 싶어서 뚜드려
펠라 카거든. 뜩 잡을라고칸게 펄쩍 띠 지붕에 가 올라가 뿌리거든. 그 놈이
몬잡거든. 그래 지도 뿔난다 말이지. 에이 저거를 몬잡아 저거를. 지도 풀쩍
뛰어 오르는기라. 뛰어 저 요는 또 따라오면 또 욜료 가삐고로 자꾸 요 뻥뻬이
돌아. 거 녹디이 민물은 그 새마이가다 문기라. 저만 찬물로 백그룻 다 묵고.그
래 찬물 백그룻 다 묵은께 그기 무슨 기운이 나겠노, 죽지. 이거는 녹디이 민물
문 자꾸 기운이 나거든. 그래 그 기운 독기 위해서 녹디인 물 먹은기라. 그래
나중에는 마당에 털부러져 가지고 그게 몬띠어 오르는기라 힘이 이자 빠지난
께 그래 새마니느니 거 지붕 우에 앉아가지고 빨리 따라오라 이기라.

"와 몬따라오노? 쪼께, 쪼께난 사람한테 거 몸이 큰 당신이말이지 몬이기
고 거 앉아가 있으믄 되겠나 앉아있나 빨리 올라오."

올라가래도 거 뛸 수가 있어야지, 뛸 수 있어. 몬띠는데 그때 새마니 내려와
가지고 활을 하나 싹 삐디만,

"너를 갖다가 죽이야 되겠나 실려야 되겠나."

그런 판국에 인자 활을 빼가 죽일라 카는데 그 처녀가 칼을, 그 식도지
인제 말하자믄, 식도로 가지고 그 사람을 장수를 어느새 장수를 그 식도를 가

지고 자기 그 목을 찌르겠다 이거이. 생각을 자기는 몬이기지 장수가, 그래
인자 원수를 물론 그 처녀가 갚을 빽이지. 자기 손으로 찔러 직이지. 그래 지
이제 죽이가 우녀수를 갚아줬다 이말이지. 그 새마니는 손도 안대고 직인기라.
그런까는 그래 이자 사람을 가지고 용인을 해가 힘을 이용해가 지 힘 가지고는
안되거든, 선 머리를 써가 직인기라. 그러구로 인제 이 사람이 이자 거 하나를
떡 직이고 나니께 그래 한군데 턱 올라가니께 그 거 여자 거 처녀는 인제 이별
을 해야 되는데 하는 말이,

"도련님이 가실라거든 나를 죽이고 가라!"

이기라. 그린께 도련님은 도련님이 나를 데리고 가든가 그렇지 않으마 활을
쏘가 나를 죽이든가. 그러믄,

"당신을 죽일 순 없다. 금 내 따라 가자. 따라가 가지 인자 그 사람 사는
곳에다가 인제 데다주고 당신은 여기서 사람 사는데 살아라."

거 그래 이자 이 새마니는 그 질로 왕에 떡 가가지고 그 왕한테 저 사실이
이래 이래 인자 저 이런게 다 있으니끼네 이자 앞으로 절대 인자 이런 일
없을테니께 걱정하지 말고. 그래 이자 결혼식을 인자 저 쪽에서 꺼내는데 새마
니는 결혼식을 할라 양식을 갖춰야 되든 모나 안할라커고 거 이제 약속을 해노
인께 안 할 수도 없고 여러구로 이제 저 참 자기 인자 그 새마니가 가만히
생각해보니끼네 이래가 안되겠구나. 자기 대밭에 원수 갚아준 데가 그것도 생
기끼고 그 그 사람이 자기 고맙기도 하고 인정도 자기 말하자믄 처음 만난
사람인데. 그래 왕한테 얘기를 해.

"사실은 이리이리 요 요미 말로 말로 이런 일 생긴 일이 있었다."

이런끼네 왕이 딱 듣더니,

"그럼 좋다 그러믄 그 사람하고를 불러 올려가지 하목 결혼식을 하자."

그래서 거 인자 저 결혼식에 저 어머니 저 오시라 올라오시라 데꾸오고
거 결혼식 시키서 거 인제 이 사람이 인자 다른 비실은 필요 없고 언제든지
마 조선 팔도에 돌아 댕기믄서 나쁜 일 하는 거는 처단 당하는기라. 이기래
지 손으로 하든가 안 하든가 댕기믄서 지 머리를 써 가지고 다 없애는기라.
그래 옛날에 거 저 무슨 평강공주가 바보온달이 만내가 바보온달이 장수 만들
어 준 맨키 이 사람도 자 그 공주가 공부 시키가지고 자기가 꽐시치 않고 그랬

다 그만치, 응? 성공을 시키가지고 출세를 시킸다. 그런 역사 이야기, 그런 고담 이야기가 있다. (조사자 : 그럼 여자 셋하고 결혼 한거예요?) 둘이지, 왕 공주님, 맨 처음 그 새 밭, 대밭에 그 지 그 상금 달라카다 해, 대로 해서 넘어온 집이 그 여자하고 둘이지. 요거는 산에가서 데꾸 온 그거는 사람 사는데 갖다가, 거 가서 결혼, 저거 인자 결혼식 하든 안하든 그는 나도 안가보고 느그도 안가보고 모르고. (일동 웃음)

〔 남지읍 설화 21 〕 T. 7 뒤, T. 8 앞

용산리, 1999. 4. 1., 4조 조사.
오천만, 남·70.

큰 머슴 말 않듣다 호식당한 아이

* 함부로 꿈 얘기하면 낭패본다는 옛 말이 있다며 그에 관한 두 가지 이야기를 재미있게 해주셨다. *

옛날에 그 꿈을 꾸든 꿈 얘기를 하지 마라 그런 얘기가 있거든. 꿈 이야기 잘 하면은 덕이 오고 잘 몬하면은 자기 목숨이 날라가는 그런.옛날에 어느 사람이 넘으집 살아도. 이 작으 무슨 애가 하는 말이 에 큰머슴한테,

"에 큰머슴, 엇 저녁에 꿈을 이상한 꿈을 꿨습니도."

그래.

"야는 무슨 말주변이, 무슨꿈을? 이야기 하지."

하이,

"하도 희한해서 마 내가 하질을 다 하도 못잤습니꺼."

이러거든.

"음 그래 알았다."

거꾸로 중간 무스마한테 물은끼네 중감 머슴아가 그런 이야기를 해.

"음 그래 오늘 느 어머니가 하돗을 가올끼다."
이러커거든. 듣고가소 그래 가마히 히 너 큰머슴이 딱 하는말이,
"너 오늘 산에 나무하러 가지 마라."

그러꾸고 마 안갔으믄 괜찮을낀데 산에 남아가 이런께 범우한테 잡아 묵히 뿌렀어. 잡아 묵히 뿌린께 참 참 쫌 있으니께 주인이 하돗을 가져 오드라 이기야. 그 꿈이 딱 맞는기라. 불은 뜨겁고 하지는 따땃하거든. 불은 뜨거우니께 호랭이를 잡아먹히니께 뜨거운 놈이 바았고 하돗 가오믄 하지가 따땃하니께 뜨뜻한 하돗 입으믄 뜨뜻하거든. 옛날에 솜옷 있잖아, 그래 이 꿈 이야기는 함부로 잘 안한다 이말이지.

〔 남지읍 설화 22 〕 T. 7 뒤, T. 8 앞

용산리, 1999. 4. 1., 4조 조사.
오천만, 남 · 70.

꿈 이야기 안하고 복 찾은 사람

어느 한 사람이 넘우집에 살았는데 그런끼네 인자 거 논매기 거, 이 논을 매는데 논을 매다가 주인이 하도 독한기라. 떠억 기대고 누어 자, 조금 잤는기라. 조금 누워 잠이 들어버렸어. 거 논매다 김을 이래 매다가, 그 전에 서울에선 김 맨다 안가나, 마 논맨다 이거지. 그래 꿈을 꿨어. 꿈을 꾼께 아주 말이지 참 왕비겉은 사람이 말이 여자가 둘이서 공주같은 사람이 둘이서 집에 용상에 턱 이래 앉아가지고 둘이 앉아서 하나는 왼쪽에 붙고 하나는 오른쪽에, 씻대 물독을 발로 치고. 그 꿈을 꾼기라.

그 꿈 그 가만히 꿈 퍼뜩 깨본게, 야 이게 무슨 이리 이기 꿈이더라 이기야. 씨, 그이 이상하다. 꿈 이야긴 함부로도 하지 마라 카든데. 그러구로 이제 지 주인이 이자 서울 가지고 거 주인을 인제 내가 퍼뜩 잠이드, 그래 그 누워 잠을

꿈을 꾼데 꿈이 하도 이상하도라이기야, 이상하다하거든.

"근기 그기 니 무슨 꿈 꿨노, 애 한 번 해봐라, 내 한 번 꿈을 해석 해보지."

아마 주인 어른도 마 그 해석은 할 수 있었는지. 헌데, 이야기도 하도 안하고.

"안하겠습니도."

"그래 그러믄 내가 몬하믄 누가 하겠노?"

아마 민장님 쯤이믄, 요새 같으믄 읍장쯤이나 마 지식 있는 사람이나 해석을 할끼라고 하도 그래싸니께네 기 주인이 궁금해서 마 민장한테 연락을 해줏든 모양이야. 그래 민장이 고래고래 그래 떡 가, 이 자식이 꿈땜에 그지비 이렇다고, 그래 떡 가 가져가 그래 민장이,

"그래 꿈 얘기 해 봐라, 그래 내가 꿈쟁이 같이 해석을 내가 해주꼬마 해 봐라."

꿈 얘길 할라 그런께 얘기를, 가만 고개를 까딱,

"아마 읍장, 면장님도 해석을 못하실낍니다."

이러커거든. 무조건하고 몬한다 이기야. 아 이 클났는기라. 그래 민장님이,

"그럼 내가 그럼 해석 못하므는 누가 해석할끼고?"

아마 군수님이나, 요새 겉으믄 군수지만 옛날에는 고을, 고을 원이라고 마 고을 원이 군수거든, 고을 원이 거 마 참말로 알아줬다 이기라. 요새 군수믄은 크게 알아주는거 없는데, 그래 고을 원님이나 뭐 알까 뭐 해석할까 뭐 딴은 몬한다. 가마 마 뽀갈이 나 죽겠거든. 그래 이제 마 저 저기 인자 민장님이 고을 원한테 내기를 해 줬어. 하도 그래 이래 그래싼게. 그래 이니까 또 고을 원까지 올라간기라. 이제 그 집이 일 다해라고 마 꿈때매 마 자꾸 돌아댕기다고마. 그래 고을 원이 턱 허니,

"그래 니 꿈 때문에 왔다며?"

"예 그렇습니도."

"그럼 그 꿈을 얘길 해 봐라."

얘길 안하는기라.

"아마 군수님, 고을 원님도 아마 거 저 해석 몬하실낍니도."

그러거든.

"마 씨익 치까삐라. 이 쓸데없는 놈을 말이지 이놈을 보내 가지고 쓸데없는

사람이 마, 모라 카거든."

그래 보냈다. 그래 유치장을, 유치장 생활을 하는기라. 저 꿈쟁이는 뭐다 유치장. 그래 옛날에는, 요샌 유치장이 좋지, 옛날에는 담을 놔 가지고 말이지 도르레를 통해 담을 쌓아 가지고 요래 집을 이제 지어 들어가. 가만 생각해 본께 기가 꽉 차거든. 내가 뭐 때문에 여기 와서 유치장, 유치생활을 하믄 말이지, 그 이 참 기가 막히 아무 것도 아닌거로 나 여기까지 왔나 싶고 기가 꽉 찬기라. 그래가 그래 잠이 싹 들었는데 그래 이제 장정, 쥐, 쥐 새끼가 보보복 기이 댕기기거든. 그믄 이놈아 이 말이지 손으로 탁 때려가 쥐 새끼를, 두 발이 새바리, 두 발을 탁 잡어뿌렀어, 죽었거든. 이래 탁 때린끼네 죽었어. 그 지 앞에 두 발을 딱 꺼 잡아노니께 죽어. 또 쪼께네 있은께 또 큰 쥐가 또 나타나 거든. 마 씨 새끼 두바리를 뺑빼이 한 번 빙 둘러, 이마 가뿌리는기라. 한참 있디마는 이 뭐 구석에서 뭐 얄궂은걸 하나 물고 오는기라. 그래 물고 오디만 고 지 거 새끼 죽은거 딱 키대로 자로 딱 재뿌리네. 책 도루 일어나서 가뿌리거 든. 마 살아뿌거든. 그 두 걸음은 마 살려가지고 가뿌리거든. 그래 이마 가마히 신기하거든 그거. 그래 가만히 가마, 큰 쥐 그걸 잡어 잡은께네 큰 쥐 그건 그건 이제 새끼 두 마리는 살아 가뿌꼬 큰 쥐는 인제 잡혔응께 죽어, 에 거 자도 거 널쩌가 있고. 그래 지가 인제 자로 큰 쥐랑 재뿌는기라. 재고 큰 쥐가 살아 가뿔그든. 그래 이 자로 갖다 막, 야 이 뭐 이 뭐가 있는기다. 이거 뭐 큰 보물 덩어리구나. 이걸 딱 마 저 지금은 진작. 이 요새 같으믄 말이 사수고래 까니 이 짚을 이어가지고 탁 숨가놓고 있는데, 뭐 있드노 갑자기 고을 원님이 딸이 마 죽었다고 마 별별 싱고하고 곡소리 나고 마 야단인기라. 그래 인제 간수가 인제 밥을 갖다 줏는데, 밥을 이 이 주묵밥을 한덩이 갖다,

"저 집에, 딸이 죽었다."

카는 기라. 그래 이 사람이 간수 한테 자기가 이 살릴 자신이 있다고, 그래 이 간수가 원님한테 말로 했는 기라. 그래 원님이 이 사람을 불렀어. 인제, 고을 원님한테 가서 내가 살릴 자신 있으니께 그래 나를 갔다가 그리 살리두룩 그래 해 보란 말이지. 그래 고을 원님이 가만 보니깐 그래 죽은 사람을 살리는게 있을 수 없는 일이거든. 그래 원님이 말하기를 쓸데 없는 소리 한다꼬 했단 말이야. 헌데, 가만 고을 원님이 생각해 보니깐,

"이모 저모, 이미 죽은 사람이고 사문 다행이고 으이? 그래 죽었으면 할 수 없는기고, 그래 살려보락캐라."

그래 고을 원님한테 가니깐 그

"약속이 있습니다."

"그래 무슨 약속인고?"

그 죽은 사람 별당에서 한 50m 가까이서 사람, 사람 소리를 내지마라. 그래 그 왜 그렇게 하냐하면, 안 들킬라고, 이 모 들켜뿌면 뺏겨버리거던, 그래 그 이 안 들킬라꼬 사람을 그렇게 한다. 그리고, 미음을 써가지고 딱 대령해 있고, 내가 소리를 치면 미음을 가지고와 사람을 살리라 이거야. 그래 인자 이래 참 가보니께 고을 원님 딸이 딱 이래 누워 있는데, 그 그 딸이 이래 꼬기 꼬기 되가지고, 자꾸 늘어지는 기라. 커지거든. 그 나무 껍질 있잖아. 자꾸 때면, 짜꾸 벌어지고. 그래, 자꾸 때면 이렇게 긴데 닥 재거던. 그 때는 인자 마 손가락으로 숨가부는기라. 사람키대로 아! 꿈틀꿈틀거려. 그것도 알면 그 저. 판사 딸한테 들키면 안되는기라. 참 판사란다. 저 고을원님 딸한테. 그래 인자, 그걸 챙겨 넣고 고마 고함을 지르는 기라, 그래 인자 미음 가지고 와 사람을 살리고 그러면 참, 죽은 사람이 다시 살아 나니께 신기하단 말이야. 그래 그 고을 원님 이 아이 꿈이 아니란 말이지. 아 이 대우가 그럴 수 없이 좋는기라. 고마 마 마악 참 밥상이 영 딴 판이라. 고기 반찬에 아주 잘해줘. 즈그 딸을 살려 났으니 몇날 밤을, 그래 인자 대접을 받고 그래 그래 이

"자네가 꿈 때미 왔다 그랬지? 그래, 그 꿈을 한번 말해보라."

했드니,

"아마 그 군수 원님도 해석을 못할 낌다."

"그라문 내가 해석을 몬하면 누가 해석을 하겠나?"

아마 나라 왕님이나 정도 돼야 된다꼬.

"그래? 그럼 내가 연락하지."

고을 원이 인자 나라 왕에게 연락하니, 그래 이러한 사람이 이 꿈 때문에 말이지, 이 예까지 올라왔는데, 고 좀 받아달란 말이지. 그래 올려 보내서 이놈 이 간단 말이지. 인자 이 서울 바닥에 서울에 인자 왕한테 가는기라. 인자 지한테 아무 따라오지 마라. 이거다. 그래 왜 다라오지 마라카나문 지 하는 행동을

뵈야주문 안돼거든. 그거 안 들킬라고. 아무도 따라오지 마라 이기라. 그래 이 요새 같으문 이 교통이 좋아 졌지마는 옛날에는 산고개를 산고개를 그 문경세재 고개 넘어가 봤니? 안 넘어 가 봤제? (조사자 : 예.) 이쪽으로는 서울로 갈라믄 저이 단양 너머에 충주 이 세제로 가요. 세제고개. 우리는 장(늘) 넘어갔는데. 그래가 이 사람이 그 고개를 참 깊은 골짜기를 넘어 가는데, 호랑이 새끼가 여덟 마리가 죽어가 있는기라. 호랑이 새끼가. 그래 그거를 보고 그냥 지나갈라캐도 안 돼겠어. 자를 내가지고 하나 재삐면 빨딱 일어나 가 삐리고 또 한째비면 빨딱 일어나 가 삐리고, 고론 재미 고론 자가 있거던. 그래 여덟 마리 다 살려 보내 준기라. 그 다 살아가게 그 큰 호랑이가 마 지 앞에 오거던. 야이 큰일났다 싶어서 인자 지 새끼 살려주는데 와 날 갔다 잡아 먹으로 오는지 말이야. 겁을 내고 가만히 죽었다 앉아 있으니께 자꾸 고개를 이래 삻거던. 그 이기 무슨 소린고 싶어서 이래 보고 있웅께, 그래 등 뒤에 타라고 마 고개를 꼬떡꼬떡 거리는 기거던. 그래 이래 업고 호랭이 업고 호랭이 굴러 들어가 버리는 기라. 그래 인자 죽는 긴가 싶으거든. 사람 사는덴 안가고 호랭이 굴로 들어 가니껜. 근데 호랭이가 요새도와 뺑기칠하는 붓이 있잖아. 이런 붓만 이걸 입에 물고 그 사람 앞에 오거던. 그애 이기 모하는 거냐. 이래 입에 물고 자꾸 이지랄 해. 그리고 가만히 고개를 꼬떡꼬떡 하거든. 그래 가만히 인자 생각하는 가라. 아 이 이상하다 싶어서. 근데 짐승이 하나 들어와 삐(뼈)만 남아 있드라 이기라. 그래서 그거를 가지고 붓으로 한번 씻어봤어. 지가 시험적으로. 아 살이 자꾸 붙어 오르는가라. 자꾸 살이 붙는가라. 그래 그 이 호랑이는 살을 붙일 수는 있는데 살릴 수는 없는기라. (조사자 : 아~) 그래 이 늠아 이거는 그 인자 지 살리는 것하고 이 붓하고 두 개 다 얻은 기라. 그래 이거를 지 새끼를 살려 줬으니께 공을 헌다 이기라. 그래 옛날에는 마 짐승을 구하면 은혜를 하고 사람을 구하면 악물을 헌다. 그런 속담이 있잖아. 그 반드시 사람을 그해주마 물에 바진놈 건져내면 보따리 내놓으라고 하는 식이라꼬. 그 반드시 그런다꼬. 그런디 이 사람은 짐승을 구해주면 반다시 은혜를 한다꼬. 그래 그 붓을 주는기라. 그래 가져라 이기라. 가져가라카는 붓이라. 그럼 이거 내가 가져갈까 하니까 고개를 꼬떡꼬떡하는 기라. 인자는 인자는 마 세상에 인자 걱정이 없거든. 그래 가만히 생각해 보니까 옳다, 내가 꿈이 반쯤 해석은 안 했나 싶은 기라. 이 중이 인자 한 사람은 구해 났거던. 누구를 구해 났냐면 고을 원님 딸을 구해났단 말이야. 고을 원님 딸 죽을걸 살려 났응께. 구해 났고, 인자 왕 딸만 틀림없이 죽을 것을 모르지만 만약에 죽었으면 살리며는 된다. 지 생각엔 마 인제 그래되면 내 꿈꾼거 하고 딱 맞아 들어가는 기라. 요래 생각을 하는기라. 왕도 해석을 몬한다 이기라. 만약에 내가 왕한테 고마 끝까지 내가 몰른다꼬 하는기지. 지가 해석을 하는 기야. 자가 보로 그래 생각을 하고 지가 왕앞에서 굴복을 하고 이 꿈 때문에 요 상을 받았는데, 그래 꿈을 꿋는지 이야기를 한번 해보라 말을 안 하거든 모 글세 자네가 여기까지 온거는 고을 원님이나 이 보통 사람 같으면 안 보낼 낀데, 아 보내 고마버서 그래 이야기를 해보라 했더니, 그래 꿈 이야기를 해보면 해석을 하면 다행인데, 해석을 몬하면 오히려 안 한만 몬다 이기라. 그니깬 해석을 내가 지금 반쯤 했다 이기라. 내가 자시로 했다 이기라. 그래 반쯤 해석을 못했으니까 내 해석 할 때 까지만 놔 주시면 어떻겠나 이기라. 가만 왕이 생각해 보니까 그것도 그것도, 그럴 듯 하거든.

"금 우찌 해야되는고?"
그래 인자 왕한테 물은기라.

"그래 공주님이 말이지 살아 계십니까? 죽었습니까?"

물었거던. 죽은지 한 삼년 됐다 카거던. 그래 삼년 됐어. 가만 삐는 안 있겠나 싶었거던. 그래 삐 있으면 살려보자. 그라문 그 삐를 갔다가 말이지 요새 같으면 실습허는긴데, 두는 두 대로(머리는 머리대로), 팔은 팔대로, 손가락은 손가락대루, 발은 발대루. 짝 마 이 펴가지고 창호지 가지고 그래 전부다 이장한다 그래 하거든. 실습만 하거든. 그래 잘 하는 사람이 구해 가지고 그래 해 가지고 요리 한기라. 파가지고 그래 이자 살릴 수 있다. 고마 이 삐만 남은 사람을 어찌 살리냐 이기라. 그 희안한 조화거든. 음 그건 두 팔지고 좋다 이기거든. 다 삐를 주워모다라. 근데 다 삐가 다 있는데, 요 두가지 삐가 없는기라. 근 어릴적에 칼과 장난하다 꺽어지삣다 이기라. 원래 없다 카거든. 글 용하게 알거든. 그러니 삐가 없으니껜 어떻겠냐? 그래. 그러며는 말이지 왕하고 딱 약속을 해놓고,

"한 50m 밖에는 사람 인기척을 내 주지 마시오. 사람 몬오그로 하라."

왜 못오구로 하며는 지가 자하고 붓하고 안 들킬라고 몰루게 할라고. 그리고 나면 미음을 딱 낄이가 대령해 있어라. 그거 한 오십m 밖에 있어라. 지가 살리 놓고 고함 지르문 가지고 오라 그래 가지오라 이기야. 그래 이자 떡 삐를 인자 공주 방에다 떡 닙혀놓고 거 고대로 놔 놓고 이 붓을 가지고 인자 붓이 따악 따악 이래 이렇게 한께, 아 살이 딱 붙이던. 야 인자 희한한 일이구나 싶어서 인자 꿈이 인자 해석에 들어가는 기라. 그래 자 완전히 살린기라. 살려는게 참 잘났어. 공주라 그런지 모르지만 잘났는디, 인제마 자로 재 그 살리는 건 문제 없는기라. 이건 여러번 지가 시험을 해 봤기 때문에, 짐승도 살이봤고 사람도 살리봤고, 사람도 동물인게 동물을 살릴 수 있다 이기라. 그래 삐가 말이지 살도 붙일 수 있는데, 까짓 살리는건 문제가 아닌기라. 그래서 이 사람이 참 그 자로 갔다 이 키대로 젠께 몸을 움직이거든. 고마 고함을 지르는기라. 빨리 말이지 미음을 가져오라고. 그게 귀신이 참 곡할 노릇이거든. 사람을 살린다는건 말이 안돼거든. 그거는 그런 얘기를 하지마는 말두 안돼는 얘기라. 그래 이 꿈이라 하면 함부로 얘기하지 마라. 이런 뜻으로 얘기하는 기라.

그래 그 사람이 이자 사람 살려났으니께니 왕이 가만 있지 않거든. 그 내가 꿈을 해석을 다 했다 하니깐 갈라카거던. 안됀다는 기야. 그래 공주가 못가구로 그 사람 붙잡아. 그 몬가그로 밍령을(명령을) 내라난기라. 그래 인자 그 판사, 아니 원님 딸님도 살렸다 카거든. 그 사람이 둘이 됐는기라. 인자 둘이 인자 한번에 결혼시켜야지. 그래 둘이 인자 한번에 인자 왕집에서 한번에 결혼식을 했는데, 그모 원님은 마 출세했지. 마 그바람에 출세했지. 딸 살렀제, 출세했제, 그래 둘이 인자 서이 인자 결혼하고, 딱 나오고 나서는 달도 밝고 이런게 인자 저짝 주인이 왕인께네, 나도 왕자리 한번 앉아보자 싶어서 왕당 저짝 용당에 앉은 기라. 앉아가 왕당에 앉으니께네 자기 마누라 둘이야 그자? 그래 세숫대에 물을 두 개 떠오드래. 그래 하난 이짝 발에 하난 왼짝 발에다 그래 발로 씻겨주거던 그때 무릎을 탁 치면서 지가 해석을 하는기라. 고마 (조사자 : 어 꿈하고 똑같네요.) 어 꿈하고 똑같은기라. 그래 돼더라 이기라.

그래 맨 끝에 머슴이 그래 이야기 하기루 꿈을 꿔서 그마 말이야 하두 뜨거버서 못잤다 한께네 큰 머슴이 하는 말이 오늘 산에 나무하러 가지 마라 이기라 중간 머슴은 모라난 말이오 좀있으문 느그 어무이 핫옷을 가올기라 둘이 모두 맞는기라. 그 다리 아래 불이 뜨겁다. 그리 뜨거운일 본다 이기라. 그른깨 호랑이 굴에 가지마라 이기고, 호랑이가 인자 허리까지는 뜨뜻하이께네 핫옷을 가온다 이기라. 솜옷을 가온다 이기지. 고래 해석이 해석이 인제 되는기라. 그래 사람이란 꿈 이야기를 함부로 하믄 잘 몬하믄 고 사람을 직이고, 살리고 하는기라. 그렇다고 그리 아이지만은 그럴 수가 있다는 속담이 있지. 인제 이야기 고만하자. (조사자 웃음)

〔 남지읍 설화 23 〕 T. 8 앞

용산리, 1999. 4. 1., 4조 조사.
오천만, 남 · 70.

김씨와 이씨

인제 김씨도 나이가 모 그래 한동갑이지. 한날 한시에 낳씨니깨네. 그래. 김씨는 다같이 살다가 그마한 쪼끔 서놈말 가까이 돼서 마 객지에 나와뿟고, 말하자문 저 동량믿고 다른데로 가뿟꼬 이씨는 저집에 고향에 있꼬, 그러구도 한 십년됐어, 십년이 돼가지꼬 고향에 어떻게 이씨 저 사람이 성공을 어떻게 성공을 고냥에 한번가본다꼬 들어온기라.

그때가 어느땐고 하니, 동지섣달 추운때라. 추운땐데, 턱 가이까네 결혼해가지고 아이가 머스내가 서이있고, 또 이 김씨도 객지에 나와서 고것도 머스매가 서이있고, 그 애들도 같이 낳어. 김씨도 아주 잘 살고 이씨는 말또하지마라. 그래 사는데 그래 가본깨 형편없이 살던. 그래 친구 참 오랜만에 왔다꼬, 그 즈그네 있는거 없는거 다 이래 해주는데, 참말 거 즈그 본깨 즈그는 힘대로 해주는데, 자기 집에서는 그 그런 안먹거든. 극하면 더 잘 먹지만. 그래 친구가 해준 보답으로 더 묵고, 그래 그 이 이집 식구를 갖다 조사를 한번 해봐야지 싶어서 아침을 떡 먹었는데, 치우는데,

"동지섣달 안춥나?"
그래 이 집을 보고.
"그래, 자네 아들이 삼형제라며?"
"음 그렇지."
"그 자네 삼형제를 불러내라."
이카거던.
"그래. 아무쇠야!"
헌께,
"예."
그문 아무쇠, 아무쇠 이래 부르지, '예' 대답만 하고 문도 안 여는기라. 추분깨,
방에 그 그 문을 잠그고 방안에서 대답하는기라. '예', '예' 나오도 안하고,
"또 또 함 불러봐라."
또부르니 네 하드니 세 번불러, 그렇지. 이러때미로 안 됐다 이기라. 집구석
이 안됀다 이기라. 그래. 이 막 김씨가 나가가지고 아들보고호통을 지르거던,
자기 아들을 모, 다그치문 아들인께, 어데보이께, 그런 말이지. 버르장 머리
말이지 없이 그래 행동하느내 말이지. 부모가 부르면 차마 말이지 죽긴 모해도
죽으라카문 눈이라도 깜아야 돼는데 방안에서 예 대답만 하고 나오도 안하고
그런법이 어딨노? 고마 모락카거던, 근게 그것도 가마이 들어본께 그것두 맞
는 말이거던. 그냥 아들 아무소리 안하는 기라.
"잘못했십니더"
"그렇지, 잘못한건 알아야? 그러면은 요집도 이래하는데 우리집도 우째하
노? 구경하고 싶제?"
하고 싶다고. 그럼 마 아들하고 전부 다가라. 식구들 다 대리고 가는기라.
그래 닥 가가지고 저거집에 가가지고 거기도 마 농촌인데 농사짓고 이러는데
도시에 마 도시라도 아주도시 아이고 농사를 많이 짓던. 그래 사랑방에 떡
앉아 가지고 '아무개야!' 한다. 큰 놈 하나만 오라는 가라. 그래 '예!' 카믄서
세명이 다 기어 나오는 기라. 사랑방 문 앞에 닥 대령해와,
"예 아무개 왔습니다."
문을 열어보이 아들이 서이 와 있어.

"저 우리집 저 마굿간에 가면 큰 소가 있지?"

"예, 있십니더."

"저 우리 지붕으로 몰아올려." "예."

두말않고 하는기라. '예' 하더니만 세명이 몰아가지고 즈그 집 덩치만한거 짚똥치(짚으로 만든 멍석)를 쌓아 내려 오는기라. 첨 먼저 열 개를 쌓면 그 다음은 아홉 개, 여덟 개, 일곱 개, 야! 층층같이 잘 쌓아 내려오는 기라. 그래 모 딱 내려와 마당에다 소 몰아 짚똥치 올라갔지. 지붕에다 소를. 이눔 아들은 이씨 아들은 저그 영감쟁이 미치뿔다 이기야. 저거 지붕우에다 소를 어지 모 노. 이리. 몰아 올릴 재주가 없다. 이기라. 그리 그 사람들은 몰아 올리그든. 그그가 보이 눈으로 봤다 이기라. 야, 저렇게 하면 몰아 올릴수 있구나! 즈그들 이 그래 인자 개달은 기라. 그러게 사람이 하나가 말이지 머리를 쓰면 시키문 시키는 대루 부-우-(느리 지만 열심히) 같이 해 삐리. 가만 앉아서 하면 그건 않되는 기라. 그러니 그 이씨가 가마이(가만히) 없어지는 기라. 머리가 머리를 안 써서 그렇다는 기. 애들 교육을 안 시켜서. 그럼 그 사람 김시는 그만치 교육을 시켜났기 때문이고. 사람으로서 하는 거는 다 할 수가 있다 이기라 다 한다 이기야. 무시던지(무엇이던지) 그래 인자 고고는 속담이라. 속담도 고런 지혜가 있시야 된다 이기라. 아들은 마 다 같이 한날 한시에 낳아도 잘 사는 사람 있고, 못 사는 사람이 있고, 머리를 안 쓰게 되면은 인제 마 아들 교육을 고만치 잘 시킸기 때문에 그렇다 이기지.

〔 남지읍 설화 24 〕 T. 8 앞

용산리, 1999. 4. 1., 4조 조사.
오천만, 남 · 70.

도둑을 소탕한 도둑놈 아이

엿 장수가 하나 있어. 그래 애랑 입곱살 묵은 이 사람 첨에 인자 여, 방바닥에 엿을 주어먹어 뿌거던. 한 개라도 두 개 주어 먹어 뿌면 그만치 손해라. 그 한 개라도 팔아가 묵고 살라고 하는데, 그 늚아 이고 한편에 이고 저 시장에 팔러 댕기는데, 팔아 동네에 갔다오믄 엿 한 개 두 개 없어 지는기라. 하나라도 없어 지는 기라. 그지 아상하다 싶어서 그래 그이 엿을 갖다 어데 났냐 카무는 그저 옛날에 촌집에 가보면 요즘 같으면 단스. 농으로 된거 흔히 있잖아. 촌에 가문 그기 많이 있을 끼구마는. 행상도 있을 꺼이고. 아직 그 시골에 가문 있어. 민속촌, 그 용인인가? 그 민속촌에 가면 있어. 그래가지고 그 인자 엿을 한 가락 쏙 두 가락 쏙 인자 없어지니께 아무래도 이상하다 싶어서, 그 높은데 있는데 우찌 그기 없어지는 가라. 그래 하루는 인자 즈그 어매가 인자 엿 팔러 갔다고 치고 아한테 엿 파러 간가도 하고 이 숨어서 봤는가라. 이 누가 와서 먹는 기고. 사람을 잡았어. 이그 이 저그 아들어거던. 이래 샀는데, 이기 이 늚아 이 어쩨 하냐면 실로 마 실로 돌밋덩이(돌맹이 덩어리) 요만한 거를 매가 지고 그거를 화롯불에다 달아 놓는기라. 벌게(빨갛게) 그거이 달아 가지고 이 래 혜 실로 혜 이래 집드이 엿이 인자 뜨거우니까 붙어 뿌거든. 뜨시니깐 붙는 단 말야. 고래 인자, 고래 빼 먹는기라. 그래 가지고 즈그 어머니가 잡아. 도둑 농이 즈그 아들이라. 그래 잡아, 니는 마 커봐야 도둑놈 밖에 안돼. 혼자 보내는 기라.

그 뒤에는 그래 보모 마 어디로 가 뿟는지, 마 호드기 내 뿟는데 이눔이 어데 갈데도 없고, 이리 얻어 묵구 저리 얻어 묵구, 그지 맨치로 얻어 묵구 이래이래 살아. 그라문 어찌 이래 팔도를 돌아 댕겨 마, 여기저기 댕겨 싸이까 네 그러고도 세월로 이젠 나이도 묵고, 나가(나이가) 한 열 선 네 살은 묵고 이랜께네 알거는 알고 있거던. 그럼 글은 몰라도 머리는 좀 좋더만. 누다꼬(누 구라고)하면 들리는 건 다 알응께네. 그 부잣집 뉘집이라 하는거 다 아는기라. 어느 동네에 있고 어느 고을에는 어느집이 누가 그 부잣집이 살고 있고 또 어느 고을에는 이씨가 또 어느 고을에는 종훈이가 부자가 있고, 또 어데가면 강원도 가면 어느 동네에 말하자면 부자집을 다 알고 있어. 마 그래 인자 얻어 묵고 돌아 댕기는 기라. 돌아 댕기다 도둑놈들 한테 들어 간기라. 그래 이 지 생각엔 도둑놈 있는데 들어가가지고 도둑놈들 다 잡아야겠다고 싶어가지고, 그 모 생각을 좋은 생각을 한기라. 도둑놈들이 마둔(모아둔) 거, 그 도둑놈한데 떡 가가지고 그래가 찾아가지고 인자 인사를 하고 도둑놈 고수가 있는데, 그 도둑놈 왕이라. 도둑놈 오야붕이 지 인자. 그래 앞에 인사를 하고,

"니가 그이 우리말이지 팀에 들어오겠나?"

그기야.

"들어오겠심니다."

"그이 재주가 있나?"

그래 그이,

"재주 있고 없고는 내한테 한번 맽겨보라 이 말이지."

그래 어느 대감 어느 부자가 있고. 하는 거를 잘 알고 있거든. 그저 도둑놈들은 다 안단 말야. 얼추 맞거든. 아 이것두 모 무엇이 있는가 싶어서, 그럼 요번에는 니가 말이지 도둑질은 하러 그 집에 들어가고 그 곡간에 들어가고 다른 사람을 뒤에서 셰까리(감시)만 하고 바로 넘어오라. 이래 인자 가서 보내. 이래 인자 두 놈이 인자 어데 갔냐하면 이 공기통 있잖아. 요센 공기통 같으마 쥐가 안들어 오라고 모 철사로 요세 같으마 모꼬? 그 무시라 카노? 그 모기 안 들어오고 (조사자 : 방충망.) 아! 방충망. 철사로 해 놓는거 아아가? 지금은 옛날엔 그런게 없었어. 도둑들이 셋가리로해서 들어갔어. 들어간께 모 쌀 날가 마에 살 날가마니를 많이 훔쳐 낸기라. 훔쳐내고 한께, 이 놈 아들 셋가리를 막아놓고 내려와. 도둑놈들이 가만 그 나갈 데가 없는 기라. 인자 대감댁은 도장문을 잠거 놨지. 그 구멍을 가야 나가야 되는데, 구멍이 셋가리로 옳아놔서 나갈 때가 없는 기라. 그리고, 그 아들이 가만히 변장을 하는 기라. 인자 무슨 변장을 하냐하며는 가만 본께 인제 독이 있거든. 그래 독 안을 열어 본께 뷔긴 보이는데, 손을 이리 넣어 입에 대본께, 간장이라. 요세같은 간장. 이 자슥이 모가지 요만치 놔두고 고마 홀랑 옷을 벗어 뿌고, 그 간장독에 빠자 뿐기라. 빠잔기라. 일부러 일부러 그 안에 기들어 간기라. 기 들어 가 본께네 밀가루가 뽀사놓는게 있는데, 밀가루가 툭툭 붙어. 그래 온 몸이 뽀얀기라. 그래 인자 간장이나 코하고 눈하고 요 내놓고 빼꿈이 내놓고 지가 손으로 간장을 묻혀가지고 밀가루에 묻혀. 그 뽀얀기 꼭 백설기 같지. 그래 밤 열두시나 넘어서,

"아무개야 아무개야!"

부르거든. 그 이상하다. 깨보이 꿈은 아니고, 그래,

"예."

대답만 하고 겁이나 나가지는 못하는 기라. 그 '예' 대답을 한께,

"음 너희가 여다 새집 짓고, 지마당을 안 지냈지?"

그 카드던. 지마당은 요세 고사 지내는거. 그게 지마당이라. 이 새집 짓고 이 저 지마당을 안 지냈지. 카거덩?

"예, 안 지냈습니다."

그라며는 날짜를 받아 갈쳐주는 기라. 아무날 아무날, 보름달 달 밝은 날 보름날에 열시 요 뒤에 복판에다가 그이 칠해놓고, 지물(재물)로 돼지 한 마리 잡아놓고, 술 열병 받아놓고, 떡 마련해놓고, 그래가지고 너가 빌고, 그 음식을 놔두고 가라. 그래 인제 새벽에 인자 그 날이 세야 그 고장에로 들어가가지고 이 모 쌀로 퍼갈 사람이 안 주인이 들어 올텐데, 들어오지 못하는 기라. 나갈때 가 없으니 께네. 고대로 가만히 않아 오문 인자 딱 챙겨가지고 (나가자고 계획을 세웠다) 그래 인자 그 집에 인자 요시같으마 그집 며느리 된 사람이지. 딱 와가지고 쌀을 퍼갈려고 하니까네. 모시 뽀얗게 와 가지고 얼매나 놀랬겠냔 말야. 그러게 쌍판대기가 뒷 모습을 봐도 그 짐승이지 사람이라 생각을 안하거든. 보아하니까, 뭐 간장에 온몸에 밀가루에 쩔어가지고 그래가 그 벗고 옷갈이 입고, 저그 도둑놈 야그를 하는기라. 내가죽나 얘가 죽나. 그래가 저넘 잡아라. 도둑놈 잡아라. 그래가주 인자 떡가서 도둑놈 고사헌데 절을 합니다. 그래 와 나를 갖다가 말이 죽일라 뿌고 당신에 가느냐? 그래 곡성을 많이 혼좀 내주는대 하긴 잘한다 이기라. 우쨰 빨이 오느냐 이기라. 그래 빨이 나오는 수가 있다 이기라. 당신들이 암남 내칠구고 속이도 죽지 않는다. 이기라 그니 함부로 그런 행각하지 말라 이기라. 내 죽일 생각하지 마라 이기라. 내가 보이기는 아이지마는 내가 생각하문 그땐 도둑질 몬한다 이기라. 가만 생각해 보니께 그 사람 희한하게 나왔거든. 그 이 얘기를 안해주는 기라. 그래 자 아무날을 술, 돼지 한 마리, 이 떡 몽창시리(많이)해서 그 막 차려 놨으니 우리 그 묵으러 가자. 그래 딱 시간이 몇시가 돼서 가자 해서 열두시 돼서 지내고 가서 만약 거기 있으문 다섯놈이 다 죽을 꺼다 이기라. 그 저그들이 천상 믿고 가는기라. 가삐고 나니, 저거는 저 도둑놈들이 전부다 막 실제 가 본께 그래 놨거든. 그눔아 말대로. 참 잘 문기라. 마 지금은 마음대로 먹고, 야 묵고 남은대로 가와.

그러구로 세월이 흘러 인자 결국 일이 됐는데, 그래 가실(가을)이 인자 춥을 땐데, 그렇게 춥진 안하지. 인자 가실인데, 요시같음 가을 같으믄 한 9월, 10월 요정도 됐는데 그래 산에가믄 칡있지? 칡 서울에서는 칡이라고 하지 여기서는 치깡루, 치깡루라 하는데, 그 칡넝쿨이 말이지 손가락만 하거든. 굵기가. 이 말이지 저 칡이 상당히 찔기가 안 땡기면 안 터진다고, 그만치 찔기다고, 그정에 그눔이 이 산에 마무하러 댕기는데 새기 안 꼬고 그것만 가지고 나와가지고 나무깔고 어떻게 해가지고 집에 오거덩. 그래 인자 그래 딱 돼서 물은기야. 고수한테. 그래 인자 도끼랑 똑같은거야 또 이래 또 도랑에서 똑같은 기라. 또 같이 있음 우리 클난다. 그러문 또 도둑놈이 있다 날 올 때 까지 기다려. 그래 인자 옷도 벗어가꾸 간당에도 안들어가고, 가마 어데 옷입은 대로 가면 있는 기라. 날 새도록 마 기다리고 있는기라. 날 새고 마 도장문을 안주인이 열고 이렇게 그래 놀라지 말라고, 미리 사람 이니 놀래지 마라. 그 고개를 끄떡거려. 그래 주인자 잡거던 그래 주인하고 약속을 딱 그래 약속을 하면서 그래 도둑놈이 말이 열 다섯인데 내하고 열 다섯인데 나로 도둑놈인데 열 다섯인데 내가 이 도둑놈 굴에 들어갈 적에 도둑놈 소탕 시키라고. 그래 들어 갔는데, 내 생각대로 해주다 카거든. 내가 나가락 카문 나갈 수 있다 이기야. 나갈 수 잇지만은 일부러 좀 자고 갈라고 주인하고 약속을 하는데, 그 어떻게 약속을 하려면 돼지 한 마리 잡고 떡 한 시리하고, 술로 받아라. 그래가주, 상한길에 한 십 보름달 십오야 밝은 날 달 날에 날자에 딱 맞춰 해 노면 그래 고 뒤에는 내가 소리 지르거들랑 요세같음 경찰이지 딱 준비해가 있다가 내가 소리지르거들랑 모이라 이기라, 모아 가지고 그 사람들 데구가라 이기라. 사람 소리 내문 안된다 이기라. 그래 이눔아 인자 산에 칡가 넝쿨을 갖다가 많이 뜯어가지고, 모아가지고, 묶어가지고, 도둑놈 잡을라고, 그래 그 이렇게 둘이 마주 앉아가지고 힘자랑을 우리가 술 먹고 이 힘자랑을 한 번 해보자 이기라. 심 샌놈이 고수다. 지금 고수로 필요없다 카거던. 누구든지 힘이 센 사람이 고수다 이기라. 넝쿨을 갖다 쌔리 묶어 논께 그기 터지나, 지 아무리 힘쎄도 술 먹었제, 술이 취해 그 힘이 말이지 힘이 있나, 그 쌔리 묶아 놓고 지는 묵지 않고, 지가 모 지한테까지 묶것나? 더 묵갈수도 없고, 지가 더 묶을 필요도 없지. 그래 자 내가 이래 이 징을 신 박는데이 자, 여가 이래 인자 하나 둘

세거든(세거든) 딱 힘주 터자라 이거지. 터자문 왕 된다 이기라. 고수 된다 이기. 아무리 해 봐야 안 터지거든.

"에라, 이녀석 이거 넌 내한테 속겼다.(속았다). 암마 지랄해도 니는 임자 잽힜다."

그래가지고 고함지른께 마 경찰들이 확 마 가본께 또 돼지 실실 잡아가 묶까가(묶어놓아) 꽉 다 묵가놔. 꼼짝도 몬하게로 묵가놔. 그래 인자 경찰자가, 야 애 저눔이 아무리 도둑놈이라두 지놈은 아무죄가 없는기라. 도둑질을 하긴 했는데 도둑놈을 다 잡았으니 죄가 없는기라. 그래 어때그리 했는기 헌께, 내가 도둑놈 굴에 드갈적에는 그 도둑놈 소탕시키기 위해서 내 드갔다 이기야. 그러게 도둑놈 잡았으니께, 내가 지혜가 있으면은 죄를 다스리고 없으면은 그래 보내달라. 그래 경찰서로 데고 가거든. 그래 경찰 서장핱에 이야기를 해. 저놈, 공부를 안 시켜 하여튼 공부를 안 시켜서 그렇지 시키면은 머리는 참말로 천잰기라. 그래 가만히 본께 나이 즈그집에 딸애하고 가만히 맞춰보인께네 얼추 나가(나이가) 자 몇살 차이그돈. 에라, 이 저 경찰서로 유인해가 경찰서에 발전 한번 이라(이루어) 보겠다 싶어가주 자기 사위로 삼아가지고 경찰서에 근무를 시켜가주구, 거 저 나쁜짓 하는거를. 저 거놈 인자 머리가 좋아서 고고로 인자 전석이 있었지, 있었는데, 그래 엿장사 아들이 엿 거 고 또 머리가 좋은때매, 떡 거 던져 가지고 말이지, 고 내려 묵지. 안 그럼 못 내려 묵거던. 고 고론 예가 있었단 이런 얘기야.

〔 남지읍 설화 24 〕 T. 9 앞

용산리, 1999. 4. 1., 4조 조사.
조을미, 여·66.

은혜 갚은 호랑이

내가 이바구 한번 해 볼까? (청중 : 니는 이바구 잘 하는 가뵈?, 내는 다 잊아뿌고 안된다.) 옛날에 저 산질을(산길을) 걷는데, 호랭이가 떡 입을 떡 벌려 가지고 있응께네, 참 그 사람도 뭐 그래 된께네, 그 인자 옛날에는 짐승도 사람 말길을 알아들었다카네. 니가 무슨 못물거를 먹어서 목에 걸리가이고 니가 저, 어데 걸린나? 하이께네, 참 모가지를 끄덕끄떡 한다케데. 그것도 인제 이바구가 될라카이까네 그리하는 기지. 그래가 인자 팔을 둥둥 걷어가이고 호랑이 입데 폴(팔)을 엿는기라. 연끼네, 엿날에 참 새댁을 잡아묵었는지 비내(비녀) (청중 : 맞다. 그 이박도 있드라 참……)가 끼였는기라. 비내가 떡 걸리가 있는데, 호랑이도 눈물이 척 흐르고 사람도 마 감수한거 아이가? (놀란거 아닌가?) 그래깍고 인자 너무 감수를 한께네 집에 와서 인제 너무 병이나서 아픈기라. 그 인자 노인이 아파가지고 있는데, 그래 참 어디 산소간께, 호랑이가 그러면서 묘자리를 빙빙돌면서, 둘둘 구분다 쿠대. 그러면서 그 자리를 묘자리를 하라는 기라. 그래 인제 그 자리를 파가이고 묻어놓고 그 자리를 파가이고 묻어놓고 그래가 인자 호랑이가 저 짝에서 구불어(구부려) 죽어 삣어. 그래가 인자 저건, 저쪽 묻고, 이건 인자 이쪽 묻고 했는데, 그개 인자 그 사람이 죽은 뒤에 자슥들하고, 부자같이 일라 가꼬 그래 자슥들이 잘 되그라네. 그런 아바구를 하드마는(중 : 호랭이가 은혜를 갚았구마는.) 응. (청중 : 그래 짐승은 구해주면 은혜를 하고 사람은 구해주믄 악일을 한다꼬 그래 옛날부터 그런 말이 있다. 일동 웃음)

〔 남지읍 설화 25 〕 T. 9 앞

용산리, 1999. 4. 2., 4조 조사.
정순애, 여 · 64.

여우와 맷돌

야시가 파싸서 그전에 할매가 그지 어라, 내가마 장담이 시지 지놈이 뭐신데 그래 싫어갖고 칼로 한가락 탁 깔아가 있응께 야시가 마 히뜩 히끼 넘띠 맷돌을 갈아대드라커네. 야, 이새끼 니가 이 울마나 니가 씨서 그래하노 싶어 갖고 탁 맷돌 팔 때 마 딱 옆에 있다가 (청중 : 그것도 거짓말이지 싶어.) 뒷 달구지로 딱 치고마 두눈을 때기로 쳤다카네 (청중 : 그러믄 죽는다 안카나,) 사람이 죽는게 아이라 야시가 고마 뻐드러져 뿐진기라. 이거 맷덩전엔 이런데 이거 가라 허데야 사람을 떠듬응께 인낭께 지는 아무도 없다꼬 이 맷등을 이렇 게 파드비는기라. 그래 파드븐데 탁 저놈이 얼마나 기래 우리 어매 우리 할매 를 우에 그 웃대는 안그렇기 했는데 저래 싫어갖고 그렇게 얘새끼, 내가 칼로 한가락 싹 빼네가라 지가 안죽으믄 내죽지 싶어갖고 그래 강께네 뒷다리로 그래가 쎄리 때그리 칭께 야시가 죽어뿄드라. 하모. 캥 그래가 죽어뿌고 그래 가 분을 풀고 오따커미. 이래 이야기 있다마이 이전에는 그짓말인지 모르지만 참말로 그리 했으요.

[남지읍 설화 26] T. 9 앞

용산리, 1999. 4. 2., 4조 조사.
정순애, 여 · 64.

빗자루 귀신 1

* 반응이 좋자 이어서 이야기하셨다. *

너무 구신도 많이 나가꼬 구신도 많이 나가 밤에 가마 이 구신이 어차피 끄시고 가는기 안돼서 샘에 끌려 가갖고 구신한테 이기는 기라. 자꾸 이래 때 기로 치가 때기로 치가 이래 보마 칼로 한 가락 (청중 : 항시 그전에는 칼로 마이 가댕이따 카네.) 폭 찔러놓고 오고 이튿날 그지 저 구신이 죽었는가 살았 는가 가보지. 빗자루 몽댕이 갖고 여자 월경치는 이기 쪼깨 묻히면 그리 된단 다. (청중 : 그리 옛날에 그 빗자루 몬깔고 앉구로 안카나.) 그러니께네 빗자루 절대로 깔고 앉지 마라. 옛날에는 그래낳께 기기 이제 디부대가 구신이 되뿌가고 이 사람을 끌고 가갖고 애기를 치갖고 이사람이 인재 간담이 씨허지. 그렁께 이래가 폭 인제 이 찔러낳고 아지가리 일체 가보지. 저 죽었는가 우쨌는가 가봉게 빗자리만 딱 있더라.

〔 남지읍 설화 27 〕 T. 9 앞

용산리, 1999. 4. 2., 4조 조사.
이복순, 여 · 53.

빗자루 귀신 2

* 친구 아버지가 직접 겪은 일이라며 얘기하셨다. *

부산에서 그 공원묘진데 이래 저기뭐 수정동에서 좌청동으로 이래 넘어올라카며는 큰길로 갈라카며는 옛날에는 통금이 있어가지고 통행금지가 있어가지고 그 산을 넘어오뿌면 되는거라 그래 인제 산을 떡 넘어오는데 비가 부실부실 오는데 이산을 넘는데 산중턱에 딱 올라 스니까네 하얗게 소복한 여자가 나타나드랍니더.

"그래 어디까지 가십니까? 쫌 같이 좀 가자."

이라드라네. 그래 나는 이 산 넘어 간다면서 이라니까네 그럼 같이 가자믄서 고마 같이 가자 하면서 이래 인자 술이 얼큰하니 자기 친구 모친이 인제 환갑에, 회갑에 갔다가 술이 날큰하니 되가지고 오는데 마 술김에 같이 가자켔다고 이래 오는데, 이기 인자 마 자기는 고 바로 중턱에서 넘어서면 자기집인데 이 귀신인지 마 자꾸 딴데로 이리마 헤매고 댕기는기라. 온 골무지를, 온 골무지를 헤매고 다니다 보이 내 인자 술김에도 내가 이 중턱에서 요만 넘어스면 우리집인데 왜이렇게 헤매느냐 싶어서 가마이 생각을 하니까 술김에도 정신을 바짝 챙기가지고 생각하이까 아차 이게 아이다 싶더라네. 그 구신이 인제 마 완전 낭떠러지가 있는데 거기서 이거를 홀킬라고 드는데 정신을 채려가지고 주머니에서 인제 항상 칼을 이래 옛날에 과일 깎는 칼 집게칼 그걸 여가지고 다니는데 그거를 준비해가 있다가 딱 밀라카는데 술김에 마 찔러뺐는기라. 그 구신을 팍 찌르고 언덕에 떨어지는거야. 그 낭떠러지에. 떨어지가지고 인제 마 정신을 채려가 엉금엉금 기가지고 집에는 간신히 왔어. 와가지고 그 다음날 자기는 몬일어나는거야. 완전 마 만신창이 되가 몬일나고 자기 마누라를 보내는기라. 우리 친구 엄마를 보냈는기라. 아무데 아무데 고기 가면은 당신 내칼을 아느냐 내가 그 칼로 그 구신을 그 여자를 찔렀는데 귀신이라 안하고 그 여자를 찔렀는데 죽었는지 아니면 그 칼만 있고 내가 찔렀는지 가봐라 카더랍니더. 그래가 인제 딱 이 여자가 가니까네 가니까네 인제 그 칼이 딱 찔려가 있는데 빗자루 몽딩이에 몽당빗자루에 그 여자 맨스가 딱 묻혀가 있드랍니더. 이래 딱 자세히 보니까 그래 그이야기를 와서 하니까네 그 우리 친구 아버지는 그때 혼이 빼있뺐어. 넋이 나가가지고 시름시름하다가 죽어뺐어예. 우리친구 아버지가. 옛날에는 그런일이 왕왕 있었으예. (청중 : 그 이야기 마이 있었다. 여자가 빗자루 몽댕이 깔고 앉지 말라커는…….) 절대 빗자루 몽뎅이 깔고 앉지 말라 하드라고.

창녕군 도천면

Ⅰ. 조사기간 및 일정

1. 조사기간 : 1999년 3월 31일 ~ 4월 3일

3월 31일 : 창녕군에 하차한 후 버스로 20분 가량을 가니 첫 조사지인 예리 1리가 나왔다. 그 곳 남자 경로당에 숙소를 정하고 채록할 준비를 하였다. 당시 경로회장님께서는 우리의 답사목적을 이해하지 못하시고 마을조사를 나온 줄로만 알고 계셨다. 또 경로당에 할아버지들이 많이 계시지 않아서 채록에 어려움을 겪었다. 할아버지 두어 분이 계셨는데, 채록의 성과는 거의 없었다. 여자 경로당에 가니 모두 귀가하신 후여서 조사자 모두 매우 아쉬워 하였다. 10시경 저녁을 먹고 잠을 청했다.

4월 1일 : 아침 6시경 일어나서 아침을 먹고 8시부터 채록을 시작하였다. 예리 1리 이곳 저곳을 돌아다녔으나 어르신들을 뵐 수 없었다. 10시경 여자는 논리로 남자는 예리 2구로 나누어 채록을 하기로 하였다. 그러나 논리 역시 인적이 드물어 할머니 한 분을 겨우 만나 몇 개의 민요를 들을 수 있었다. 채록 성과가 매우 저조한 탓에 회의 끝에 마을을 옮기기로 하고 1시경 20여분 걸어 예리 2구로 향했다. 여러 아주머니들이 모여 계신 한 할머니댁을 방문하여 음식을 대접받으면서 꽤 여러 개의 민요들 채록할 수 있었다. 그 후 다시 산을 넘어

다른 마을로 갔으나 저녁시간이어서인지 경로당은 모두 비어 있었다. 다시 1시
간여를 걸어서 일리로 이동, 10시가 다 되서야 도착하였다. 저녁 먹을 시간도
없이 급히 채록 준비를 하고 남자와 여자로 나누어 채록하기 시작했다. 12시가
넘어서 채록을 마치고 저녁 식사 후 취침하였다.

4월 2일 : 아침에 일어나자마자 식사를 하고 바로 출발해서 좀 더 채록을 하
기 위해 예정에 없던 마을을 들르기로 결정했다. 그래서 근처 마을 중 죽사리
라는 곳을 방문하였다. 처음엔 냉담하시던 할머님들이 다른 할머님들이 여럿
모이신 후에는 좀 전 보다 조금은 적극적인 태도를 보여주셔 채록을 시작하였
다. 많지는 않지만 그래도 결과에 만족하고 다른 사람들과 합류하기 위해 출발
하였다. 1시간 30여분을 걸어가다 시간이 촉박한 관계로 버스를 타고 창녕군
여관에 도착, 다른 사람들과 합류하였다.

2. 제보자

〔 도천면 제보자 1 〕

예리 1리, 김정팔, 남·55.

앞 할아버지의 민요 구연 중 오셔서 자진하여 설화를 들려주셨다. 역사적 사
실들에 근거해 매우 사실적으로 설명해주셨다. 또박또박한 말투로 매우 진지하
게 구연해 주셨다.

설화 : 1, 2.

〔 도천면 제보자 2 〕

예리 1리, 한권이, 남·82.

이야기해 줄 것을 부탁하자 잘 생각이 안 나시는 듯 기억하시려고 애를 쓰

시며 천천히 말씀하셨다. 하나의 이야기를 힘들어 하셨지만 시종일관 진지하신 태도로 말씀해 주셨다.

설화 : 3.

〔 도천면 제보자 3 〕

예리 1리, 송병권, 남 · 81.

다른 할아버지에게 민요를 청하던 중 자진하여 아는 설화가 있으시다며 말씀해 주셨다. 나이가 많으셔서인지 발음이 불분명 하셨고 이야기의 줄거리가 맞지 않았다. 그러나 열정적으로 말씀해 주셨고, 손짓발짓도 하시면서 열심히 구연해주셨다.

설화 : 4.

〔 도천면 제보자 4 〕

예리 2구, 김순임, 여 · 69.

할머니 댁에서 채록을 하였는데, 연신 음식을 내오시며 조사자들에게 많은 신경을 써 주셔서 매우 고마웠다. 활발하신 성격으로 노래를 시원시원하게 불러주셨다. 나중에는 흥에 겨우셨는지 어깨춤까지 들썩이며 노래를 부르셔 할머니들이 모두 즐거워 하셨다.

설화 : 5.

〔 도천면 제보자 5 〕

예리 2구, 박순희, 여 · 67.

처음부터 상당히 협조적인 태도를 보여주셨으나 아는 얘기가 없으시다며 나중에 이야기 하나만 들려주셨다.
　설화 : 6.

〔 도천면 제보자 6 〕

예리 2구, 김분임, 여 · 65.

매우 호탕하신 성격이셨다. 민요를 부르실 때 목소리가 크시고 시원하여 듣기에 좋았다. 중간 중간에 유행가를 부르시며 흥을 돋구어 분위기를 활기차게 만드시곤 하셨다.
　설화 : 7.

〔 도천면 제보자 7 〕

일리, 김금자, 여 · 77.

채록을 시작하기 전부터 우리에게 질문도 하시고 매우 다정하셨다. 처음에는 아무것도 모르신다면서 사양하시다가 설화를 하나 해 주셨다. 차분하고 조용한 말투로 조리있게 말씀하셨다. 19살에 이 동네로 시집을 오셨다고 한다.
　설화 : 8.

〔 도천면 제보자 8 〕

일리, 김순이, 여 · 72.

노래자랑에 나가셔서 일등을 하셨다는 주위 할머니들의 말씀에 노래를 부탁드렸더니 노래는 안 된다고 하시면서 설화를 하나 들려주셨다. 구연 상태가 매우 좋았다. 나중에 구성지게 민요를 들려주셨는데 음정, 박자, 발음이 매우 정확하셨다. 다른 할머니들께서 상관없는 이야기를 해 주실 때에는 그런 게 아니

라면서 제재도 하셨다. 처음엔 관심이 없는 듯 하셨으나 좋은 구연태도를 보여
주셨다.

　설화 : 9.

〔 도천면 제보자 9 〕

　일리, 박복희, 여 · 73.

　우리의 조사취지를 잘 이해하시고 다른 할머니들께 설명해 주셨다. 이전에
도 구비 조사의 경험이 있으시다고 하셨다. 그러나 정작 당신은 잘 모르신다며
이야기하시길 사양하시다가 나중에 설화를 구연해 주셨다. 발음이 조금 불분명
하셨고 말이 빠르셨다.

　설화 : 10.

〔 도천면 제보자 10 〕

　죽사리, 빈순덕, 여 · 73.

　우리가 가지고 간 맥주로 목을 축이시더니 역시 춤까지 추시면서 신나게 노
래해 주셨다. 이야기를 시작하신 후 조사자들의 호응이 크자 무척 신나 하시면
서 큰 목소리와 걸걸한 말투로 손짓까지 곁들여서 말씀해 주셨다. 빠르신 말투
에 발음까지 불분명하여 알아듣기가 조금 힘들었다.

　설화 : 11.

Ⅱ. 설화

〔 도천면 설화 1 〕T. 1 앞

예리 1리, 1999. 4. 1., 5조 조사.
김정팔, 남 · 55.

빈대 나오는 철

* 설화를 부탁드렸더니 바로 해 주셨다. *

저기 저기 보이는게 석천산이거든. 저 석천산 말이지 신라 말기 경순왕 때 경순왕이 맞나? 신라 말기? (조사자 : 예, 맞아요.) 몇 대 임금인고? 모르나? 55대 아인가? 그래 저 절을 석천산에 터가 삼오 십오 백오십 제곱미터가 있었다꼬 뒤에 암벽이 있었다꼬 저 절 뒤에 저 절을 짓게 된 동기가 말이지, 인자, 신라의 무악대사 제잔데 저기서 절을 지으면 손님이 하나오면 하나 먹을게 나오고 둘이 오면 둘이 먹을게 나오고 말이지 무악대사가 말해줬단 말이지. 그 제자가 인자, 절을 지은다꼬 절을 지었는데 신도가 많이 왔단 말이지. 그래 갖꼬 인자, 옛날에는 바랑을 짊어지고 돌 뒤 암벽에서 구멍이 요리만한 데서 그거는 거짓말이것지. 쌀이 백명 먹을게 나오는 기라. 그래 인자 식사를 하고 이식걱정도 아무것도 없는기라. (조사자 : 이식이요?) 여기 사투리로 먹고 사는 게 이식이라. 그냥 불도에만 전념하면 되는기라. 불도를 잘 모르는 사람이 와 가지고 자기가 부자가 한 번 되겠다꼬 막대기를 하나 가지고 와 그래 구멍에다가 쑤시면 많이 많이 나올끼라고 자꾸 쑤시고 쑤시면 나올 줄 알고, 욕심이 많으면 식은도 변한다꼬 그래 가지고 빈대가 막 나와 신도들 몸에 화악 붙은기라. 그래 인자 절은 망할 판이고, 대사가 소변을 보면 그 음기를 받아가 저나 텃고개 사람들이 남자가 있는 남자는 다 죽는기라. 그래 과부가 많아지는

기라. 그래 그 절도 필요없다. 뜯어버려라 이래 된기야 나라에서 절을 뜯은기야. 전산이 빈대 꾸덩이야, 빈대.

[도천면 설화 2] T. 1 앞

예리 1리, 1999. 4. 1., 5조 조사.
김정팔, 남 · 55.

애기 장수 이야기

* 절 애기에 이어서 계속 구연해 주셨다. *

저어 밑에 태어난 장수애기 해 주께 저 마을에 호우천이란 마을에 고려말 우리 나라가 일본의 외세를 받을 때 그 마을에 그래 가지고, 아주 가난한 집이 오두막을 짓고 부부가 살았거든. 그래 잠을 자고 나니까 꿈에 상상의 동물 청룡황룡이 나타나 너에게 아기를 주는데 그 아기를 잘 키우라고 태몽을 주는기야. 그래 인자 몸에 안고 여자가 역시 열달 견뎌 아기를 낫고 보니께 그래 광 체격도 튼튼하고 건장한 아기가 태어났어. 삼일이 지나니께 옛날에 옷걸이 안 있나? (조사자 : 예.) 그 옷걸이 위에 아가 올라가 있는기야 그게 너무너무 무서워서 그래 무서워서 아기를 들어내려 자기 남편을 불러보니 그 옷걸이를 타고 말타는 시늉을 하기때미루 그 아기를 놔두면 우리를 죽일끼라고 꿈에 청룡황룡이 나타나서 혀를 낼름거리면서 점지해 준 아인데 그게 왜 옛날에 청룡황룡이 나오면 길몽인데 그 꿈의 해석을 잘못 해가지고 우리를 죽일기라고 태어난 아이가, 이래 된기야. 그게서 옛날에 요그마한 옷을 다리는 돌이 있었어. (조사자 : 다드미돌이요?) 그래 그 다드미 돌로 가지고 인자 그 어린애 인자 생후 일주일된 아기를 돌로 누질러 눈기야. 그 돌이 우째 몸부림을 쳐 가지고 애길 안 죽일려고 돌이 튀어나온기야. 돌이 튀어나오다가 다시 우째 목을 조르고 이래가지고 다시 돌을 누질러 가지고 죽인기야. 그래 저 며칠 있은께 말이지 대사가 말이지.

"아하! 이 집에 장수가 날 사람을 죽있다."

이래 말이지 이 집은 이길로 망하니까 이사를 가라고 하더라. 근데 이사를 안 가고 있으니께 며칠이 있으니께 그 자리에서 백마가 태어나서 주위를 돌면서 막 우는기라. 그래 마 그 집에 불도나고 그래서 무서워서 몬 살아가지고 그래 알아보니 저리 말꼬리가 쳐진 고개가 말이 들어간 자리라. 그래 가지고 말골이란 골이 있어. 석천산에 그 자리가 말이 들어간 자리야 그래 인자 엄마는 도망도 못 가고 그 자리에서 타지 죽은기야. 어느 절에서 스님에 와 가지고 한국장수가 태어난 자린데 말이지 대사가 와서 제를 지낸기야. 그래서 불이 사라진기야.

〔 도천면 설화 3 〕 T. 1 앞

예리 1리, 1999. 4. 1., 5조 조사.
한권이, 남 · 82.

동냥주기 싫어해서 망한 부잣집 이야기

신지 2구 그기 새못이라. 옛날에 그래 들에 그 들 복판에 부잣집이 하나 살았는데 장재라 카는데 장재가 부자라. (조사자 : 예.) 아두 독하게 해 싸서 그래 고마 종놈이 하나 와가지고 동냥 좀 주소 이캉끄네 시아바시, 시어마시 무서워서 몬 주고 그 집 며느리가 물이러가는 척하고 쌀로 한주걱 퍼 가는데 그 중이 쌀로 뭐고 하는 말이 당신 거 있음 안되고 내 따라 온나. 오는데 만일 뒤돌아 불면 그 자리에서 없어지요 이카든이 그리모 새흘갔다가 그 아무래도 자기가 사란데니까 아무래도 뒤를 돌아본께 아닌가베 이래 부채곡이라 오 있어. 그래 여기까지 올라와 가지고 즈 고향이고 집이니까니 쳐다보니께 중이 뜨데 밀어분끄라. 그래 이륵부처가 됐다. (조사자 : 미륵부처요?) 그래 부처고개가 된기라. (조사자 : 아, 부처고개요.) 그 장재가 산 데서는 물이 차서 못이 되분끼라 늪, 늪 쳐다븐 며느리는 그 부치곡에서 치다보니까 이래 그 중이 뜨데밀어분끼라. 그게 미륵부처가 된기라.

〔 도천면 설화 4 〕 T. 2 앞

예리 1리, 1999. 4. 1., 5조 조사.
송병권, 남 · 81.

무청태 고개 이야기

* 무정태 연못 얘기를 청하자 노인정 회장어른과 제보자 할아버지가 서로 이야기를 미루었다. 그러다가 회장어른의 재촉에 자문을 얻어가면서 구술하였다. *

옛날에 인자 형제간에 여동생하고 오빠하고 그 산을 넘어가는 기라. 넘어 올라가다가 소내기 비가 와잤고 온기라, 소낙비가. 이 소낙비가 와 가지고 그 인자 옷을 얇은 거 입고 이래노니께 그 마 살이 전부 다 그 모도 비도록 이래 마 이래 그 하니까내 그 오빠 된 이가 그 마, 성이 발달해 가지고 그래노니께 형제간에 이런거는 이런거는 망칙한 안된 짓이라. 이래갖고 오빠 된 이가 마 자기 목숨을 자기자신을 그 저저, 그래갖고 죽어뿐기라. 그리갖고 그 저저 저 동생 된 이가 참 너무 무정하다고 그냥 무정태 고개가 됐다. 그래 전설이 됐다.

〔 도천면 설화 5 〕 T. 2 앞

예리 2구, 1999. 4. 1., 5조 조사.
김순임, 여 · 69.

무청태 고개 2

* 오줌 싼 애가 소금 얻으러 갈 때 불러주는 노래나 자장가를 불러달라고 하자 잘 모른다
고 하셨다. 그래서 호랑이가 나오는 옛날 얘기나 마을에 얽힌 전설이라도 괜찮다고 하며
설화를 청했다. 그러자 아는 이야기가 없다며 난감해 하시다가 어느 분이 조용히 구술을
하셨다. 얘기를 시작하시자 주위에서 그건 전설이 아니라고 했지만 우리가 계속 이야기를
청해서 들었다 *

여 보면 여 큰 고개 있거든 저거 형제가 둘이 가거든 그래 둘이 가는데
그 인자 저거 오빠하고 저거 여동생 하고 둘이 가거든. 거 가면서 인자 둘이
가다가 인자 그래 저거 오빠가 잠암이 들거든. 잠암이 든데 (갑자기 다른 할머
니가 끼어들어 이야기를 계속함) 그날 비가 왔더라 안 카나. 옷이 젖어 부니까
네 인자 둘이서 올라가니까네 그래 마음이 좀 이상하게 들었겠지(웃음, 맞장구
를 치던 원래 제보자가 다시 이어서 구술) 그래, 그래마 즈거 오빠가 즈거 동생
이 말을 안들어 줬거든, 말을. 그래, 저거 오빠가 그냥 죽어 뿌거든. 그래 그
고개 이름이 무정태 고개다. 그래 인자 참 말만 한번 들어주면 괘안는데, 그래
무정하다고 무정태 고개다. 그 이름이 옛날 전설이다. 그거는 오빠알고 내만
알면 오빠 모습은 안 죽었을 낀데 하늘 알고 내 알면 될낀데 오빠가 왜 그
일에 목숨을. 전설고개다. 돌멩이 한 개 가가서 고 탁 던지고 간다.

〔 도천면 설화 6 〕 T. 2 앞

예리 2구, 1999. 4. 1., 5조 조사.
박순희, 여 · 67.

곶감이 무섭다는 이야기

옛날에 암만 오도 순사 온다 캐도 곧이 안 듣고, 암만 고도 안 곧이 들어도

않더니 곶감 준다 하니까내 딱 그치면서 안 우드라고. 하이고 참, 도둑놈보다도 곶감이 무서워. 제일 곶감이 무섭다고 무엇이 오면 그 집에 드갈줄을 모른다 카는데. 곶감이 무섭다고, 곶감이 가장 무서븐데.

〔 도천면 설화 7 〕 T. 2 앞

예리 2구, 1999. 4. 1., 5조 조사.
김분임, 여 · 65.

거머리 이야기

거머리가 첩 죽은 넋이라서 탁 붙어노면 그라서 암만 떠도 안띠어 진단다. 진짜 전설이다. 그란데 사람은. (여러 할머니가 동시에 설명하셔서 알아들을 수 없음) 이거는 같은 여잔데 첩으로 들어오는 그런 여자는 좀 다같은 여자가 아이고, 아마 우리가 좀 머리에 좀 그런거를 몰라서 그렇지 고는 좀 이상한 여자로 생각하고 그 우리가 좀 생각할 때에는 가정 있고 이런 집에는 지가 당연히 잘 들어서서 그 집 가정을 화목하게 해 줘야 그게 뭐 정확한 긴데. 이거는 마 망하든가 말든가 붙기만 붙으면 안 떨어진다. 돈 발라놔도 안 죽고 밑구녕을 뒤져야 죽는다. 동강동강 내도 안 죽고 밑구녕을 꼬챙이로 꿰가 밑구녕을 싹 꿰야 죽는다.

〔 도천면 설화 8 〕 T. 2 뒤

일리, 1999. 4. 1., 5조 조사.
김금자. 여 · 77.

원한 고개 이야기

옛날에 여 원한곡이 있거든, 원한곡. 원한곡이 있는데 형제간에 누이하고 동상하고 이래 둘이 인자 원한곡에 거기 넘어갔거든. 넘어가다가 가만히 본께 저거 누이가 참 잘났거든. 잘난게 형제간이라도 그자 이 사랑할라꼬 좀 맘이 달랐던가봐. 이래논께 그게 인자 가만 생각에 내가 우리누이를 내가 이래가 되겠나 싶어서 참 하늘 무섭고 땅 무섭는데 되겠나, 이래 싶어서 그래 인자 가다 그게 인자 남자가 그런게 저거 동상, 남동상 아이가. 인자 이래가다가 오줌누러 간다 카면서 솔밭에 숨어 갖고 그래 인자 남시문을 대고 돌멩이에 대고 쏘서 끊어뿟다. 그럼 마, 죽어뿟겠네. 그래 죽어뿌서 그래 원한 고개라고, 원한이 져서 원한 고개라고,거기 지금도 원한 고개 있다. 저 부곡가는데 있는데.

〔 도천면 설화 9 〕 T. 2 뒤

일리, 1999. 4. 1., 5조 조사.
김순이, 여 · 72.

욕심 많아 망한 부자이야기

마을에 돈 많은 부자가 있는데 굉장히 구두쇠라 돈을 한 푼도 안 쓰고 밤낮 모아놓고 모아놓고 이러기만 하지, 옆 집 사람도 모르는데 그 사람이 많이 그렇게 해서 돈을 억수로 벌었거든. 벌었는데 몸이 좀 안 좋았어, 그니까는 어떤 스님이 하나가 그 집를 와서 보니까,

"욕심쟁이라 그러니깐 당신은 마음을 고쳐야지 낫지, 마음 안 고치면은 날 수가 없다."

이래 했는기라. 그러니깐,

"어떻게 해야 낫겠는가?"

하니깐 날 따라 오라꼬. 그래 그 스님을 따라서 얼마만큼 가니까 이만한 굴이 이만큼 있는데 그래 밥하고 나물하고 요 세가지를 담아가지고 그 사람 들려서 이제 가니까, 구멍이 이만한게 있는데 거 다가 스님이 거 가서,

"스님요, 스님요 나오십쇼. 와서 식사 하십쇼."

이러니깐 커다란 고래가 나오드란다. 그러면서 나오는데 눈물을 뚝뚝 흘리면서 나왔어.

"잡수십쇼."

그러니깐 그거를 자시더란다. 그 애가. 그러고는,

"그럼, 저희는 가겠습니다. 안녕히 계십시오."

그러니깐 그러고나서 또 한 군데 그런데를 또 갔는기라. 또 가서 그 스님이 또 와서,

"스님요, 스님요, 와서 식사 하십쇼."

그러니까 또 그 스님도 역시 나와갖고 그래서 나와갖고 또 눈물 흘리고 그럼 또 가서 세 군데를 그런 데를 갔어. 가서 거다 밥하고 거 해서 다 드리고 우리는 간다, 이렇게 인사하고 인제 어디를 갔냐 하면 그 구두쇠를 절에다 갖다가 놓고 기도를 드리라 그랬는기라. 이제는 욕심 전혀 안부리고, 절대 부리지 않고 이 재산을 다 누구누구한테도 다 노나 주겠노라. 이제 이런 식으로다 이제 쪼그려뜨려 앉아서 이래 기도를 자꾸 드리는기라. 그러고 있는데,

"내가 물이 좀 먹고 싶은데 어찌하면 좋겠습니까?"

그러니까,

"너는 저 산에 가면 물이 있을테니 거 가서 물을 먹고 오나라."

이랬단다. 그러니까 마냥 그 사람이 목이 말라서 마냥 산으로 올라갔는데 물이 없는기라, 물이 없어. 그래 도로 돌아와 갖고,

"스님요, 암만 가도 물이 없어서 못 먹고 왔습니다. 조금만 주십쇼."

그러니까 고게 요 부처님 요기 앉았는데 부처님 앞에 딱 거 거가서 앉으니까 물 한 모금을 이제 그 줬어. 이제 스님이 앉아갖고는 뭐라고 이제 기도를 드리니까 사람이 변해가지고 부처님이 되버렸어. 그래서 그 남자는 그 욕심이 너무 많아가지고 인심을 안썼어. 고만 부처님이 되고 난 뒤에 끝났지. 그런데

옛날에는 그런게 아마 있었는 모양이지.

〔 도천면 설화 10 〕 T. 2 뒤

일리, 1999. 4. 1., 5조 조사.
박복희, 여 · 73.

구렁이와 부처가 된 두 사람의 이야기

　　이야기 해주는 기 어쨌든 남의 거는 콩도 꺼내지 말고 솔도 꺼내면 피가 나고 나무도 꺼내지 말고 그래 인자 이 학생이 서이가 이래 공부를 하는데 한 학생은 밥 지가 하면 꼭 똑같이 갈라 묵고, 똑같이 꼭 갈라묵고. 한 학생은 지는 많이 묵고 둘이는 작게 주고. 이래 세 학생이 이래 하는데 그래 인자 참 같이 갈라묵은 그 학생은 그기 되고. 고마 내가 공부해 갖고 그자 마 지 거시기 되고. 마음먹은 대로 되고. 많이 묵은 이는 그 사람 지내 보니까내 구렁이가 탁 되갖고 집에도 몬가구로 하는기라. 그래,
　　"와이카노 와이카노?"
　　그러카니까네 그래 인자 꿈에 인자 내가 구렁이가 그 니캉같이 거 하다 내가 그랬으니까내 날로 좀 그거 해주라 해서 그래 절에 가서 인자 마 그래 마 하나는 인자 지는 같이 똑같이 먹은 사람이 제일 좋은기라, 지는 많이 묵고 했거는 그기 인자 구렁이가 되고 그거 핸 거는 부처가 됐더라. 하나는 산부처 가 됐다. 산부처가 되삤다고. 그런게로 아들은 그기 인자 갈쳐주는기 뭐야 뭣 이든지 그거하지 말고 욕심내지 말고 정직하게 잘 살아라, 그래노니까네 아들 이 훨씬 낫는기라. 그래 그 절에 가서 그 콩 그런것도 안 끼고 절대 그 뭐 안 끼는 기라.

〔 도천면 설화 11 〕 T. 4 앞

죽사리, 1999. 4. 2., 5조 조사.
빈순덕, 여 · 73.

입동이와 이진사댁 딸의 사랑이야기

옛날에 김진사하고 건진사하고 살았거등? 정승들이 살은기라 건진사는 산골에 들어가서 살았어 하나는 서울 시내에서 산기라 잘 살았거든 인자 건진사가 산골짝에서 애기 하나를 나은기라 그아가 입중인데 산에서 계속 산기라 거기서 공부하고 있었던기라 입중이가 열 다섯 살 되던 해에 입중이가 부모에게,

"제가 서울에 가서 사국 좀 알아보고 오겠습니다."
하는기라 부모는,

"이제마 가지 말라."
그러는기라 근데도 막 가서 서울을 가겠다고 마 그래서 얄궂은기라 그래서 마 어마씨가 주먹밥을 싸가지고 보낸기라 서울에 가니 참 이쁜 겨집이 하나 있는기라 그래서 뒤를 쫓아가서,

"저 집엔 누가 삽니까?"
하고 할마씨에게 물어보니까네 마,

"저기에는 이진사가 산다."
그러는기라 딸 하나놓고 이래산다 하는기라 그래 인제,

"갈 수 없는가?"
하고 물은기라. 찾아가서는 이제 진사가 묻는기라.

"어디서 누구의 아들인데 나를 찾아왔노?"
하니 이제,

"저는 건진사의 아들인데 산골짝에 가서 살다가 마 돌아가는 걸 몰라가지

고 서네 서울을 왔다."

카니 진사가 말하기를,

　"내가 마 건진사랑 친구라."

　하는기라 마 인제 집안은 돌아다니는데 별당에 참 이쁜 아가씨가 있는기라 마 입중이랑 한 동기인거라 그래 공부하다가 바람쉰다고 나와 있는데 너무너무 이쁜기라 꽃밭에 물을 주고 있는데 참 잘난기라 그래 그 다음날 집에 간다 그러는기라 그래서 집에 돌아갔는데 마 총각이 병이 나뿌린기라 처녀를 보고 가서 병이 난기라 병이 나가지고 누워있으니 백약이 무약이라 마 식음을 전폐하고 누워있는기라 그러니 마 하나밖에 없는 아들이 그러니까는 이바씨가,

　"입중아 입중아 와그러노, 무슨 일이 있었기에 그러노? 하민서 말을 해봐라 내 들어 줄 수 있으면은 들어줄테니까는."

그러니까 입중이가 어머니 아버지 서울 가서 어찌어찌해 가지고는 이래이래 됐다 하니 아바씨가,

　"이진사랑 나는 절친한 친구다 내 니말 들어주꾸마 일어나서 밥 먹으라."

　그래 다음날 서울로 가는기라 가서는 따님을 보고 가서 병이 났다카면서 절친한 친구니가는 마 어떻게 안 되겠나 하는기라 그랬더니 이진사가 그럼 입중이 보고 짐을 싸가지고 집으로 오라해라 하는기라 그래마 입중이를 그 집으로 보내 별당에서 공부를 하게 하는기라 마 얼마나 좋노 안 그렇나 좋지 결혼은 안 하고 있었는데 마 입중이 나이가 열다섯이니까는 한 삼년 있다가 보낼라고 그런기지 한 삼년을 그러고 있었다 근데 마 이제 식을 올릴때가 된기라 근데 난데없이 국가를 쥐고 흔드는 그런 사람이 그집 처자가 좋다는 이야기를 듣고와서는 결혼할라 그러는기라 그래서 이진사가 나는 딸 하나로 두 사우 못본다 (자신이 아니라 딴 사란이랑 결혼울 하면은) 두 집안이 다 망한다고 그러면서 혼자 날을 잡아놓고 가는기라 참 얄궂은기라 우리집도 망하지마는 총각집도 망한다 그러니까는 마 둘이 울고불고 난리가 난기라 그래 그 잡아논 날이 다가온기라 할 수 없는기라 부득사실이거든 그래 그 사람이 조그랑 오그랑 주그랑 말을 타고 휘이이하면서 오그든? (청중이 할머니의 표현 때문에 웃음 한 아저씨께서 들어오셔서 인사함) 그래서마 인제 입중이에게 두집 다 망하니 어쩔수없다 그러는기라 그래 마, 집으로 돌아가란 얘기지 뭐꼬. 그래

처처자도 억시 우는기라 짝이라고 맘먹고 있다가 그래되니까는 안 그렇겠노 그래 몸종 시키가지고 편지를 보낸기라(주위가 매우 소란함) 잊고 좋은처자 만나서 나 같은거 잊고 잘살라고 이래 써 가지고 보낸기라 그래서 인자 입중이도 편지를 썼다 아이가 써서 별당에 보냈는데 보내민서 속적삼을 하나 보낸기라 포적이라고 보낸기라 또 그 처자는 반지를 하나 보낸기다 어디를 가도 지니고 다니라고 그러는기라 (조사자 : 반지요? 아아.) 그래 반지를 보내고 입중이는 속적삼을 보낸기지 그래 가지고 총각이 생각하기를 참 애닮고 원통하고 이쁜 처자한테 강개를 못간게 죽을 지경이거든 그래집이 망한다는데 뭐 우짜노 그래 생각해보니 언통한기라 이럴 줄 알았더라면 오기전에 처자 손목이나 한 번 지보고(만져보고) 올걸하는기라 (청중 모두 웃음) 마 요즘같으면 담방에 한밤자고 온다 안그러나?(모두 웃으면서 그렇다고 대답한다) 그래 인자 보따리 싸서 가는데 보내놓고 인자 식을 올릴라고 하는데 아 처자가 아 누워만 있는기라 인자 대면을 하고 식을 올려야 하는데 누워만 있는기라 그러다가 탁 나갔다 나가서 하는말이,

"야 이 더러운 놈아 니 욕심민 차리는 놈아 어는 니 욕심민 차리나?"

그러면서 돌아가라고 막 그러는기라 이 나쁜놈아 그러민서 목을 콱 찔러버라는기라. 그러니까는 마 그놈이 좆이 빠지게 뛰어가뿔고 (청중이 모두 폭소를 터트리고 분위기가 어수선해지기 시작했다) 마 피는 한강이지 마 부모가 난리가 나는기라 그래 마 죽어뿌렀다. (청중 모두 놀람)안고 별당에 들어가서는,

"무남독녀 키워났더니 이게 우짠 일이고?"

하면서 울고 땅을 치는기라 마 얄궂그든 그래 인자 옷을 갈아입힐라고 보니까 옷안에 핀지(편지) 가 있는기라 보니까는 엄마 아버지 불효잡니다 어머니 아버지에게 말을 못하겠습니다 그리면서 내 몸에 아무도 손대지 말고 입중이를 불러서 옷을 갈아입히고 그러라고 하는기라(그러자 입중이가 그리하겠냐면서 할머니께서 물어보심) 하지 왜 안하노 인자 편지를 보고 낙담을해가자고 참 얄궂은기라 그래 와 가지고서는 보니까 죽어있거등.

"그래 내가 왔다 그러면서 일어나라 일어나라."

그러는기라 근데 일어나나 안 일어나지 그래 인자 옷을 입히고 산에가서 묻었다 아이가 참 얄궂다 안하나 딸하나 그래뿌렸지 버렸지 사우도 하나 일어

버렸지 그래인자 그러고 있는데 처가집에서 중신을 서준기라 턱 중신을 서
준기라 그래인자 장개를 갖다 아닌가 갖다가 살다가 처가집에 한 번 가봐야겠
다 그래가지고 가보니까네 벌건 색이 나오는기라 아이 이거 한잔 먹고 해야겠
다(목이 마르신지 술을 한 번에 다 드시고는 다시 구연을 시작하였다)그래가
지고 이정승 집이 생각나서 갔다 갔다와보니 다시 집으로 돌아와보니 말할
놈의 자식이, 당상에 한놈이 앉아 있는기라 (조사자 : 같은 사람이요?) 입중이
랑 똑같은 사람이 앉아 있는기라 보니까는 자기랑 똑같그등.(일동 아아)인자
귀신이라고 마 몽둥이를 구해 가지고서는 막 때리삐고 마 그런다. 이게 우짠
일인고 싶어 가지고서는 호되게 나와 가지고서는 턱 나와 가지고서는 갈곳이
어디있노. '인제 나는 돌아다니다가 죽는거 밖에는 없다. 마 내 팔자가 그런걸
어짜노?' 하면서 걸뱅이(거지)처럼 돌아다니는기라. 그래 정승 아들이 그래 다
닌다고 사람들이 마 그러는기라. 돌아다니다가, '내 아랑교 가서 빠져죽을란
다.' 그런다. 아랑교라는 다리가 있는데 그 밑에는 물이 시퍼렇게 있는기라 그
래 내려다보니 물이 시퍼렇고 참 마음이 안된기라 떨어져 죽을려고 그러는데
마 난간에서 손이 떨어져야죽는기지. (청중들의 관심도가 집중되었다) 손이
안 떨어지는기라 나올라카면 떨어지고 빠질라카면 안 떨어지는기라 (청중 중
에서 처자가 그러는 것이라고 한다.) 내가 이래 와 안 떨어지 노 그리 생각을
한기라 그래 이제 앉아서 있는데 어디서 거문고 소리가 팅팅하고 들리는기라.
그래 이놈이, '어차피 죽는거 저기나 한 번 가보고 죽을란다' 하고서는 마 소리
나는데를 찾아가지고 간기라 찾아가니 집도 참 좋는기라 산골짝에 집 지어
났는데 삽소롬하니 잘지어 노니 들어가서보니 이와 죽을껀데 머 어떠노 그러
는기라 니그 술은 어디서 그래 가져오노? (조사자들이 신경쓰지 마시고 계속
구연해줄 것을 요청하면서 술을 권하자 자꾸 이래 먹으면 술취해서 못한다고
하시자 청중 모두 웃음)그래가지고 인저 그래 문을 열고 들어가니 아주 이쁜처
자가 있는기라 그래 이 처자가,
　　"목숨을 애끼거든 나가고 목숨을 바치거든 들어오라."
아 탁 그러는기라 그러니,
　　"내 이왕 죽을끼니."
들어갔다 그랬다 인자,

"당신은 어떤 사람이건데 여 찾아왔노?"

그래 묻는기라그래 내 건정승 아들인데 이래이래 어찌어찌해가지고 이까지 온기라 내 죽을라고 이끼지 온기라고 말했삔기라 처자가하는 말이 내 그전에 줄 게 있꼬나 그래면서 속적삼을 탁 꺼내놓는기라 그러니 또 반지를 내놓는기라 그러니 둘이 울고마 바람아 불어라 비야 온나 둘이 그래 서로 끼안고 좋아하는기라 (청중의 환호) 우리끼리 평생을 살자꼬 그러는기라 마 하늘의 옥황상제의 명을 받고 왔다 그카는기라 그라민서 날개가 확 피지는기라 선녀들이 확 막 이러는기라 그기 인자 식을 할라꼬 마 그러는기라인제 식을 마치고 내 인자 옛날에는 안잊어 뿌고 잘했는데 이제 마 잊어버렸뿌다 그래인자 구슬 옥쟁반에 마 식을 올렸다 아이가 그리고 선녀들이 타고 올라가뼛다 올라가가 인제 닭이 울리니까는,

"이제 올라가야 된다."

이라는기라 옥황상제의 명을 받고 왔는데가야된다 이러니까는,

"가지마요 가지마요 우리 죽어도 같이 죽자."

니까는 할 수 없다 그러민서 하늘로 올라가뻐렀다. 그래 인자 잠이 든기라 근데 깨보이 아 뜬바위 우에 떡 있는기라 꿈인지 생시인지 하늘에서 만들어서 보낸기라 그래 인자 집으로 돌아 왔다 집에 약을 시봉지 두고 간기라 한첩은 대문간에 던지고 한첩은 마당에 던지고 한첩은 방에다 던지라 이러는기라그래 인자 집에가서 대문에 확 던지고 마당 한 가운데에 던지고 방문을 열고 확 던지뼛다 그래 막 벼락이치는기라 부모도 막 통곡하고 마 여자도 통곡하고 마 신랑을 볼라고도 안는기라 신랑은 미안타고 해도 방에서 나오지도 안는기라 그래 내 잘못이게 그러지 말라고 마 저기한거 하나도 없었다고 마 그러는기라 그래인자 아를 찾으러 간다는기라 아 이름이 성동이다. 이제 마 부인은 집으로 돌아가고 집이라는게 하늘 아이가. 그리고 마 죽은 사람이 아를 낳노이니 이 얼마나 안좋나 죽은 사람이 아를 낳는건 마 안 좋은기라 그래 인자 그래 가지고 성동이한테 서울의 무슨 진사 무슨 진사를 찾아가라 그랬다.

창녕군 이방면

※ 이방면은 제보자 신상 자료 및 사진을 분실하여 부득이 조사된 설화만을 싣게 되었다.

Ⅰ. 조사 기간 및 일정

1. 조사 기간 : 1999년 3월 31일 ~ 4월 2일

3월 31일 : 창녕읍에서 하차한 후에 버스를 타고 20여분 거리에 있는 안리에 도착해서 이장님을 찾아뵙고 노인정을 숙소로 정한 후, 간단히 저녁을 먹고 노인정에서 쉬고 계시는 할머니들에게 술과 먹을 것을 들고서 이야기를 들으러 가셨다. 처음에는 말하시는 것을 쑥스러워 하셨지만 술을 조금씩 드신 후에는 주로 노래를 중심으로 이야기를 해주셨다. 할머니들에게 인사를 드리고 나와서 그날 채록한 것을 정리한 후, 취침하였다.

4월 1일 : 6시 30분에 기상해서 아침을 먹고 채록 준비를 하고 할머니 할아버지들이 노인정에 오시기를 기다렸으나 한 분도 오시지 않았다. 때문에 팀을 나누어서 한 팀은 동산리로 한 팀은 현리로 채록을 하려 하였으나 녹음기가 문제가 생겨 결국 모두 동산리로 가게 되었다. 그곳에서 민요를 잘 하시는 할머니를 만나서 꽤 많은 민요를 채록하였다. 많은 이야기를 알고 계시는 할아버지가 있다는 이야기를 듣고 찾아 갔으나 그다지 좋은 수확을 얻지는 못하였다. 그러나 현리로 이동하던 중 한 할머님께 옥천 마을에 민요자락을 잘 하시는 분이 계시다는 이야기를 들었다. 오후 4시쯤 두 번째 마을인 초곡리로 이동. 이장님이 소개시켜주신 할아버지께 이야기를 약 2시간 들었으나 성과가 없었다. 채록한 것을 정리하고 다음날에 관한 계획을 짠 후 취침하였다.

　4월 2일 : 아침에 일어나자마자 한 팀은 어제 만난 할머니의 말을 따라 옥천마을로 이동하고 한 팀은 초곡리에 남아 짐을 정리하고 할머니 할아버지께 이야기를 들었다. 그러나 그다지 많은 성과를 거두지 못해서 초곡리를 돌아다니며 마을 분들께 물어 한 할아버지를 찾아갔으나 나이가 많으셔서 이야기를 다 잊어버리셨다고 해서 듣지 못하였다. 그리고 창녕읍으로 돌아와 다른 조와 합류하였다.

Ⅱ. 설화

〔 이방면 설화 1 〕

호랑이가 할머니를 먹은 이야기

　베 메주러 가미, 너 요 밥한 거 먹고 있그라. (갑자기 전화가 옴) 오야 비를 메주니 그 집에서 떡을 한 주리 해 주드란다. 메고 오니께네 아들 주라고 떡을 주는걸 이고 넘어 온께네, 호랑이가 앞에 턱 나서서,
　"할마이, 할마이, 내가 떡 한길이 주면 안 잡아 먹지."
안 멕힐려고 한 덩이 휙 던져 줬다. 또 한고개 넘어 가니 까네,
　"할마이, 할마이 떡 한 개 주면 안 잡아 먹지."
하는기라. 또 한 개 줬는데 인제 또 한 개 넘으니깐에 또 나서서 또,

"할마이, 할마이," (한 할머니가 '만날 그기라' 하시며 웃으신다.)
그래 다 줬뿌고, 집에가 아들 줄끼 없는 기라. 그래 넘어 가니까네,
    "할마이, 할마이, 떡 하나 내 놔라."
이카는기라.
    "떡 없다."
캤드니만,
    "그라믄 니 팔이라도 내 놔라"
카는기라. 아파하면서도 또 넘어 갔다. 가니까네 양쪽 팔로 또 내놓라 칸다.
다 줬다. 다 묵고 그래.
    "니 아들은 어딨나?"
카니까네,
    "집에 있다."
카거든. 그래 그 호랑이가 할무이 팔 다 끊어 묵고 배가 안부르나 다 묵어 뻐리
고 저 봉창구녁에 호랑이가 손을 쑥 옇커든.
    "아이고 엄마 떡해가 인자 오나?"
카거든. 엄마 내다. 우리엄마 손인가 손아인가 한번보자 카는데 호랭이 전신에
털래기. 아이가
    "아이고 우리 어무이 손 아이다. 우리 어메 손은 매끄럽을 기다."
호랑이가 말하길,
    "비로 메서 풀손 아이가."
    그래가 아 둘 다 잡아 먹어 뿟다 아이가, 호랭이가.

〔 이방면 설화 2 〕

옥천 마을의 유래

옥의 샘 천(川)자를 따 가지고 옛날에 옥 샘이 있었다고 하더래. 그래가지
고 '옥천'이라고 하더라애. 옛날에 옥 샘이 있었는데 산사태가 나가지고 소
가 빠져 샘을 묻어 가지고 못 찾고 있는기라. (조사자 : 소가 빠졌다구요? 거
기?) 옛날에는 물이 많이 없구마. 땅 바닥이 이래 갈라져 소가 샘에 들어갔는
데 그 때 산사태가 나서 소가 못 찾는기라.

〔 이방면 설화 3 〕

효녀 한아지 이야기

* 효녀 이야기를 해달라고 청해서 듣게된 이야기이다. *

그러니께 이 전에는 얼음이 많이 얼마 얼음이 많이 얼마 빙판이 누가 빙등
그러지 요새 와, 요새 스케이트 타는거 그거 스케이트 안타나 (조사자 : 예.)
그래 인자 아바이가 지게를 지고 나무하러 간께 아바이 따라 갔거든.(조사자
: 딸이요?) 응. 따라 가갔고 그래 아바이캉 나무를 해 갖고 그 내려 오다가
얼음이 깨져서 아바이가 죽어뿐다. 빠져갔고 이러니께 아무리 건질려케도 제
대로 안되고 이래 가꼬는 건지고 건질라카다가 몬 건지고 마 부녀가 다 죽어뿌
거든.
부녀가 그 딸이 효녀지 그러니까 딸이 아버지 따라 죽었어. 거 비가 서
있어.(조사자 : 효녀문이 서 있어요?) 응. 효녀라고. 그러니께 그 딸이 한아지
라. (조사자 : 한하지요? 아지요?) 한가라고.(조사자 : 예.) 한아지라 아지가

그래 아바이 따라 죽고 얼음 속에 모 들어가 놓은게 뭐 얼음이 자꾸자꾸 깨징게 올라올 수가 없고 아바이캉 모 올라갔다 내려갔다 죽어가고 그래 거 한아지 비가 서가 있어. (조사자 : 한아지 비요?) 응 한아지.

〔 이방면 설화 4 〕

효자 이야기

　저 아바이도 생전에 잘 생겼지마는 사후에도 참 잘 아바이는 갔다가 말하자면 사후에 지사 같은 거 잘 지내고 밥 여가고 아바이를 못 잊어서 이랜 분이 강 건너에 아버지 돌아가시고 나서 강 건너에다가 묘를 써 놨다 말이지. 강건너 가야 묘를 써 놓은게 강을 건너야 묘를 써놓은게 그 아바이가 강을 건너가야 혼이라도 건너와야 인자 자기 집에 아들 집에 와 갔고 지사를 갔다 먹기라도 할텐데 열두시간 이전에 제사를 열두시가 지내야 지사를 지낸다고.(조사자 : 예.) 열두시가 지내야 지사 지낸다고. 지사라카는 기는 죽은 날을 기념하는 기라 . 죽은 날 기념하는 긴디, 살아가 있는 분을 기념하면 생신이고 죽은거, 죽은 참 부모를 기념하는 기는 사후 지사고. 그래 인자 그 날 되면은 지사날 되면 열두시 전에 배를 타 가 갔고 저 쪽에 대는 기라. 대 갔고,
　"아부지 오늘 지역이 지산데 건너 가입시더."
혼령 인저 혼령이 맴이지 혼령한테 인자 혼령이 어디 비이나?
　"아버지, 오늘 저녁에 지산데 건너 가입시더."
커면 건너가 갔다가 지사 지내고 난 뒤에는 또,
　"건너 가입시더."
커면 배로 가고 또 태워 가고 또 저쪽 갔다 오는거 갔다가 오고 가고 하는 것을 혼령이 비이나 이런데 그렇지. 효성이 생전이나 사후나 그렇지. 지극하더라 카는 것이야. 그거이 인자 그 아들이 생전이나 사후나 지극하게 효성이 된께 그런거 하지. 이래 놓은께 그런기지.

그런데,

"아부지 건너 가입시더."

카는 고 시간에는 사램이 타면 뱃머리에 이전에 조각배 타면 이래 흔들리거든. 고 때는 반드시 흔들리고, 또,

"아부지."

그래 갖고는 이 자기가 이래 아버지를 업는 거 매로 이래 갖고는 이래 이래,

"아부지 여 뒷지게에 업히이소."

커는 드가면은 배가 흔들리고 또 인자 나오면은 근디 또 지사 다 지내고 '아부지' 그러면 저 참 혼령이 인자 위에가 의지해 갖고 있으니께 또 혼령이 비이는기라. 그런거 그거는 그거 뭐 정신이 그만큼 효자드라 카는기지.

〔 이방면 설화 5 〕

은혜를 아는 호랑이

서울 가게 간다고 어떤 사람이 서울 가게 간다고 인자 가는 길에 어느 산골로 가니께 호랑이가 참 나타났는네 입을 딱 벌리고 나타나더란다. 입을 버릴고 나타났는데 그래 보니께 호랑이 입에 비녀가 이런게 하나 떡 걸려 있더라. 그래서 그 사람이 서울 갈려던 사람이 그 손을 여가 비녀를 빼는 기라. 그것도 보통 사람 아니재. 호랑이 입에 여 손을 여가 비녀를 빼겠나. 그래 인자 빼고 인자 가게를 갔다 오는데 오는 중에 그 사람이 죽었는기라. 죽었는데 인자 여서 연락을 듣고 이 사람 인제 이전에는 뭐 지고 오니께 지고 오는 삶이 목이 말라서 어느 주막 앞에다 지게를 세워 놓고 술을 마신기라. 술을 한 잔 먹고 나니께 시체가 없는기라. 호랑이가 물어 갖고 가는디 그 인자 눈이 와 강께 딸딸딸딸 끌어가는데가 표가 나서 따라 가는데 호랑이가 그 시체를 요래 놔 놓고 저그 또 죽어 있는기라. 호랑이가 시체 놔 논데 거그마 그래가 죽어가 있어서 사람 욕심이 안 그렇나, 대명산인데 요 호랑이 눕은 데가 대명산이라고

바깥이 이렇게 있는기라 묻은디 그래 했다고 그런 얘기도 있지.

〔 이방면 설화 6 〕

가장 구한 부인

한 정녀는 가장이 여러해로 아픈데, 가장이 꼭 죽기가 된느기라. 우리 일가 집인데. 가장이 꼭 죽기가. 그래예 약 다리고 무슨 인자모 온 갖거 다하다가 잼이 쪼매치 이렇게 드니게 꿈에 와 갖고 꿈이, 이렇게 잠이 꼬박 드니께 꿈에 예 이 농니이 와 갖고,

"니 가장이 죽기는 죽는데 대로 하나 죽으면은 그 느 가장은 산다."

이켔거든. (조사자 : 대로 하나 죽어요?) 대로 그 대신으로 하나 죽으면 사람이 하나 죽으면. (조사자 : 아, 예.) 그래 그 맥이 깜박 졸리서 꿈을 꾼게 파닥거려 인자 아 니 가장이 죽기는 죽는데 대신으로 죽을 사람만 하나 있으면 그건 그 명을 갖다 대신으로 받아 가꼬 살 수가 있는대꼬 이러니께, 그때 깨 보니까 꿈이거든. 그래 사라에서 가장 곁에 앉아가서 약을 곤나고 이래다가 잠깐 졸리가꼬 그랬는데 꿈을 꿔 본게 이상하다 말이지. 이래서 안에 가서 그때 마 약을 먹고 자살했다 말이지 자살로 함께 죽었는데 안에서 나와 가꼬 다리러 나왔지. 인자 그 나와가꼬 아들이 나왔기나 손자가 나왔기나 나와가꼬, 아파 누워 가고 방금 인자 모 언낭가면 죽을 위인인데 아이고 안에 즈그 할매 가 죽었다 캤든지 즈그 엄마가 죽었다 했든지 '어이' 그러드마. 그래 인나 가고 그는 살았거든. 살아가고, 인에서는 죽었고, 그는 살아가고 그랬다.

〔 이방면 설화 7 〕

영험한 능력이 있는 며느리 이야기

아들이 서울 가게를 가는 기라. 아들이 인자 서울 가는데 (주위에서 놀고 있던 할머니들이 떠들어 들을 수가 없음) 그래 서울 가게를 가는데 그래 (할머니 한분이 이야기를 하시던 할머니에게 그만하라고 한다) 최우태라 카는 사람이 마님한테 올라와서 집을 가서 야가 오늘 가게를 해가 오기는 오는데 가게를 해가 오기는 오는데 야가 저 뉘이 올기다 이칸께로 다치가지고 다치 뉘이 올끼라 이칸디, 그러니께 며느리가 더 또 도사라. 며느리가 그래,

"어머니예 아버님이 뭐라 캅디꺼?"
그래 이칸데,

"뭐라 하십디꺼?"

"야야, 아가 오늘 가게 해가 오는데 저 그래 인자 가게를 해가 오는데 다쳐서 온단다."(한 할머니가 어디를 다치냐고 묻는다.)

"그러면 어머니 지 시키는데로 할랍니까?"
그래,

"야야 자식이 좋다카면 뭐라 안해? 하지."

"그라면 열한시되서 저 열한시대서 물로 한동이 이고."

이전에는 집지붕 안 있나 와 지붕쾌에 용바람이라는 데가 있는데 물로 이래 이고 옷을 할딱 벗으라 카는 기다. 옷을 할딱 벗고 이래 인자 우리집에 '불이야! 불이야!' 시고는 이칸 그 물을 이래 막 모욕을 하며 쏟으라 카는기다 그게 부정 띠긴 물인기라. 그래 인자 물을 인자 썩 띠끼라 하는 기라. 그래 참 인자 그래지. 참 이래 그래니께 그래 아들이 서울 가게 말타고 오다 마 고단해서 바위 밑에 거게 떡 앉았응께 이래 마 거기서 자부린기라. 잠이 인자 마 고서마 좋았다 이래니께 어디서 '불이야!' 소리가 나드란다. '불이야!' 카는 바람에 깜짝 깨가지고 이래 턱 나오니께 그 바위가 턱 뭉개져 버리더란다. 나오고 나니께. 안 그래마 그 불이야 소리 안 들었으면 거기서 뭉개져 다치는 거란다. 그래 인자 턱 뭉개져 나왔는데, 그래 인저 나오고 생각하니께 집에 걸어걸어 왔다 오니께 야야, 아부지가 하는 말이,

"야야 저 여자가 너무 저래 알마 나라가 망한다 칸데 우리 집구석이 망한다. 저그 며느리 저거 쥑이고 너는 새로 장가가면 안되나?"

그래 아들이 마 또 듣는기라 그래,

"그럼 아부지 그래보이소."

이칸께 그래,

"내가 염라대왕 갈끼다. 내가 염라대왕 잡아가라 할끼다."

그것도 잡아가는 것도 며느리가 아는기라. 알고마 시루떡 찌고 돼지고기 차사 오는 다리를 인자 아는데 그 다리다 턱 채려 놓고 채려놓고 인자 마 다리 밑에 가만히 숨어 앉아서 잉께 참 차사가 오는기라. 오는데,

"아따 여디 참 마신내 여서 난다.어시 구신내가 난다. 이거 우리 먹고가자."

그러고 고마 술하고 국하고 먹고 나니께 인자 마 차사가 먹고 나니께,

"고마 마 시간이 늦어 뿌어 이리 뭐 잡으러 못간다. 어느 주막 거 가면 이름도 똑같고 나도 같고 그 사람 잡아가자."

칸다. 그래 부러 딴 사람 잡아가 뿌린기라. 잡아가 뿌고 난 뒤에 또 이거나 최우태가 살아나 본게 며느리가 안 잡아가고 있는기라. 그냥 있는 기라. 이거 참 이상하다. 하늘의 옥황상제한테 가 할기니까네 잡아간다고. 그러를 인자 알고 며느리가 알고 그 시를 마 시아버지를 고때 잠을 시가 있는기라. 있을 때 고마마 각을 사고 마 의복을 사가지고 싹 입혀 가꼬 마 마 늘에다가 고마마 탁 이칸 다 헤뿌린기라. 이래 헤뿌린게 해놓고 우는기라. 저 돌아가셨다꼬. 인저 숨이 쳤으니께 우지, 하고 이래 앉아서 상들하고 모두 아이고, 아이고 마 이래 울고 있으니께로 난데 없가시 참마니 이래는 하루저녁이니께. 새가 두 마리가 홀 날라 들어오더란다. 문구멍으로 드어오더니 아이고 뭐 너를 가시 이래마 전신을 돌아 댕기더란다. 너르가시 돌아댕기다가 문득 하니께 고마 날라 앉아서 새 낫다고 날라가 뿌리고 인제 시어른 혼백이라 그게. 그래 그 시어른은 고마 죽었는기라. 그런데 젊은 사람 내외 살고 남은 사람 죽어도 안 괘안나. 그래 인제 그래 그렇더라고 그런 얘기를 그전에 내가 들었어.

〔 이방면 설화 8 〕

시부모를 잘 공경한 며느리

저 옛날에 참 이래 인자 신랑이 논 갈러가니 소로 몰고 가면 소죽도 끓여가 가야 되거든. (조사자 : 소죽?) 소죽. 그래 소죽도 끓여가 가야 되고 밥도 가 가야되면 그리 무겁잖아. 이나 소죽 그거 한 보생이거던. 그리를 인자 이래 이고 밥하고 해가고 가는데 그래 인자 밥을 해 갖고. 이래 인자 이고 갈라꼬, 어른 내외가 살아 인자 살아 있거던. 살아 내외가 인자 주무시는데 밥상을 이 래 들고 가니께 어른 내외가 이래 그케 몬해서 장난을 하는기라. 밤장난을 한 다카면 아들 다 알겠나. 그래 인자 참 이래 참 내외 분이 합봉을 시작하는디 그래서 인자 잡곡밥상을 가 와가지고 어른들 기운 없다고 고마 인자 닭을 잡았 는기라. 닭을 통닭을 잡아가지고 마 이래 탁 벗기고 그래 가지고 인자 안치놓 고 그걸 안치놓고 바밯고 소죽하고 가가마 그거 하고 온거 아니가 저거 같이 늦거든. 아침이 이래 늦은게 그래 인자 신랑한테 이래 이고 가니께 늦다고 이 늦다고 신랑이 막 여 또 막 이리 이 두름으로 가면,

"좀 내라 주이소 내라주이소."
카면 안 내라주다가 또 이리 또 소를 몰고 이리 오면 논을 갈며 오는데 또 이리 따라오고,

"내라 주이소 내라주이소."
카마 저 거시기가 보니께 걸어오니 보니께,

"참 이상하다. 저렇게 내라 도로꼬 다라다니는데도 안 내라주고 소만 이라 카에 부르고 댕기는데. 언제는 마 절한다고 막 저의 댁한테 막 절한다고 난린 데 그래 그 이유로 머신꼬 하니 알아보자."
카니께 그래,

"내가 참 우리 부인이 참 이렇게 효분줄은 모르고 내가 그래 잘못했다."
고 이렇게 빈다고 이카니 어른이 그래 참 이래 참 밤에 이래 주무시니 아직 뭐 늦게 저기 참 자고 장난을 하는데 어른 내외 참 장난을 하는데 기운 없다고 그래 인자 닭을 잡아놓고 안치놓고 오니께 이래 늦다고 카니께 그래 참 그 원이 효부상을 참 많이 내리더란다. 그래 그런 얘기고. 아들 듣는데 내 얘기하

는 것도 참, 이러는 이런들 캉 하는 얘긴데 내 그거 한다.

〔 이방면 설화 9 〕

산삼 캐서 부자된 이야기

산삼캐러 가서 부자된거 사슴따라 댕기는거. 몰라? (조사자 : 예.) 그런 책 읽었을긴데. (조사자 : 처음 들어봐요.) 인자 참 산에 댕기며 삼을 인자 이래 캐고 사슴 따라 댕기며 이래 참 (한 할머니가 사슴일까 묻는다) 사슴. 그래 인자 따라 댕기며 인자 이래 참 삼을 캐 갖고 인삼을 캐 갖고 자에 내다 파고 이러니께 그래 그러고로 부자가 되는기라. 부자가 된께 그러고로 커서 허숭이 나가지고 인자 그러니께 나이 스물 아홉 살 먹으니께 자꾸 인자 아니 열 댓살 먹었다고 하더라. 열댓살 먹으니께 더욱시구니 가서,

"아부지 돈 좀 주이소. 돈 좀 주이소."
이래는 기라. 아부지 돈 좀 주라 카니 돈을 안주거든. 돈을 안 주니께 이아하고 아들이 소문을 퍼뜨리거든.

"아이고, 저 우리 아부지는 밤 이슬 맞아가며 돈을 벌어가 그래 부자 됐다."
카고. 마 이래 소문을 퍼뜨리는 기라. 아들이 응, 그래 인제 그래 인제 돈을 안줘 패씸타고. 이래 인자 소문을 퍼뜨리는데 그거를 고을 원이 알아갖고 그 잡아 가는기라. 이 사람을 잡아가 가둬놨다. 가둬 놓니께, 어느 년에 물이 참 홍수가 났는데 홍수 날 때 배암이 이래 한 마리 툭툭 떠내려 가는데 그거를 건져 줬다케. 그래 그거를 건져 줬는데 그게 도와 줄줄은 몰랐어. 그래 인저 갇혀 옥에 갇혀가 있는데 그 배암이 이래 소르르 들어 와 갖고 갇힌 그 사람 발가락을 꽉 물어 삐는 기라. 그 이래 물었는데 그마마 피가 철철 나는데 그래 이 배암이 탁 나와가지고 잎파리를 하나 딱 잘라와 여따 붙여 주드란다. 아 붙여 주니께 고마 이 발가락이 나서 뿌는기라. 그래 인자 나서 뿌니기니 그 잎파리 이게 인자 참 좋은 기구나 싶고 따다가 여 놓고 있다. 여 있응게 밖에서

마 시끄러 소란을 쳐 가고. 그래 인저 포졸들 뭐 지키는 사람한테,

"그래 저 안에 와 이리 시끄러우냐."

카고 이래 물으니께 아이고 뭐시뭐시 원님 마누라가 지금 배암한테 물리 가지고 지금 마 야단이라고 온갖 의원 다와도 몬 사선다고 이카더라. 그래 날라 내보내주면 내 마 단시간에 낫타줄라 이켔거든. 그래 참 단시간에 나서 줄라켔어. 참 그래 인자 내줬다. 내주니께 그래 인자 발이다 붙인께 또 원님 마누라가 발이 나사뿐기라. 그 발이 나사뿐께 원님 마누라가 발이 나사뿐께 그래 그 원님 마누라가 참 악수를 하며 우얘서 이래 우얘서 이래 참 이래 잡히어 왔나고. 이래 왔냐고 물으니께,

"그래 참 산에 댕기며 산삼을 캐 갔고 이래 장에 내다 팔아가 이러그로 살기가 된께 자식이 열 댓살 먹은게 아바이한테 돈 안준다 케갔고 아들 참 돈만 많이 줄 수도 없고 내가 안 줬드니 그래 돈 안준다고 밉다고 그래 소문을 그래 우리 아들이 냈다."

이카니께.

"영감님은 나가고 아들을 불러 들이라."

이카니께 그래 하는 말이,

"부모는 그렇다. 참 지는 구덩이에 빠져도 아들은 참 잘되라꼬 참 공을 들인다 아니가. 그래 아들 불러 들이라 카니께 아들 불러 들이지 마이소. 그래 인저 낳고 드가러 하이소. 그래 인자 참 내가 나오고 자식이 간히면 내가 뭐가 좋습니까?"

이카니케 다 그리 용서가 되고 그래 다 용서가 되고 그래 잘해주더라고. 손자들한테 많은 얘기를 했다.

〔 이방면 설화 10 〕

불효해 벼락맞은 며느리와 딸

옛날에 보릿고개 시적에 한방에 시아버지랑 사는데 시아버지가 신삼아 나
가서 팔고 노인이 음식이 맛이 없으니까 좀 짜면 짭다카고 싱거우면 싱겁다
카거든. 참 자부가 몸서리야. 조금 짜면 짭다카고 쪼금 싱거우면 싱겁다 카고.
그러니까. 오야. 내가 저 고개 넘어 딸아한테 간다. 딸아한테 만날 간다. 간다
카면서 안간다 카니까 이제 가는데, 저 고개 너머 배나무가 있었어. 배나무에
서며 너도 속이 상해 이리 상했나 했드니만 배나무가 말을 하는기라. 나 언제
잡아 갈래. 나 좀 잡아가라 하니까네. 참 보살만 찾이이소. 내가 일주일 안에
찾아 갈게 하니. 딸네 집에 가니까 딸네도 아이고 무시라. 저 영감쟁이 죽지
도 안하고 또 살아왔다. 그카는 기라. 그래도 사위가 낫는기라. 사위가 나무를
해다가 턱 버티고,

"누가 오셨나?"

하니까,

"저 놈의 영감탱이 또 살아왔다."

그카거든. 참 들어가 절하고는 인자 노인이,

"지장보살, 지장보살"

하니까네 딸이 하는 말이,

"에이고 몸서리야. 이번에 와서는 왜 저리 시끄럽노. 뭔소리를 자꾸 해쌌
노. 나는 일주일만 있으면 난 못볼끼다."

이키니 까네, 그러고 집에 와서 또,

"지장보살, 지장보살"

하니까네 며느리 하는 말이,

"아이고 무시라. 요번에 어디 갔다 오더니 시끄러워 못살겠다. 무슨 소릴
자꾸 저칼꼬."

그카니까,

"오냐, 내가 살아도 며칠 안산다."

카니까네,

"아버님 그카지 말고 밖에 한번 내다 보이소. 손님이 왔습니데이, 저승사자가 검은 옷을 입는디케. 그래 검은 두루마기 입은 사람이 찾는다케."

고만마 청둥쳐가 꽃가마 태우고 올라가 삐리는기라. 이 딸하고 며느리가 모이가 아이고 우리 아부지도 지장보살 찾아 쌌더니 우리도 지장 보살 찾아 지네도 만날 지장보살 찾는기라. 누가 찾아와 나가니까 즈그는 고만 벼락이 떨어지는 기라. 그래서 벼락 맞아 죽었다.

〔이방면 설화 11〕

개로 태어난 아버지를 봉양한 아들

이 노인이 하도 구경을 못해가 죽어서 개가 된기라. 이가 강생이가 되어서 그 아들 집에 태어난 기라. 그 아들 집지켜 줄라꼬. 그러니까 강생이 8마리를 나가 팔라꼬. 그러니까 개가 새끼 놓으니까 뭐든 먹고 싶은기라. 그런데 지네가 다 먹고 안주는기라. 그 내가 개가 밥을 한그릇 먹고 조기 한 마리 먹고 그랬더니, 아들 내외가,

"저 개 머슴들 복날 잡아 먹도록 하소."

개가 그 소릴 듣고 딸한테 갔는기라. 딸한테 가 꿈에 현몽하는 기라.

"야야야야, 내가 구경을 못해가 개로 태어나서 느그 오래비 집 도둑 지키 줄라꼬 내가 8남매를 낳아 놨는데, 복날 잡아 묵을라 가는데 니가 가 증거 좀 대라."

가는기라.

"우에 대는고?"

"느그 오래비가 말 안 듣거들랑 농 것은 거 쓰레기 버릴려고 내 놨는데

거기에 모시 한 필이 있는데, 그걸 증거로 대라.”

카는기라. 딸이 친정에 가,

　“오빠예, 개가 있고 강생이 8마리가 보니까 있는기라. 그래가, 오빠. 내가 꿈을 밤에 꾸니까 그러더라.”

캤더니만,

　“니는 어디 그런 꿈을 꿔가 그래 샀노?”

　“어데, 아입니다. 증거 대라 캅디더. 저 뒤저 엄마 농에 모시 한필 있다고 그걸로 증거 대라 캅디더.”

　참 거기가 쓰레기를 뒤지니까 나우는 기라. 그래가, 아들이 효자라 짚으로 둥지를 만들어 개를 짊어지고 팔도 강산을 구경을 다 다니고 구경을 안해서 그렇다고, 경주에 개우렁 산이 있다. 그 산에 앉으니까, 그 자리에 죽더란다. 개가.. 거기에 묻어 났다고 얘기가 있대

〔 이방면 설화 12 〕

남의 집 할아버지 모시며 효도한 이야기

　여기 밑에 열녀비 있다. 못 살아서 아들 며느리가 하루 구박해서 이 노인이 어딜 간다꼬 나온기라. 나가니까 한 집에 연기가 모락모락 나서 가니까 젊은 부인이 불을 때고 있는데,

　“그래 여기 좀 쉬어 가입시더.”

카니까네.

　“할아버지, 춥은데 쉬 가이소.”

그래 잠이 들었는기라. 자는데 신랑이 나무를 해가지고 와서,

　“방에 누가 오셨나?”

카니까네,

　“노인네가 춥어서 쉬어가자 캐서 쉬시라 했습디더.”

캤더니,

"고만 하부지 하자."

카고 그래가 거기서 사는기라. 있으니까. 거 집에 소 한마리가 있어가 그 메러 댕기는 기라. 메러 소가 뻐턱뻐턱 걷더란다. 가서 허적여 보니까네 큰 독이 있는데, 엽전이 하나 가득 있더란다. 다시 표없이 덮어 놓고 와가,

"야야 니 돈 없어도 3단 같이 장좀 봐 오너라."

"내가 아부지 말씀이면 들어야지요."

하믄서 사와 제사를 지내고 그걸 다 파내는기라. 그 많은 돈 갖고 논도 사고 밭도 사고 그래도 남아가 잔치를 벌인기라. 팔도 사람 다 모아 잔치를 하는데 그래가 며느리랑 아들이랑 와서 보고,

"아버지 우리집에 가입시더."

카는기라.

"나는 여기서 있을란다."

효부, 효자라케서 그들은 상을 받은기라.

[이방면 설화 13]

시묘살이를 같이 한 호랑이

경주 어느 산에 남편이 돌아가셨는데 시묘를 3년은 살았는리가. 그라니까, 호랑이가 곁에 와 자는기라. 어느날 한날은 호랑이가 한 사나흘 안 들어오더란다. 왜 안들어 오나 싶어 어서 마을로 내려가 보니까네 그 동네 사람이 호랑이 울음소리 난다고 몽둥이 들고 우르르 잡으로러 올라 오는 기다. 이 호랑이가 어디 발에 걸려 울고 있는 기라. 이 부인이 호랑이는 절대 사람은 해치지 않으니까 죽이지 말라고 이 호랑이는 산신령이니까 함부로 잡지 말라고 그래 그 호랑이를 풀어 올라오니까 같이 3년은 지냈은 지내고 나니까 부인이 죽었다. 부인이 죽으니까 호랑이가 몇일을 운다케 할마이 죽었다고 호랑이도 그 곁에

줄어 있다 카더라.

〔 이방면 설화 14 〕

비빔밥 한 덩이에 부자된 이야기

　　보리밥 콩잎파리 된정 비빈거 아들이 많으니까 나무하러 간다고 카니까
베에 싸서 한덩어리 지게밭에 담아 준기라. 그래 높은 산에 가니 오만가지 알
이 많아가 그걸 먹고 나니까 배가 부른기라. 허연 노인이 자기 땅보러 왔다가
부잣집 노인인데 죽한그릇 사먹을 데가 없어서 누워있는데 야가 물이랑 싸온
보리밥 덩이를 입에 떠 넣어주니까 노인이 눈을 뜨는 기라.
　　"야야 니가 어디있노?"
　　"내가 아무동넨 거 있습니더."
그렇거들랑.
　　"내가 니 아니었으면 죽었을 텐데 고마워라 내 아무동네 거기 있으니까
거기로 오너라."
그 동네 찾아 갔다. 이사간다카는데 땅팔고 집팔아 그러고 있더라. 가가 사정
을 얘기하니 찾아 가니까 노인이 아들을 부르는 기라.
　　"내가 저아 아니면 내가 산에서 죽었을 것을 저 사람때 문에 살았으니 그
집하고 땅하고 다사치라."
카는기라 그 비빔밥 한 덩어리에 부자가 된기라.

〔 이방면 설화 15 〕

꿈 이야기를 안 한 이유

동네 사람이 꿈을 꿨는데 얘기 해보라 카니카 안 해주는기라. 부인한테 말을 안하니까 반장한테 말했더니 반장이 가서 물어도 말을 안 하는기라. 그래 가 구장한테 가서 저 사람이 꿈을 꿨는데 말을 안 한다 카니 구장이 물어도 말을 안 하는기라. 꿈 얘기가 면 고을 원까지 귀에 들어 간 기라.

"니는 무슨 꿈을 꿨길래 말은 안 해주노?"

이 사람이 말을 안하고 옆에 있던 젊은 처자 둘은 살려주고 둘은 결혼을 하게 된기라. 그러면서

"내 꿈이 이런 거길래 내 말은 안 했지."

하더란다.

〔 이방면 설화 16 〕

야암(들 바위)의 유래

야암, (조사자 : 야암이요?) 들바구말야.(조사자 : 아, 들~) 들에 큰 바구가 있는데 그게 지금 파헤쳐 있구 없어. 왜 그런나 하나께 그 돌로믄 저 위에 수박 있더나 말야. 수박 있더나? (조사자 : 아, 예.) 그걸 갖다 쁘직고 깨어졌다. 깨어 져가지고 그런데, 어른들이 말하기를 위에서 여기 그런 돌이 천이 없는데 어디서 떠밀고 간 것도 아니구, 그래 큰 돌이 있었거덩. 우리 쪼만할 때 거 올라가서 말야. 꼰도 두고 그랬거든. 크다. 거 밑에 또 납잣한 작은 돌이 있었어. 하나는 인저 저 밑에 거게 조그만 돌이 요래 서이가 있었구, 꼬챙이가 있지. 이래 그게

왜 그러냐, 그전엔 숲에서 마구 할마이가 마귀할매가 요래 작은 돌 부분은 따로 해서 엮고 큰 돌은 이고 그래 저 저 숲 밑에 있는 돌은 그거는 옆으로 끼고 하다가 거기다 나 뿌링께 거 비고, 이고 온 돌은 여기 인저 나중에 하고 있는데 그 밀어 났단말야. 마귀할매가 그랬단 말야. 그런데 고 논뱅이 안에 딱 하나 있는데 옛날에는 전부 지금은 기계화가 뗐는데 기계로 하지만 그 땐 소로 가지고 막 갈구었잖아. 쇠로 이랬거든. 동네 사람들도 아니구. 큰 돌은 이지도 몬하구 도리가 없구. 작은 돌은 인자 이장님이 되게 겁없고 셌거든. 뺑뺑 돌아 다닌거야.고걸 나누고 그 돌 가지고 집을 파고 걷어 먹은기라, 그러면서부께 집이 집을 안 파고 바다에 오고 그래 그 돌은 다 묻어 주었어. 다 묻어 주고 그러다 지금 이래 됐다. 모르지만 어른들한테 들은 얘기구, 마귀할매 짓인지 모르겠다. 말은 그래.

조희웅

국민대학교 국어국문학과 교수, 고전소설

조흥욱

국민대학교 국어국문학과 교수, 고전시가

조재현

국민대학교 강사, 고전소설

영남 구전자료집 7

2003년 5월 10일 초판 발행
2003년 10월 10일 2쇄 발행

편저자 조희웅 조흥욱 조재현
펴낸이 박찬익

편 집 홍현보 김숙영
영 업 이화표 박찬일
펴낸곳 도서출판 **박이정**
130-070 서울시 동대문구 용두동 129-162
전화 922-1192~3 팩스 928-4683
http://pjbook.com, e-mail/book@pjbook.com
온라인계좌 국민576037-01-001536 우체국010447-02-011581
등록 1991년 3월 12일 제1-1182호

ISBN 89-7878-645-6 93810   값 13,000원

*잘못된 책은 바꾸어 드립니다.